Johannes Weinand

Das Kosmische Spiel

Krieger des Regenbogens

Johannes Weinand

Das Kosmische Spiel

Krieger des Regenbogens

Band1

Impressum

© 2020

Rechteinhaber/Autor: Weinand Johannes, jd@weinand.vip
Herausgeber: tredition-Verlag
Autor: Weinand Johannes
Covergestaltung: Constanze Kramer, www.coverboutique.de
Bildnachweise: ©Viorel Sima – stock.adobe.com, ©Lumina Obscura - pixabay.com
Lektorat: Klaus-Dietrich Petersen

Verlag & Druck: tredition GmbH, Halenreie 40-44, 22359 Hamburg

978-3-347-17483-2   (Paperback)
978-3-347-17484-9   (Hardcover)
978-3-347-17485-6   (E-Books)

Das Werk, einschließlich seiner Teile, ist urheberrechtlich geschützt. Jede Verwertung ist ohne Zustimmung des Verlages und des Autors unzulässig. Dies gilt insbesondere für die elektronische oder sonstige Vervielfältigung, Übersetzung, Verbreitung und öffentliche Zugänglichmachung.

Bibliographische Informationen der Deutschen Nationalbibliothek: Die Deutsche Nationalbibliothek verzeichnet diese Publikation in der Deutschen Nationalbiographie, detaillierte bibliographische Daten sind im Internet über http://dnb.d-nb.de

Das

Kosmische Spiel

Krieger des Regenbogens

Science Fiction-Roman

von

Johannes Weinand

Band 1

WIE ALLES BEGANN

Prolog
21.12.2012

Der Weltuntergang ist vorhergesagt. Ist das Datum nur der Anfang vom Ende? Oder der Anfang einer neuen Ära? Eine Vielzahl von Fragen werfen sich auf, die nur die sechs jungen Menschen beantworten können, die an diesem Tag geboren werden.
Geboren aus dem Staub des Urknalls, der aus einer Zehndimensionalität entstand, entwickelte sich unser Universum in seine Vier Dimensionalität expandierend. So finden wir einen Planeten, der eine solche Vielzahl von Individuen beherbergt, die man als einzigartig bezeichnen kann, unsere Mutter Erde.
Haus, Raumschiff, Heimat, Versteck, Rettungsinsel. Es gibt viele Bezeichnungen, die man nehmen kann, aber nur ein Name würde zutreffen: Der blaue Planet. Wird er sterben, wie so viele vor ihm, oder wird er der Geburtsort einer neuen interstellaren und elementaren Bewegung sein, die ihren Ausgangspunkt auf der Erde hat und deren Botschafter die sechs jungen Leute werden? Die Krieger des Regenbogens.
Es war nur ein Spiel, das vor Urzeiten begann. Ein Spiel, welches die Machtstrukturen in unserem Universum verändern würde, denn bis dahin spielte Zeit keine Rolle. Die Zeit fing an, eine Rolle zu spielen, als die sechs jungen Leute alle an einem Tag geboren wurden, am 21.12.1990. Aber beginnen wir da, wo die Geschichte begann.
Vor Urzeiten landeten die Annanuki auf dem Planeten Erde. Eine Spezies, die dem Menschen in seinem Aussehen und seiner Genetik glich. Die einzigen Unterschiede zum Menschen waren, dass die Annanuki

Quantendenker sind und bis zu 1000 Jahre alt werden können. Ihre kurze Jugend und ihre besonderen noetischen Fähigkeiten zeichnen sie auch im Besonderen aus.

Alle 3600 Jahre vagabundierte ihr kleines Planetensystem mit ihrem Heimatplaneten Nibiru an unserem Sonnensystem vorbei. Technisch hoch entwickelt, waren sie in der Lage, alle die Planeten, an denen sie vorbeikamen, nicht nur nach Edelmetallen auszubeuten. Dazu rekrutierten sie Menschen, die sie genetisch veränderten. Die Spezies Mensch lernte schnell und nachhaltig, und es kam zu ersten ungewollten Verbindungen beider Rassen, was dann zu einem Bruch des Drei-Kastensystems der Fremden führte, das die Annanuki als Gesellschaftssystem betrieben. Die einzige Kaste, die sich bis in die heutige Zeit retten konnte, war die Wissenschaftskaste, die sich aber gegen eine Verbindung mit dem Menschen aussprach. Durch ihren hohen technischen Standard waren sie in der Lage, die Einstein-Rosen-Brücke aufzubauen. Ein Wurmloch, das Einstein und Rosen theoretisch entwickelten, befähigte sie, in einem Paralelluniversum die Erde in der Tertiärzeit zu besiedeln. Durch eine hohe Unfruchtbarkeit beider Geschlechter wurde der Gedanke gefasst, doch, gegen althergebrachte Überzeugungen, eine Verbindung mit den Menschen einzugehen, um die eigene Art zu erhalten. Durch die Weissagung der Hopi-Indianer bestärkt, die einen Untergang der Spezies Homo sapiens vorhersagten, nahmen sie den ersten Kontakt mit den Menschen nach Jahrtausenden wieder auf.

Diese uralte Weissagung, die durch alle Völker der Erde geht trifft durch die Aussage der Hopi-Indianer den

Menschen ins Mark und mit dem Schrei nach Ordnung, gepaart mit der Hoffnung auf eine gemeinsame Zukunft, stellt eine kleine Gruppe von Annanuki den ersten Kontakt mit den Menschen her.
Diese Hoffnung, die entstehen wird und die Verantwortung, die sie eingehen müssen, ruht ganz allein auf den sechs frisch Geborenen.
Es sind drei Jungen und drei Mädchen, deren Anführer Erk Johannsen wurde. Über allem schwebte das Orakel des 21.12.2012, dem angesagten Weltuntergang oder dem Ende des 13. Baktum des Mayakalenders. Stimmte der Tzolkin-Kalender, der mit 400 Jahren je Baktum berechnet wurde? Oder trat der erste Maya-Kalender in Kraft, der die Zeit in 15 Baktum einteilte, dann hätte die Menschheit noch 800 Jahre Zeit den Bann ihres Unterganges zu brechen. Sind diese 800 Jahre ausreichend? Dies fragten sich die Wissenschaftler der Annanuki. Bis das fast unmöglich passiert, die sechs Säuglinge werden geboren, aber ihnen stellen sich schier unüberwindliche Hindernisse in den Weg.
Auch die Gegner kennen die Weissagung, und sie setzten alles daran, die Neugeborenen umzubringen.
Der Wettlauf gegen die Zeit hatte begonnen und das kosmische Spiel, in dem keiner die Spielregeln kannte, begann.

Krieger des Regenbogens

> Wenn alle Flüsse vergiftet,
> die Wälder krank,
> werden die Regenbogenkrieger kommen.
> Mit ihnen beginnt eine neue Zeit,
> denn sie bringt die Erde zu ihrer natürlichen
> Ordnung zurück.
>
> Prophezeiung der Hopi–Indianer

Der Chronist

Wir schreiben das Jahr 2010. Es hat wieder angefangen. Ein Regenbogen krümmt sich seit Tagen über meinem Haus in Skovlund, im schönen Dänemark. Es regnet nicht, kein Windhauch bewegt die Halme des Grases am Strand, die Sonne steht im Zenit ihrer Laufbahn und keine Wolke lässt sich am Firmament blicken. Gleißende Helligkeit, nur unterbrochen von den Farben des Regenbogens, lässt die Menschen nach Sonnenbrillen greifen, um dieses unbekannte Naturphänomen zu beobachten

Die Erinnerung der Leute geht zurück in das Jahr 1990, als sich der Regenbogen das erste Mal aktiviert, und sie erinnern sich an die Geschehnisse, die am 21.12.1990 an diesem Ort ihren ersten Höhepunkt erreicht hatten. Nein, es ist falsch, was ich da sage, die Geschehnisse würden noch weit der Zukunft von Höhepunkt zu Höhepunkt rasen. 1990 war erst der Beginn vieler Vorfälle, die auf das Geschehen zurückgriffen, die 11000 Jahre vorher stattgefunden hatten. Die Neugeborenen, die das Licht der Welt erblickten, waren als Krieger geboren, denn sie hatten Fähigkeiten, die unser einfältiges Denken noch gar nicht erfassen konnte.

Ich, Erk Johannsen, den man den Chronisten nannte, hatte damals keinen blassen Schimmer. Dass mich die Ereignisse überrollen würden, und ich zwischen Legenden, Mythen, Wirklichkeit und Wissenschaft eine Gratwanderung vollziehen musste, war die logische Konsequenz der Zukunft.

Kinder aus mehreren Kontinenten waren die Wurzeln des neuen Zeitalters, ein Zeitalter, das die Mayas schon früh prophezeit hatten. Die heutige Presse schlachtete diese Prophezeiung als Szenerie für ein Weltuntergangsszenario aus, was absolut untertrieben war, jedenfalls, was den Untergang der Welt betraf. Der Untergang betraf viel elementarere Vorgänge, an deren Spitze sich der Mensch und die Annanuki befanden. Der Mensch war dabei, sich selbst auszurotten, und Menschen waren es, die das beschleunigten, gesteuert von Mächten, mit denen wir es auch noch zu tun bekommen sollten.

Die Zeit war noch nicht reif, aber der Countdown hatte begonnen. Gezeichnet von Epidemien, Feuerbrünsten, Vulkanausbrüchen, Überschwemmungen, Völkermorden und Hungersnöten, wurde die jetzige Zivilisation zwar physisch betroffen, aber die psychischen Auswirkungen auf das Zusammenleben der Menschen war der viel schlimmere Faktor. Die Kälte des Herzens griff um sich und erfasste jeden, der den Systemen huldigte, so dass eine kollektive Zusammenführung der Gesellschaft verhindert wurde. Diese Zusammenführung, hatte nur die Aufgabe, in das Zeitalter des Mannes und der Frau zu gelangen und nicht im Zeitalter des Mannes zu verharren, das von Tod,

Egoismus, Selbstdarstellung und Zerstörung gezeichnet war. So steht es geschrieben.
Meine Gedanken schweiften allmählich wieder in die raue Wirklichkeit. Der Regenbogen wechselte nicht in seiner Intensität. Statisch, wie ein Gemälde begann er auf dem Haus und endete im Nirgendwo des Universums. Es war nicht so, dass jemand verletzt wurde, es war für die Menschen die Angst über das Unerklärliche, das sie hinter vorgehaltener Hand dazu trieb, über meine Familie ein vorschnelles Urteil zu fällen. Manchmal dachte ich, dass man uns im Mittelalter verbrannt hätte, weil die Menschen den Glauben zum Aberglauben hatten, wir ständen mit dem Teufel im Bunde oder anderen ähnlichen dunklen Mächten, viele dieser Assoziationen machten die Runde. War der Mensch heute schon so weit entwickelt, diesen Aberglauben abzulegen? Aber all diese Vermutungen erreichten nicht die Spitze dessen, was wirklich passieren sollte und noch geschehen würde. Der Regenbogen war das Zeichen, ein Zeichen für mich zu beginnen. Nämlich das niederzuschreiben, was in den letzten Jahren, mit mir, dem Chronisten, geschehen war und was in den nächsten Jahren, in der Zukunft, geschehen würde.
Ich hatte nicht mehr viel Zeit. Mir war klar, dass uns Gevatter Tod schon auf der Liste hatte, das hatte er aber schon seit der Geburt jedes Menschen, oder Annanuki. Aber der Tod war nur eine Transformation, nichts stirbt wirklich. Was ist Zeit? Ich war ja auch als Annanuki geboren und konnte alt werden. Meine Hoffnungen lagen in den Händen meines Sohnes Erk Pentragon Johannsen und seinen Freunden. Der Regenbogen würde erst für immer verschwinden, wenn das Orakel der unsterblichen Hexe eintraf. Sollte die alte Hexe Recht behalten und ich

erst zur Ruhe kommen, wenn alle Weichen gestellt waren? Nachdem, was ich in den letzten Jahren erlebt hatte, war nichts unmöglich.

Ein Blick nach draußen bestätigte mir, dass seit meinen letzten fliehenden Gedanken sehr wenig Zeit vergangen war, und der Regenbogen seine Position über dem Haus unverändert gehalten hatte. Heute, nachdem ich wusste, was es zu bedeuten hatte, dass er nicht mit dem Regen wanderte, sondern ruhig an einem Platz verharrte, schaute ich belustigt aus dem Fenster und erfreute mich an den vielen ungläubigen Gesichtern der Fremden, die am Haus stehen blieben und zu einem Teil dieses uralte, im 13. Jahrhundert gebaute Gebäude bewunderten und sich nichtssagenden Hypothesen hingaben, die den Regenbogen betrafen. Trotzdem stellte ich mir die Frage: „Wie viel Zeit blieb uns wirklich?" Nicht, dass ich Angst vor dem Tod hätte. Die Frage war, ob wir genug Zeit hatten, die Menschheit aus der Sackgasse der Ignoranz, Arroganz und des eigenen Egoismus herauszuführen, um sie den Weg der Toleranz gehen zu lassen. Und war die Erde das Endprodukt unserer Reise ins Unbekannte?

Das Klingeln des Telefons riss mich aus meinen Gedanken, ohne darüber nachzudenken wusste ich, dass es mein Sohn Erk war. Auch das war eine Gabe, die ich erst wieder lernen musste. Die Gabe, meiner Intuition zu folgen.

„Hallo, Erk, hast Du Freya gefunden?"

„Ja, Pa, wir sind auf dem Weg zu Dir, es kann aber noch zwei weitere Tage dauern. Sie war im tiefsten Island, da, wo selbst die Trolle Angst vor der Einsamkeit bekommen."

„Schön, ihr könnt euch Zeit lassen, die anderen schaffen

es auch nicht so schnell. Wenn ihr kommt, fliegt über England und macht einen Abstecher nach Stonehenge. Freya soll sich das mal anschauen. Es sind mir neulich seismische Aktivitäten gemeldet worden, die durchaus durch kinetische Beeinflussungen ausgelöst sein könnten. Wichtig ist es zu wissen, ob die Aktivitäten zunehmen oder gleich stark bleiben. Alle nötigen Gerätschaften sind schon vor Ort."

„Ok, Pa, wir melden uns dann aus Stonehenge."

Nachdem Erk aufgelegt hatte, hörte man nur noch das gleichmäßige Piepen aus der Hörmuschel des Telefons. Freya Gustafsson, die Tochter aus einem uralten Annanukigeschlecht, dessen Stammbaum bis in die Frühzeit nachzuweisen war, war nicht nur ausnehmend hübsch, sondern auch noch überaus intelligent. Als Doktor der noetischen Wissenschaften bekleidete sie einen Lehrstuhl an der Universität in Cambridge. Dieser Lehrstuhl gab ihr die Möglichkeit, ihre Feldstudien frei zu gestalten. Sie war einer der Krieger des Regenbogens, deren Stammbaum nicht nur bis zu den Anfängen zurückging, sondern wie bei uns allen, über die Atlanter bis zu den Pangäaern nachzuweisen war.

Mit Beginn des sechsten Lebensjahres begann sie sich zu entwickeln, wie bei allen anderen Kindern auch. Aber sie konnte Dinge alleine durch Gedankenkraft bewegen. Nur wenige wussten von ihrer Gabe der Telekinetik.

Rückblick

Der 21.12.1990 war der Tag, der mein Leben verändern sollte. Ich wurde Vater, aber das wurden andere auch. Seit Tagen stand über unserem Haus ein Regenbogen, dessen Anfänge wie eine schwere Last über dem Dach begann, und dessen Ende sich im Nichts des Universums verlor. Je näher die Niederkunft bevorstand, umso intensiver wurden die Spektralfarben dieses Naturphänomens, obwohl die Temperaturen unter dem Gefrierpunkt lagen. Das war absolut ungewöhnlich für diese Jahreszeit. Auch nachts verlor er nichts von seiner Intensität, und wenn Erk ihn mit einer starken Lampe anstrahlte, wurden auch dann die Farben sichtbar. Es war, als würden die Johannsens eine Verbindung in eine andere Welt unterhalten. Eine Wahrheit, die Erk Johannsen in dem jetzigen Moment weit von sich weisen würde.

„Hallo, Schatz, wie geht es Dir?"

„Ich glaube, das wird eine schwierige Geburt, der Bengel will sich nicht drehen."

„Sollen wir nicht doch lieber ins Krankenhaus fahren, anstatt für eine Hausentbindung hier zu bleiben?"

„Nein, unsere Hebamme und der Arzt werden das schon machen. Geh, mach uns bitte einen Tasse Tee."
So trottete ich in die Küche, um den Wunsch meiner Frau schnellstmöglich umzusetzen. Ich kam aber nur bis zur nächsten Ecke. Schmerzhaftes Stöhnen ließ mich sofort wieder zu ihr eilen.

„Was ist, Schatz?"

„Rufe den Arzt und die Hebamme an, es geht los, meine Fruchtblase ist gerade geplatzt und mach Wasser heiß."
Das Telefon stand direkt hinter mir. Eine 180° Drehung

und schnell war die Nummer der Hebamme gewählt, es war eine schnelle und fließende Bewegung. Auf der anderen Seite klingelte es nur zweimal.

„Hallo, Hedwig, es ist soweit, die Fruchtblase ist geplatzt."

„Alles klar, Erk, ich bin in einer Minute bei Dir. Hat sich das Kind schon gedreht?"

„Weiß ich nicht!"

„Gut, das heißt nicht gut. Ruf bitte Dr. Richard an, er soll im Krankenhaus Bescheid sagen, damit sie mit den Vorbereitungen beginnen können. Mach inzwischen das Wasser heiß."

Ich eilte sofort in die Küche, um die Order meiner Frau und der Hebamme umgehend auszuführen. Dabei warf ich einen schnellen Blick aus dem Fenster, der es mir ermöglichte, die Straße von dieser Seite aus zu übersehen, ohne selbst gesehen zu werden. Im Unterbewusstsein stellte ich fest, dass zwei Männer in dunklen langen Ledermänteln auf der anderen Straßenseite standen und das Haus beobachteten. Zuerst war ich der Meinung, es handelte sich um weitere Regenbogentouristen. Aus dem Wohnzimmer drang leises Stöhnen.

„Trine, was ist?"

„Frag nicht so dämlich, Erk, ich bekomme deinen Sohn. Hast du Hedwig angerufen?"

„Sie ist schon unterwegs, ich muss nur noch den Arzt anrufen."

„Dann beeile Dich, der Kleine wird mit Sicherheit nicht darauf warten, bis du den Wasserkocher angestellt und den
Arzt erreicht hast."

Ich kannte den Druck, den meine Frau ausüben konnte,

und so beeilte ich mich, ihrem Befehl Folge zu leisten. Den Telefonhörer in der Hand, rief ich die Praxis von Dr. Richard an. Nach dreimaligem Klingeln meldete sich eine helle Stimme.

„Frauenarztpraxis und Geburtsvorbereitung, Dr. Richard."

„Hallo, Helle, hier ist Erk, es geht los."

„Hey, Erk, der Doktor ist schon so gut wie unterwegs." Im Hintergrund hörte ich Gines Stimme. Gine war die Frau von Jörg Richard, eine Frau Mitte Vierzig, die mit ihrem Mann die kleine Praxis seit einigen Jahren führte.

„Jörg, bei Trine geht es los. Erk hört sich nervös an."

„Werdende Väter neigen immer zur Nervosität. Sag ihm, dass ich in 5 Minuten da bin."

„Erk, hast Du mitgehört?"

„Alles klar, Helle, ich sage Trine Bescheid, dass sie noch etwas zukneifen muss."

„So dämliche Witze können auch nur Männer machen." Mit diesen Worten legte die Sprechstundenhilfe auf. Langsam wurde ich doch nervös, und die verschiedensten Gedanken wirbelten mir im Kopf herum. Hoffentlich schaffte der Arzt es noch rechtzeitig. Ich hätte doch nicht auf Trine hören sollen, aber sie konnte so verdammt stur sein. Immer wieder erzählte sie, dass sie geträumt hätte, zu Hause entbinden zu müssen. Na ja, es würde schon gut gehen, und der Weg ins Krankenhaus war ja auch nicht weit. Mittlerweile kochte das Wasser. Ich stellte den Herd aus, und sofort wurde das Blubbern weniger. Trines Stimme riss mich aus meinen Gedanken.

„Erk, an der Haustür hat es geklingelt."

„Ja, mein Schatz, ich bin schon da."

Den Griff in der Hand, machte ich die Tür auf, in der

Erwartung, die Hebamme hereinzubitten. Aber anstatt der Hebamme, standen zwei Typen mit ihren langen Mänteln vor dem Eingang. Ich wollte schon mit ein paar abweisenden Worten die Männer zum Gehen veranlassen, als mich der ältere der beiden ansprach, und er mir die Hand gab.

„Guten Tag, Dr. Johannsen. Wir kennen uns nicht, wir sind die Wandernden Wächter."

In diesem Moment spürte ich einen feinen Stich in meiner rechten Hand, und sofort sackten mir die Beine weg. Merkwürdigerweise konnte ich absolut klar denken, brachte aber kein Wort heraus. Starke Arme fingen mich auf und schleppten meinen leblosen Körper mit einer ungewöhnlichen Leichtigkeit in das Wohnzimmer und legten ihn behutsam auf das Sofa. All das geschah ohne Hast, auch kein Anzeichen von Panik überkam mich, oder die Besucher. Ich musste es einfach geschehen lassen. Während der Jüngere sich um mich kümmerte, eilte der Ältere in das Schlafzimmer. Ich hörte nur einen leisen Schrei.

„Was wollen Sie hier? Wo ist mein Mann?"

„Keine Angst, Trine, ich bin Allskerjargdi, der Hohe Priester meines Stammes der Annanuki, und mein Sohn Adfall ist bei Erk. Ich helfe dir bei deiner Geburt. Man nennt uns auch die Wandernden Wächter. Hedwig gehört zu uns, sie wird gleich eintreffen. Dr. Richard und seine Frau werdet ihr nicht mehr wiedersehen. Ihre Tarnung ist aufgeflogen, jetzt sind die beiden für unseren Gegner bedeutungslos."

Das fein geschnittene Gesicht des Mannes strahlte eine Ruhe und Sicherheit aus, der sich Trine nicht entziehen konnte. Der scharfe Schmerz einer Wehe durchschnitt ihre Gedanken, wie das Skalpell die Nabelschnur eines Neugeborenen, während sie den kurzen und schnellen Erklärungen des Fremden folgte.

„Für lange Erklärungen ist jetzt keine Zeit, denn du musst jetzt erst einmal deinen Sohn zur Welt bringen."
Schon klingelte es wieder an der Haustür. Adfall stand auf, ging mit ruhigen Schritten zur Eingangstür, öffnete sie mit einer ihm eigenen Selbstsicherheit, als würde er wissen, wer hinter ihr stand.
Es war Hedwig.

„Hallo, Schwester."

„Hallo, Bruder. Habt ihr es ihr schon gesagt?"

„Allskerjargdi hat gerade begonnen. Sie ist so, wie du sie uns geschildert hast, gelassen. Sie will nur erst einmal ihren Sohn zur Welt bringen. Dann wird sie weitersehen."

„Und Erk?"

„Ich war gerade dabei, ihm den Sachverhalt zu erklären."

„Ok, Adfall, macht weiter, wir wollen jetzt Trines Jungen zur Welt bringen."
Mit kleinen schnellen Schritten strebte sie zur Tür des Schlafzimmers.

„Hallo, Bruder, hey, Trine."

„Ihr seid Geschwister?"

„Nein, aber in unserem Stamm sprechen wir uns, wenn wir die Pubertät hinter uns und die Prüfung zum Erwachsen werden absolviert haben, immer mit Bruder oder Schwester an. In welchem Abstand kommen Deine Wehen?"

„Etwa zwanzig Sekunden."

„Dann wird es ja gleich losgehen. Ich bereite schon einmal alles vor. Ach ja, Trine, konzentriere dich nur auf

Dein Kind, alles andere erklären wir dir später. Ihr seid auf jeden Fall momentan nicht in Gefahr."

„Wieso sollten wir in Gefahr sein?"

Hedwig winkte ab, und ihre Stimme klang endgültig, als sie sagte und Trine dabei ansah.

„Später."

Wieder unterbrach eine Wehe die Konzentration, mit der Trine der Hebamme zuhörte. Allskerjargdi saß fast teilnahmslos dabei und folgte den Ausführungen der Hebamme. Als er aber merkte, dass Trine sehr starke Schmerzen bekam, legte er seine feingliedrige Hand auf den prallen Unterbauch der jungen Frau und begann mit leisen kreisenden Bewegungen den Leib abzutasten. Seine starken Hände strahlten so viel Energie und Geborgenheit aus, dass ihre Schmerzen sofort erträglich wurden und sich ein wohliges Gefühl der Wärme im Körper Trines ausbreitete.

„Das Kind dreht sich, Allskerjargdi."

„Ich weiß, meine Tochter."

„Wie hast Du das gemacht?"

„Ich habe nur die Energie in den richtigen Fluss gebracht, das war alles. Wenn Du es verstehst, ist alles ganz einfach. Alles im Kosmos besteht aus Energie, sowohl negative als auch positive. Ist die Energie nicht ausgeglichen, hat man Schmerzen. Symmetrie ist das Zauberwort, alles besteht nur in einer gewissen Symmetrie, selbst in unserem Universum. Wenn keine Symmetrie vorhanden ist, kollidieren Sterne, entstehen Supernova oder Sonnensysteme kollabieren. Das ist auch der Grund, warum Dein Sohn auf diese Welt kommt und wir hier sind."

Während Allskerjargdi sich um die Gebärende kümmerte,

bettete Adfall Erk auf das Sofa.

„Ich weiß, dass Du alles mitbekommst, Erk, Dein Zustand wird nicht lange dauern, aber es musste sein. Eure Gegner hätten euch sonst umgebracht, denn für lange Erklärungen war keine Zeit mehr vorhanden, so mussten wir zu diesem drastischen Mittel greifen. Wenn euer Sohn geboren ist, habt Ihr in der ersten Dekade seines Lebens Ruhe vor euren Gegnern. Die erste Dekade geht bis zu seinem sechsten Geburtstag, danach ist er Freiwild. Merke Dir jetzt genau, was ich zu sagen habe, als Archäologe wirst Du mir leicht folgen können. Ihr, Du und Deine Frau, ihr seid die letzten reinen Annanuki. Die Weissagung sagt, dass Ihr die Retter der Zehn Dimensionen seid. Auf einigen Kontinenten dieses Planeten wird heute, am 21.12.1990 irdischer Zeitrechnung, ein Kind geboren, das zur Hälfte Annanuki und zur Hälfte Mensch ist. Dein Sohn und diese fünf Kinder werden, wenn sie ihre Prüfung bestehen, die Krieger des Regenbogens sein. Ich glaube, das genügt erst einmal. Du willst bestimmt gerne bei der Geburt Deines Sohnes dabei sein."

Merkwürdigerweise machte ich mir keine Sorgen um meine Frau. Ich hörte diesem Adfall voller Neugierde zu und war gespannt, wie sich diese Situation entwickeln würde.

Adfall entnahm seinem Mantel ein kleines Etui, welches allerlei merkwürdige Dinge beinhaltete, darunter auch eine Nadel, die er mir wie eine Akupunkturnadel leicht in die Stirn stach. Fast augenblicklich hatte ich alle meine Gefühle wieder zurück, und ich wollte mich aufsetzen. Er drückte mich mit sanfter Hand zurück.

„Noch einen kleinen Moment, lass Deinem Kreislauf

erst einmal etwas Zeit zum Reagieren. Die Nadel reagiert schnell, da kommt der Körper nicht so schnell hinterher."

„Was habt Ihr gemacht?"

„Etwas Spinnengift, in einer geringen Dosierung, das ist alles. So, ich glaube jetzt wird es wieder gehen."

Damit nahm er mir die Nadel aus der Stirn. Wärme durchströmte meinen Körper, und ich merkte, dass das Energiedefizit, welches mich in den letzten Tagen beherrscht hatte, verschwunden war. Ich richtete mich auf, es ging erstaunlich gut.

„Komm, lass uns zu deiner Frau gehen, ich glaube, es geht jeden Moment los. Langsam schlichen wir um die Ecke ins Schlafzimmer. Das breite Kreuz des Annanukis versperrte uns die Sicht auf Trine. Der Mann drehte sich nur kurz um

„Hallo, Erk, Du kommst keinen Moment zu früh."

Ich eilte mit schnellen Schritten um Allskerjargdi herum und ergriff die Hand meiner Frau.

„Hey, Schatz, ist alles in Ordnung?"

„Kein Problem, Erk, halte bitte einfach meine Hand."

Die nächste Wehe kündigte sich an, und ich sah, wie der kleine Kopf eines Menschenkindes den Schoß meiner Trine verließ. Eine weitere Wehe ließ auch den Rest des kleinen Körpers erscheinen, der dann wie ein hässlicher, hilfloser Zwerg auf den Händen des Wächters lag. Ein kleiner Klaps auf den Po ließ den jungen Helden schlucken, so dass es in ein lautes Schreien überging. Er schrie seine ganze Wut über diese Ochsentour aus seinen Lungen, erstaunt über die ersten Geräusche, die er hörte, verstummte der Junge augenblicklich. Allskerjargdi übergab der Hebamme den Kleinen. Diese wickelte ihn in ein Leinentuch und legte ihn auf die Brust meiner Frau.

Die großen blauen Augen meiner Trine strahlten mich an und rissen mich aus meiner Paralyse.

„Dein Sohn, Erk Johannsen."

Ich griff schnell zu, aber bevor ich meinen Sohn zu fassen bekam, stand Hedwig vor mir.

„Erst muss er von der Nabelschnur getrennt werden, dann ist es Deiner."

„Ja, ja", stotterte ich. Es sah wohl etwas belämmert aus, wie ich mit beiden vorgestreckten Armen dastand und meinen Sohn greifen wollte. Jedenfalls lachten Trine, Hedwig und die beiden Männer herzlich, worauf ich dann erleichtert einstimmte.

„Ich möchte mit den beiden Herren ein paar Worte wechseln. Möchtest Du dabei sein, Schatz?"

Ich kannte die Antwort schon im Voraus. Es war mir klar, dass sich Trine, so erschöpft wie sie war, das nicht entgehen lassen wollte.

„Aber sicher, Erk. Ich möchte mich auch gleich für die problemlose Hilfe bedanken. Wobei ich auch eine ganze Menge Fragen habe."

„Das geht mir nicht anders, Schatz. Hedwig kann mittlerweile den Kleinen versorgen."

„Schon passiert, ich räume eben auf, und Du holst noch ein paar Stühle und etwas zu trinken, Erk Johannsen."

Nachdem wir alle Platz genommen hatten, ergriff Allskerjargdi das Wort.

„Adfall hat Dir ja schon einiges erklärt, Erk. Ich wiederhole es noch einmal in kurzen Zügen. Ihr beiden seid die letzten reinen Annanuki. Du weißt, Erk, Annanuki sind nach den Aussagen der Sumerer, die, die von den Sternen kommen. Was richtig ist. Die anderen fünf Kinder, die heute geboren werden, sind nur von

einem Elternteil Annanuki, der andere ist ein Mensch. Alle diese Kinder werden mit besonderen Fähigkeiten geboren, die von uns ab dem sechsten Lebensjahr gefördert werden. Bis zum sechsten Lebensjahr werdet Ihr von uns beobachtet und beschützt. Ab dem sechsten Jahr werden die Kinder in ihren Fähigkeiten geschult."
Hier unterbrach ihn der Archäologe.
„Und wenn wir das nicht zulassen, Allskerjargdi?"
„Dann wird sich ein Schatten über die Erde legen, und die Menschheit ist der Vernichtung nahe."
„Na ja, mal nicht so theatralisch, so schlimm wird es ja wohl nicht werden", erwiderte ich in einem etwas flapsigen Tonfall und erwartete keine Erwiderung. Aber die kam von anderer Seite.
„Lass Ihn doch mal weitererklären, Erk", fuhr meine Frau ärgerlich dazwischen.
„Wir sind auch reine Annanuki und kommen aus einem von uns gesteuertem, wandernden Sonnensystem, das alle 3600 Jahre in die Nähe eures Planetensystems kommt. Unsere Vorfahren haben auch angefangen, die Planeten, an denen sie vorbeikamen, auszubeuten und die Menschheit zu kultivieren. Das führte auch zu eheähnlichen Verbindungen, daran zerbrach unser Kastensystem, und ich muss zu meinem Leidwesen gestehen, wir hatten auch großen Anteil an der Schuld. Wir wollten nicht, dass die Annanuki mit den Menschen eine körperliche Verbindung eingehen. Heute haben wir die Rechnung bekommen. Viele Annanuki haben sich auf der Erde verteilt, während wir mit unserer Wissenschaftskaste in ein Paralleluniversum gezogen sind. Leider ist die Unfruchtbarkeit bei uns, bei beiden Geschlechtern, sehr weit verbreitet."

Erk stoppte den Redefluss.

„Also seid Ihr vom Aussterben bedroht?"

„Richtig. Wir müssen uns also umorientieren und eine Vermischung mit den Menschen eingehen."

„Immer schlecht, wenn man Prinzipien über Bord schmeißen muss. Warum unternehmt Ihr keine Gentherapie, damit Ihr wieder fruchtbar werdet?"

Die strenge Stimme seiner Frau riss mich aus dem Redefluss.

„Erk, nun lass Ihn doch einmal zu Ende erzählen."

Diesmal hörte Allskerjargdi nicht auf Trine und gab eine Antwort auf die ihm gestellte Frage.

„Man hat mich schon vor Deinem analytischen Verstand gewarnt, Erk Johannsen. Aber um Deine Frage zu beantworten. Ja, die Prinzipien. Unser Stamm war schon zu lange alleine, und es wäre zu kompliziert gewesen, eine Genumstrukturierung durchzuführen. Ja, die Menschen sind sehr wichtig. Weil Sie ein wahnsinniges Potenzial habt. Potenzial, das erst in Ihrer weiteren Entwicklung zum Vorschein kommen wird."

„Aber, das alleine kann ja nicht nur der einzige Grund sein."

„Warum es so ist, kann ich nur begrenzt sagen. In dem Jahr 2012, zur Wintersonnenwende, also am 21.12.2012, fallen verschiedene Ereignisse aufeinander. Der Mayakalender und das Ende des 13 ten Baktum, dann hört das Zeitalter des Mannes auf. Mit dem 14 ten Baktum beginnt also das neue Zeitalter der Frau und des Mannes. Also der Beginn einer neuen Ära und eines neuen Gesellschaftssystems der Menschheit."

Ich konnte nicht anders, ich musste seinen Redefluss unterbrechen.

„Das klingt alles etwas unwahrscheinlich, wenn ich mal untertreiben darf. Aber gesetzt den Fall, es wäre so: Was hat das alles mit uns zu tun? Mir ist schon bewusst, dass die Uhren der Mayas auf null gestellt werden, und das Zeitalter des Mannes und der Frau beginnt. Es wird aber auch ohne unser Eingreifen beginnen."
„Das ist nicht ganz richtig, Erk Johannsen," erwiderte Allskerjargdi.
„Man versucht, die neue Dekade zu übergehen."
„Wer ist man und wieso?"
„Da muss ich ein paar Jahrtausende zurückgreifen. Die Annanuki, also unsere Urahnen haben die Erde auch als Strafkolonie benutzt. Damals noch menschenleer, wurden wir auf dem Planeten abgesetzt. Technisch waren wir schon damals hoch ausgebildet. Wir konnten uns in der Wildnis von Pangäa, dem damaligen Superkontinent, behaupten. Tektonische Ereignisse sorgten immer wieder dafür, dass unsere Bevölkerungszahl nicht zunahm. Du musst verstehen, die Erde war damals noch recht wild in ihrem Veränderungsgebaren. Von unseren Richtern wurden wir beobachtet und immer wieder mit neuen Verbrechern versorgt. Das heißt, es musste ein Rechtssystem aufgebaut werden, dass dann die Neuankömmlinge in die Schranken verwies. Die weiteren Energien, die wir dadurch verbrauchten, stoppten den wissenschaftlichen Fortschritt zwar nicht ganz, aber er verlangsamte sich. Mittlerweile triftete der Superkontinent auseinander, sogar ziemlich schnell. Wir arrangierten mit unseren Richtern ein Abkommen, so dass wir nicht mehr als Strafkolonie behandelt wurden, sondern als Kolonie der Annanuki. Dabei bauten sie eine energetische Sicherung ein, die im physischen sowie im mentalen

Bereich immer die Ausgewogenheit suchte. Das heißt, ein Part konnte ruhig zusammenbrechen, aber beides würde das Ende des Bestehens der Menschheit und der Annanuki, sowie aller bestehenden Lebewesen auf der Erde bedeuten. In der Geschichte ging immer alles gut, bis jetzt. Physisch gesehen verändert sich der Magnetpol. Ihr habt auch vermehrt mit Vulkanausbrüchen, Erdbeben, Freisetzung von Kohlendioxyd, Tsunamis und Polabschmelzungen zu tun. Das sind alles Zeichen, dass die Polumkehrung bevorsteht. Dazu noch die stärksten Sonneneruptionen seit Menschengedenken, die 2012/2013 ihren Höhepunkt haben werden. Unsere Berechnung hat ergeben, dass am 21.12.2012 der Höhepunkt erreicht wird. Da wir schon einige Polumkehrungen mitgemacht haben, wissen wir, wovon wir reden. Ich gebe nur zwei bekannte Ereignisse zum Bedenken: die Sintflut und der Untergang von Atlantis."
Trine meldete sich zu Wort.

„Alles gut und schön, wer sind die anderen? Du sprachst auch davon, dass Ihr den Planeten nach Bodenschätzen abgesucht und quasi im Vorbeiflug dann auch noch abgebaut habt."

„Die anderen", wiederholte der Hohe Priester versonnen.

„Wir hatten die Option für eine Kolonie bekommen und mussten einen großen Teil unseren geschürften Bodenschätzen dafür abgeben. Die anderen, sind unsere Brüder und Schwestern. Während nach der letzten Polumkehrung Atlantis versank, spaltete sich unser Volk. Die einen forschten weiter, das waren wir. Die anderen vermischten sich mit den damaligen Menschen, was uns bis dato verboten war. Aber der Mensch entwickelte sich in der Frühgeschichte rasant, und es war abzusehen, wann aus dem jagenden Mensch ein wissensdurstiger Mensch werden würde."

„Und ein geldgieriges und machthungriges Tier", bemerkte Erk locker.

„Die Geldgier und der Machthunger machten den Neumenschen automatisch anfällig für Nebensächlichkeiten, die nicht ausgerichtet waren, die Art zu erhalten. Wir haben natürlich das Unsere dazu beigetragen. Aber so war es von Anbeginn der Geschichte. Immer wieder hat sich die Natur durchgesetzt und dadurch die Art erhalten, jetzt ist es anders. Die Gesellschaft hat sich verändert, man steht nicht mehr zusammen, die kleinste Zelle einer Gesellschaft bricht auseinander, oder man versucht, sie auseinanderbrechen zu lassen, das bedeutet automatisch Anarchie. Das mentale Energieverhältnis hat sich verlagert, und dadurch ist das Gleichgewicht nicht mehr vorhanden. Das war aber in der Vergangenheit schon öfters so, denkt an die Dekadenz der vergangenen großen Reiche. Diesmal kommt zu der mentalen Schwäche auch die physische eures Sonnensystems."

„Langsam verstehe ich Eure Bedenken. In allen weiteren Systemen sind die einzelnen Dimensionen wie auch die Zwischenwelten miteinander verbunden. Bricht eine weg, brechen alle weg."

„Genau, Erk."

„So, dann wäre die Alien-Frage auch geklärt", ergänzte Erk zynisch.

In diesem Moment klingelte es an der Haustür. Der junge Adfall stand gelassen auf und drehte sich zur Eingangstür. Erk Johannsen, der immer noch nicht überzeugt war, sprang auf und wollte sich an Adfall vorbeizwängen. Allskerjargdi hielt ihn fest, dabei sah er ihn intensiv an.

„Erk Johannsen, das ist für uns, Du wirst gleich mehr erfahren."

Erk, der die stahlharte Hand, die sich um sein Handgelenk schloss, sehr schmerzhaft spürte, schaute seine Frau Hilfe suchend an. Diese nickte nur und sagte. „Setz Dich bitte wieder, ich habe ein gutes Gefühl."

Allskerjargdi lächelte.

„Frauen hatten auch bei uns schon immer die besseren Instinkte."

Erk, der dies mit einem resignierenden Blick quittierte, setzte sich. Trine, die die Haustür von ihrem Platz aus gut beobachten konnte, sah, wie Adfall mit einem jüngeren Mann sprach. Plötzlich schrie sie auf, als ein schwarzer Schatten durch die Tür huschte und ins Zimmer kam. Erk schaute sich um und blieb wie erstarrt sitzen. Ein schwarzer Jaguar blieb neben Allskerjargdi stehen und blickte ihn auffordernd an. Leises Schnurren durchsäuselte den Raum wie Musik.

„Keine Angst, das ist Amitola ein schwarzer Panther, in eurer Sprache heißt er Regenbogen. Ich habe ihn im Amazonasbecken gefunden, als er halbverhungert neben seiner toten Mutter lag. Sie war in einer Wilderer Schlinge verendet. Setz Dich, Amitola, du erschreckst die Johannsens und das wollen wir doch nicht."

Erk stand der Schweiß auf der Stirn.

„Ihr erschreckt uns nur", erwiderte er sarkastisch. Sie hörten, wie Adfall die Tür schloss und das Zimmer wieder betrat.

„Der Arzt ist tot, seine Frau ebenso. Es gibt keine weiteren Zeichen von Gewalt oder irgendwelchen Giften.

Es scheint auch so, als hätten sich die Gegner zurückgezogen."

„Wer sind sie?"

„Eure und unsere Gegner. Ein uralter Bund von Fremden, den es schon lange gibt. Leider hat sich die Vermischung unserer Völker nicht unbedingt nachteilig auf unsere Gegner ausgewirkt, sondern sie noch gestärkt. Sie suchen sich besonders begabte Annanuki, um sie gegen uns einzusetzen. Aber im Gegensatz zu uns, sind sie nicht in der Lage, in eine andere Dimension zu reisen, oder Ihre vielen Talente so wie wir sie schulen, zu nutzen. Ihr Machthunger ist dafür aber unbegrenzt."

„Was würde passieren, wenn wir euren Anweisungen nicht folgen würden?"

„Sie würden euch töten, um sicher zu gehen, dass von euch keine Gefahr mehr ausgeht. Wir sind uns dabei aber nicht sicher, ob sie die sechs Jahre warten würden."

„Das ist aber alles sehr vage, Allskerjargdi. Ich kann nicht verstehen, dass eine Kultur, die, wie Ihr sagt, älter als die Menschheit ist und sehr wahrscheinlich hochtechnisiert, sich immer noch nach Mythen, Legenden und Weissagungen richtet."

„Dieses feine Geflecht aus Mythen, Legenden und Weissagungen beinhaltet immer eine ganze Menge Wahrheit, und diese Mythen, Legenden und Weissagungen sind die Hoffnung der Völker und der Menschheit auf eine bessere Zukunft."

Adfall, der seinen Vater drängend anschaute, nahm die eingetretene Pause wahr, um sie zu unterbrechen.

„Vater, es wird Zeit für die Probe."

„Trine, Erk, wir haben nicht mehr viel Zeit, wir müssen weiter, es gibt Schwierigkeiten in Bhutan."

„Was für eine Probe?" fragte Trine und schaute den Annanuki neugierig an.

„Ihr werdet schon sehen."

Allskerjargdi griff in die Innentasche seines langen Mantels und brachte drei goldene Ketten mit Anhängern zum Vorschein.

„Diese ist für Dich, Trine, eine goldene Kette mit der Erdkugel als Anhänger."

Er legte sie ihr um.

„Sie zeigen Deinen Stand in unserer Gesellschaft und gelten auch als Ausweis. Schau, ich habe auch eine Erdkugel. Du darfst diese Kette nie verlieren, sie beschützt Dich auch, und sie gibt Dir Entscheidungshilfen in extremen Situationen. Dein Mann wird Dir erklären, was die Mutter Erde bei vielen Völkern bedeutet. Jetzt zu Dir, Erk Johannsen."

Allskerjargdi legte dem Archäologen eine Kette an, die ebenfalls aus Gold bestand, während der Anhänger wie eine Kugel aus Eisen aussah.

„Deine Kette ist noch nicht vollständig, Erk, erst wenn die Zeit gekommen ist, wird sie ihre ganze Kraft entfalten."

Trotz ihrer Unvollständigkeit schmiegte sich die Kette um den Hals, als hätte sie nie einen anderen Ort gekannt.

„Nun zu Dir, kleiner Johannsen. Für Dich habe ich hier auch ein kleines Geschenk."

Der Wächter legte die dritte goldene Kette um den Hals des kleinen Jungen. Dieser Anhänger hatte ein Aussehen wie Glas. Ohne sich einmal zu rühren, lag er in den Armen seiner Mutter. Man spürte, dass er sich sichtlich wohlfühlte.

„Jetzt zeigt mir eure Handinnenflächen."

Erk Johannsen drehte seine Hände so, dass der Fremde seine Innenflächen sah. Dieser schaute kurz drauf, sah sich danach die Hände von Trine an, um dann die Hände des Kleinen zu überprüfen.

„Es ist vollbracht, die Weissagung kann beginnen."
Erk, immer noch belustigt. „Hände anschauen bedeutet Ärger."
„Ja, dann schaut sie Euch mal genau an."
Ungerührt drehte Erk seine Handinnenflächen so um, dass er die Innenflächen sehen konnte, dabei erstarrte er. Auf beiden Flächen waren zwei verschiedene Symbole zu sehen. Auf der linken Hand war die Erdkugel abgebildet, auf der rechten Hand ein Mann.
„Trine, lass Deine Hände sehen."
Auch Trine drehte ihre Hände so, dass die Innenflächen zu sehen waren. Auf der linken Hand war die Erdkugel, auf der Rechten eine Frau.
„Ich habe es geträumt."
Bemerkte Trine trocken, ohne erstaunt zu sein. Schon machte sich Erk an den Händen seines Sohnes zu schaffen und sah an der linken Hand die Erdkugel, an der Rechten einen Mann und eine Frau. Zwar noch klein, aber unverkennbar.
„Was für ein Taschenspielertrick ist das denn?" schnaufte Erk böse.
„Ich habe nicht vor, mit einem Tattoo herumzulaufen."
Allskerjargdi lächelte.
„Das ist kein Tattoo, das ist ein von unseren Urvätern genetisch festgelegtes Zeichen. Zu Zeiten Atlantis hatten wir das Wissen noch, etwas vorherzusagen, aber mit der Katastrophe ist dieses Wissen verloren gegangen. In Verbindung mit der Kette kommt es langsam wieder zum

Vorschein."

„Da bin ich aber froh, dass Ihr nicht alles wisst."

„Schau Dir meine Hände an. Links die Erdkugel, das Zeichen der Annanuki, rechts das Zepter, das Zeichen der Hohepriester."

„Sieht doch schick aus", lachte Trine, die sich über das Gesicht ihres Mannes amüsierte.

„Denk daran, Erk, wenn wir einen Boten schicken, lass Dir immer seine linke Hand zeigen. Alle, die auf unserer Seite stehen, haben die Erdkugel in der linken Hand. Bei unseren Gegnern fehlt die gesamte Erdkugel, wir sind nämlich die Bewahrer der Ketten. Energetisch gesehen, gibt die linke Hand und die rechte Hand nimmt."

„Was bedeutet denn das Zeichen von Mann und Frau bei meinem Sohn?"

„Es ist das Zeichen des neuen Zeitalters."

„Hedwig, lass deine Hände sehen."
Hedwig drehte ihre Hände. In der linken Hand war die Erdkugel, in der rechten Hand eine Wiege.

„Bevor wir gehen, habe ich noch eine Bitte, Erk und Trine. Ihr wollt euren Sohn auch Erk nennen, nennt ihn mit Zweitnamen Pentragon."

Erk schaltete schnell: „Pentragon, aus der Artussage?"

„Ja, richtig, aber sein richtiger Name war anders, Ambrosius Aurelianus. Oder im keltischen, der Kopf des Drachen. Ein begnadeter Anführer."

Erk schaute seine Frau an, diese nickte nur.

„Es ist gut, Hoher Priester. Wir sind damit einverstanden." Resignierend gab Erk nach. Hedwig, die sich die ganze Zeit schweigsam verhalten hatte, räusperte sich, schaute die anderen an und bat um das Wort.

„Da jetzt alles geklärt ist, verschwindet ihr Männer aus

dem Zimmer, die junge Mutter braucht Ruhe, und der Held schreit sicher bald und hat Hunger."
Die Männer standen leise auf und gingen in den angrenzenden Flur. Allskerjargdi drehte sich noch einmal, um Trine zuzuwinken: „Wir sehen uns in sechs Jahren, Trine, und in den sechs Jahren wird dein Sohn einiges anstellen, er kann nichts dafür, seine Kräfte müssen noch gebündelt werden."

„Was für Kräfte?"

„Er ist ein Quantendenker, da kann man im Vorfeld noch nicht sagen, wie seine Kräfte sich gestalten. Quantendenker können mehrere Denkprozesse nebeneinander durchführen, während der Mensch linear denkt."

Trine, die erschöpft von der Geburt war, hatte schon die Augen geschlossen. Hedwig gab Amitola einen Stups, der gelangweilt aufstand, beide Vorderpfoten auf das Bett legte, seine Nase ganz nah an das Gesicht des Kleinen hielt, um ihm dann mit der Zunge herzhaft über das Gesicht zu lecken. Der Kleine öffnete kurz die Augen, ließ schnell seinen kleinen angewinkelten Arm fallen und versuchte, der Großkatze an den Barthaaren zu ziehen. Amitola hatte damit gerechnet und zog schnell den Kopf zurück. Ein zufriedenes Knurren ausstoßend, streckte sie sich und lief langsam hinter den Männern her.

„Wenn Du uns brauchst, Erk, setzt euch mit Hedwig in Verbindung, sie weiß, wie sie uns erreichen kann."

Erk öffnete die Tür und sah jetzt erst, dass die Straße von Männern mit langen Mänteln überwacht wurde.

„Wir sind immer bei euch."

Die Männer gaben sich die Hand. Erk bemerkte, dass der Regenbogen verschwunden war.

21.12.1990
Frazer Island. Australien

Einst war Beeral, ein Gott der Aborigines, unzufrieden mit dem, was er geschaffen hatte. So gab er zwei vertrauten Geistern, Yingdingie und K`gari, einen Auftrag, etwas zu schaffen, was nicht übertroffen werden konnte. Schnell machten sich die beiden Geister ans Werk. Sie schufen eine Insel, die so schön war, dass selbst die Götter auf dieser Insel Urlaub machen wollten. Es gab außerdem Seen, die so hell und vielfältig in ihren Farben waren, dass man meinte, die Insel sei mit Rubinen und Diamanten übersät. Wälder und Urwälder waren so grün, wie sie es auf der ganzen Mutter Erde nicht geben konnte. Blumen, deren Farbenvielfalt nicht übertroffen werden konnte, krönten die Wiesen und Auentäler. Ein Strand umgrenzte die Insel zum Meer, dessen Quarzsand wie die Augen lustiger Kinder leuchteten.
Yingdingie sah, wie K`gari am Strand vor Erschöpfung eingeschlafen war. Er war von diesem Anblick so berührt, dass er K`gari auf diese Insel zauberte. Dabei verlor er eine Träne, mit der er dann den türkisfarbenen Ozean schuf.
Beeral bestimmte, dass das Wort K`gari Paradies bedeutete. Dabei befahl er, dass die Aborigines vom Stamm der Butchulla die Insel bewachen sollten, so dass kein böser Geist je in die Versuchung kam, die positive Energie, die diese Insel ausstrahlte, zu verletzen.
Wäre ein Besucher auf dem Eiland gewesen, hätte er in dieser Nacht den eigenartigen Ton des Schwirrholzes gehört. Nur das Bora Bora war in der Lage, die spirituellen Verbindungen zu den einzelnen Stämmen herzustellen,

um die geistige Stärke eines ganzen Stammes zu zentrieren.

Die zwei Besucher in langen Mänteln beobachteten die sich ihnen dargebotene Zeremonie mit außerordentlicher Neugierde. Ohne die Umgebung aus dem Auge zu lassen, merkte man ihnen die Anspannung an. Ein alter Aborigine kam zu den beiden Männern.

„Macht euch keine Gedanken, es wird ihr nichts passieren. Meine Männer haben eine Energieglocke über diesen Ort gelegt. Wir warten nur noch auf den Alten."

„Unterschätzt unsere Gegner nicht, wenn eines dieser Neugeborenen stirbt, sind wir angreifbar, bis wir die anderen ausgebildet haben."

„Ja, ich weiß, aber gegen unsere Traumfänger kommt keiner an. Wir haben den perfekten magischen Kreis, und alle Häuptlinge sind mental miteinander verbunden."

„Wie geht es der Mutter?"

„Es kann jeden Moment losgehen."

„Ist sie in dem unterirdischen Bau auch sicher?"

„Macht euch keinen Gedanken, ohne unser Einverständnis wird da keiner reinkommen."

„Hast du die Kette?" fragte der eine der Wächter den anderen.

„Nein. Bevor wir nach Frazer Island kamen, hat Adfall im Auftrag von Allskerjargdi sie noch abgeholt und dem Alten direkt geben lassen."

„Scheiße. Warum hast du mir nichts gesagt, Bruder?"

„Adfall hat es mir eindringlich verboten, bis wir hier auf der Insel sind."

Man brauchte nicht an eine Vorsehung zu glauben, um dann die Ereignisse, die sich nun rasant abspielten, als rationell zu betrachten. Die grünliche Kulisse der Seen war der perfekte magische Hintergrund für die Ereignisse, die jetzt eintraten. Dieser Ort sollte nie mehr das sein, was er in der Vergangenheit einmal war. Seine Energie wurde regelrecht abgesaugt und verlor sich in der Unendlichkeit des Alls.

Da stand er, völlig ruhig, auf einem Bein, der linke Fuß stützte sich an die Innenseite des Knies des rechten Beines, die linke Hand lag offen auf dem Knie des linken Beines, rechts abgestützt durch einen überlangen Speer, man meinte ein verwachsenes kleines Männchen, aber das Männchen war weder verwachsen noch klein. Die Erdkugel, die seine linke Innenhandfläche zierte, leuchtete in einem irrationalen pulsierenden Licht. Kleine schweinsähnliche listige Augen schauten abschätzend auf die beiden Fremden. Der brustlange Bart vibrierte leicht, als der alte Aborigine mit einer fließenden Bewegung den Speer hob, und ihn, ohne zu zögern auf einen der beiden Fremden schleuderte. Einer dieser beiden Fremden hatte wiederum bei dem Erscheinen des Alten in seine Manteltasche gegriffen und einen malaysischen Kris hervorgezaubert. Mit dieser fürchterlichen Waffe in der Hand, stürzte er sich auf den anderen Wandernden Wächter. Da kam völlig ruhig und ohne zu wackeln, aber mit der Präzision, die nur das Schicksal kennt, der Speer vom Alten und bohrte sich mit einer ungeheuren Wucht durch die Brust des einen Mannes, der den Kris in den Händen hielt, dass das Energiezentrum des Wächters symbolisierte. Wie vom Blitz getroffen, fiel der Mann um, der Kris löste sich aus seiner Hand und ohne einen weiteren Ton von sich geben zu können, starb er einsam an einem unbekannten Gewässer, dass die Götter geschaffen hatten.

Die vier Medizinmänner, die in den vier Himmelsrichtungen im perfekten Kreis saßen, kippten fast alle gleichzeitig auf die Seite, durchbohrt von Speeren. Alles das geschah, in der völligen Lautlosigkeit, denn das Surren der Bora Boras hatte aufgehört, und die Energieglocke fiel in sich zusammen.

Sämtliche Büsche, die um diesen heiligen Platz standen, teilten sich und spuckten zwanzig halbnackte Gestalten aus, die von einem großen schlanken Mann angeführt wurden, der mit den feinen Gesichtszügen eines Aristokraten gezeichnet war. Die Gestalten bewegten sich mit der katzenhaften Beweglichkeit von Menschen, die immer von dem Gefühl beherrscht wurden, in Gefahr zu sein. Es waren Maoris, an allen Teilen ihres Körpers in der ihnen eigenen Art tätowiert. Nach allen Seiten sichernd, strebten sie den Punkt an, an dem der Alte gestanden hatte.

Der letzte Wächter, gut geschult, lief, nachdem die fünf Aborigines gestorben waren, auch zu dem Punkt, an dem der Alte verschwunden war. Es wurde ihm langsam klar, warum Allskerjargdi die Kette direkt dem Alten hat geben lassen. Auch sie, diese uralte Verbindung von Annanuki hatte Verräter unter sich. Aber jetzt ging es erst einmal um sein Leben. Ihm war schon klar, wenn die Halbnackten ihn in die Finger bekämen, wäre sein Leben nichts mehr Wert.

Die Natur hielt immer noch den Atem an. Die Stille war beklemmend und fast zu greifen, nur das harte, stoßartige Atmen der Jäger war zu hören, als die Maoris versuchten, mit schnellen Schritten den fliehenden Wandernden Wächter und den Ort, an dem der Alte verschwunden war, zu erreichen.

Der letzte der Wächter, ein Halbblut, sein Name war Blendingur, hatte die Stelle erreicht, an der der Alte verschwunden war. Nichts deutete auf eine Öffnung hin. Die Mörder waren noch dreißig Meter entfernt, kamen aber rasch näher. Als Blendingur einen harten Griff um seinen Fuß spürte. Da fiel er schon in ein dunkles Loch, und jemand hielt Ihm den Mund zu.

„Psst. Kein Wort."

Die Nacht begann wieder zu sprechen. Zuerst begann ein Schwirrholz, dann zwei und immer mehr stimmten ein in einen Klang, der im Kopf ein Inferno auslöste. Alles ging so rasend schnell, dass sich der Hörnerv nicht mehr auf diese Situation einstellen konnte. Die Männer fielen mit schmerzverzerrtem Gesicht reihenweise um und hielten sich die Ohren zu. Blendingur wurde von hilfreichen Händen in völliger Dunkelheit weitergezerrt. Der Weg führte immer weiter nach unten. Hinter sich hörte er das schmatzende Geräusch von sich schließenden schweren Türen. Mittlerweile hetzten seine Retter nicht mehr. Die Aborigines verständigten sich mit denen ihnen eigenen gutturalen Lauten ihrer Sprache. Jedenfalls nahm Blendingur an, dass es Aborigines waren. Er verstand kein Wort von dem, was die Männer sprachen, er merkte aber, wie sich langsam die Anspannung unter seinen Helfern löste, und das Geschnatter der Männer zunahm. Sie waren wohl schon zehn Minuten gelaufen, als sie ein starkes Grollen hinter sich hörten, und der Boden unter ihnen zu wanken begann. Blendingur merkte sofort, wie der Stress bei seinen Begleitern wieder erheblich zunahm und sie sich erschreckt ansahen.

„Los, schneller, wir müssen die nächste Tür erreichen, sonst ersaufen wir."

Blendingur, der gut durchtrainiert war, spürte, wie ihm langsam die Lungen pfiffen. Einer der Ureinwohner knipste eine Taschenlampe an, so konnte er sehen, dass es fünf Männer waren, die ihn führten. Der Gang machte einen Knick nach links, und in zehn Meter Entfernung sahen sie eine offene Stahltür, durch die sie alle schlüpften. Die Luft war feucht und moderig, aber gut zu atmen.

Blendingur, der sich umschaute, war erstaunt, wie breit und gut bearbeitet der Gang war. Die Aborigines schauten angespannt in die Richtung der Tür, an einer Biegung stand bereits einer von ihnen und leuchtete mit der Taschenlampe in die Richtung, aus der sie gekommen waren.

Blendingur wunderte sich, dass die Männer in dieser Situation noch nicht einmal schneller atmeten. Immer noch starrten sie gebannt auf ihren Kameraden, der an der Biegung stand. Der Luftzug verstärkte sich unmerklich, und ein leises Rauschen war zu hören. Der Wächter stieß seinen Nachbarn an und fragte ihn leise: „Was ist, auf wen warten wir?"

Ohne sein Gesicht zum Wächter zu wenden, antwortete der Aborigine: „Auf Gor, unseren Schnellsten."

Das Rauschen wurde immer lauter, und der Luftzug entwickelte sich zum Sturm. Es war so, als würde der Sauerstoff aus einem Flaschenhals gedrückt.

„Er kommt."

Die Männer machten bereitwillig Platz. Um die Ecke schoss ein riesiger Aborigine, der sich gehetzt umschaute.

„Schnell, macht die Tür zu."

Beherzt griffen seine Freunde zu, knallten die Tür in ihr Schloss und verriegelten sie. Im selben Moment trommelte es wie Dauerfeuer gegen die Tür, als würde eine wüste Brandung in ihrer Wut gegen eine Kaimauer donnern. Der Ton verlor sich sofort, und atemlose Stille machte sich breit. Die Aborigines schauten gebannt auf die Tür, aber sie hielt. Blendingur sah nur, wie sich kleine Tropfen von kondensierendem Wasser auf dem dicken Stahl bildeten, die, wenn ihr Eigengewicht zu groß wurde, wie Rinnsale auf den trockenen Boden fielen.

„Was war das denn?"

„Wir haben den Gang geflutet, damit sie uns nicht verfolgen können."

„Wo ist der Alte?"

„Komm mit, wir sollen Dich zu ihm führen."

Gemeinsam gingen sie weiter. Es dauerte keine fünf Minuten, da standen sie wieder vor einer Tür, welche genauso massiv war wie die Vorherige Tür. Gor, der vorangegangen war, öffnete sie. Sofort strahlte helles Licht in den Gang, und Blendingur, der sich erst an die Helligkeit gewöhnen musste, kniff die Augen zusammen. Nachdem sich seine Augen an die Helligkeit gewöhnt hatten, nahm er einen großen Raum wahr, an dessen gegenüberliegenden Wand ein Bett stand. Die Frau, die in diesem Bett lag, war eine typische Aborigine, die tiefdunkle Haut wurde nur durch die Falten ihres Gesichtes und ihrer breiten Nase unterbrochen. Sie hatte einen kleinen Jungen auf den Armen, der immer noch mit der Nabelschnur verbunden war. Sie sah glücklich aus, so glücklich, wie nur eine Mutter aussehen konnte. Dabei entblößte der breite Mund, mit seinen wulstigen Lippen, eine Reihe schneeweißer Zähne.

Blendingur, der einzige Nicht-Aborigines in dem Raum, schaute sich neugierig um.

Die Hebamme, Blendingur nahm an, dass es die Hebamme war, klemmte die Nabelschnur ab. Dabei schob sie den Alten recht unsanft zur Seite und erntete prompt einen bösen Blick. Nach der Prozedur gab sie den Kleinen der Mutter zurück, die dann voller Stolz, ohne ein Wort zu sagen, das Neugeborene dem Alten gab. Dieser nahm ihn vorsichtig in Empfang und legte ihn in seine linke Armbeuge. Dann nestelte er aus seinem Lendenschurz eine goldene Kette hervor, an der ein durchsichtiger Anhänger hing, die er dem Kleinen mit der Kette um den Hals legte. Dann drehte er leicht die linke und die rechte Handfläche so, dass er auf die Innenfläche sehen konnte.

„Schaut, es ist vollbracht."

Die Aborigines drängten sich ehrfürchtig um das Bett der Mutter und sahen in der linken Hand die Erdkugel und in der rechten Hand einen kleinen Mann. Vorsichtig nahmen sie die Hände nach vorne und berührten den Kleinen einmal. Diese Szene hatte etwas Rituelles an sich, dem sich auch Blendingur nicht entziehen konnte. Genauso wie die australischen Ureinwohner, berührte er den Jungen leicht am Oberarm und zog erschreckt seine Hand zurück. Dieser kurze Moment langte, um Blendingurs eigene Geburt kurz vor seinen Augen erscheinen zu lassen, die dann wie eine Fata Morgana aber sofort wieder verschwand. Der Alte gab den Kleinen der Mutter zurück und wandte sich an die anwesenden Aborigines. Er bellte ihnen einige Befehle zu, dann drehte er sich zu dem Wächter. Die Aborigines lösten die Sperren der Räder unter dem Bett und schoben die Mutter mit Kind durch eine zweite Tür aus dem Raum.

„Warum hast Du meinen Partner getötet, alter Mann?"

„Er war ein Verräter."

„Was ist mit ihnen passiert?"

„Sie sind alle tot."

Der Alte griff Blendingur am Arm und hielt ihn fest. Fast augenblicklich erschienen vor den Augen des Wächters Bilder, die auf ihn wie ein Traum wirkten. Er sah von oben die Szenen ablaufen, die sich auf der Erdoberfläche abgespielt hatten.

Nachdem Blendingur im Erdloch verschwunden war, hetzten die Maoris auf die Stelle zu, wo er verschwunden war. Aber sie sahen nur staubigen Boden. Im gleichen Moment konnten sie sich nicht mehr auf den Beinen halten und fielen reihenweise um, dabei hielten sie sich die Ohren zu. Der Anführer dieser Mörder schaute irritiert in Richtung seiner Leute. Überrascht hörte er, wie kleine Explosionen, gepaart mit Wasserfontänen, die Stille durchbrachen und der Erdboden unter den Füssen der Maoris sich aufzulösen begann. Der perfekte Kreis bestand nicht mehr und fiel einige Meter in die Tiefe, dabei riss er die Leichen der Häuptlinge und alle Maoris mit sich. Sofort füllte das Loch sich mit Wasser, und die Mörder ersoffen allesamt in den Fluten.

Der Fremde stand wie versteinert da und schaute auf die Szenen, die sich vor seinen Augen abspielten. Er ballte die Fäuste, dachte aber nicht daran zu helfen, sondern drehte sich auf der Stelle um und verschwand wieder im Urwald. Blendingur erwachte aus seinem Tagtraum.

„Wie macht Ihr das?"

„Wir sind Traumfänger, einige von uns haben diese Gabe, und dieser kleine werdende Krieger hat sie im Besonderen. Du wirst jetzt nach Bhutan reisen. Da triffst du Allskerjargdi, den obersten Wächter im Kloster

Taktshang. Teile ihm mit, dass ich mit der Mutter und dem Kleinen in die Wüste gehe. Vor dem Ablauf der sechs Jahre nehme ich mit ihm Kontakt auf. Ach, noch etwas, sag ihm, dass ich unseren Feinden nicht traue, ich glaube nicht, dass sie die Frist der sechs Jahre einhalten werden. Sie werden auf jeden Fall versuchen, an das Umfeld der Kinder zu kommen, um sie zu töten. So, jetzt verschwinde, Gor wird dich aus diesem Labyrinth herausbringen."
Gor, der nur auf einen Wink des Alten gewartet hatte, nahm Blendingur am Arm und verschwand mit ihm in der Dunkelheit.

21.12.1990
Bhutan
Kloster Taktshang. Das Tigernest

Das Kloster war ein wunderbarer Anblick. Das in Bhutan in 3120 Metern Höhe gelegene altehrwürdige Kloster Taktshang zierte das Paro Tal, das ein Teil der geschichtlichen Vergangenheit des buddhistischen Glaubens war. 700 Meter freier Fall ließ jeden Beobachter taumeln. Trotzdem beschlich jeden das Gefühl, die ganze Welt umarmen zu müssen.

Tang, der Abt des Klosters, saß in der höchsten der neun heiligen Höhlen, um zu meditieren. Das Gemurmel der sich rotierenden Gebetsmühlen erfüllte den Raum und erinnerte an das Plätschern eines kleinen Baches, der mit langsamer Geschwindigkeit, sich immer wieder windend, seinen Weg in die Tiefe suchte. Der Geruch gegorener Yak-Milch, gepaart mit dem Wachs der endlos vielen Kerzen, hing schwer in der Luft der Höhle. Halbschatten warfen bizarre Figuren auf die bemalten Wände, die umhertanzten, als wären tausend Derwische in Trance in dem steinernen Raum gefangen.

All das beeindruckte den alten Tang nicht. Er war es gewohnt, mit seinen Mitbrüdern, in dieser Umgebung zu meditieren. Aber diesmal war es trotzdem anders. Die Zeit der Reinigung der Erde hatte begonnen, und nur wenige wussten davon. Die, die etwas wussten, waren keine Statisten, es waren die Auserwählten oder ihre Gegner. Nach dem 21.12.2012 sollte nichts mehr so sein, wie es einmal war, der physische und mentale Krieg mit jahrtausendalten Bestimmungen hatte jetzt endlich seinen Anfang gefunden. Dabei sollte das Tigernest eine große

Rolle spielen, genauso wie vor achthundert Jahren.
Der Abt stand auf und seine bei ihm sitzenden und betenden Mitbrüder mit ihm. Das gemeinsame Frühgebet war zu Ende. Die ganz Alten versammelten sich um ihn herum und erwarteten seine Anweisung. Noch stand er da und schaute geistesabwesend auf die aufgemalte Buddastatue an der Wand, die umringt von einem Tiger und seinem Jungen war, von Jägern verfolgt, die Statue fragend anschauten. Über dem Kopf des Tigers kreisten zwei Adler, die dem Betrachter das Gefühl gaben, als wollten sie den Gejagten helfen.
Tang durchfuhr es wie ein Blitz. Er wandte sich an den Jüngsten der Brüder, einen hochgewachsenen Novizen.

„Richtet den Adlerhorst her, sauber und trocken, verschließt die Löcher, bringt Vorhänge an die beiden Fenster an und baut ein Schloss an die Tür. Denkt daran, kein Lichtschimmer darf nach draußen dringen. Wenn alles fertig ist, bringt einen modernen Ofen nach oben, wärmt den Raum und begleitet die Schwangere dorthin. Vier unserer besten Kämpfer sollen sie bewachen und holt die Hebamme!"

„Aber, Herr, der Adlerhorst wurde seit Jahren nicht genutzt, und es dauert seine Zeit, ihn herzurichten."
Ein strafender Blick ließ den Zweifler sofort verstummen und den Blick senken.

„Merke, manchmal liegt in der Vergangenheit der Pfad für die Zukunft. Ich gebe euch vier Stunden Zeit, alles zu erledigen. Bis zum Morgengebet ist alles fertig, und holt euch Ratschläge von der Hebamme, wenn ihr nicht wisst, wie ein Geburtsraum aussehen soll. Zur spirituellen Reinigung des Raumes erwarte ich euch in vier Stunden im Adlerhorst."

Sein alter Freund Allskerjargdi hatte mal wieder Recht behalten. Tang erinnerte sich an seine Worte. „Tang, die Lösung des Problems liegt in einer störungsfreien Geburt, es liegt ganz alleine in deiner Hand. Es steht alles in deiner Bibliothek. Denk immer daran, die Krieger des Regenbogens müssen vollständig sein, sonst können sie ihre ganze Kraft nicht entfalten. Das Zeitfenster für unsere Gegner ist vierundzwanzig Stunden. Vierundzwanzig Stunden vor der Geburt bis zur Niederkunft dürfen unsere Gegner Mutter und Kind töten. Von da an ist es ihnen bis zum sechsten Lebensjahr untersagt."

Tang lächelte, als er sich der Worte entsann. Bis auf die Bibliothek hatte er Recht behalten. Aber Bilder waren ja auch so etwas wie eine Schrift. Hochzufrieden und in sich erleichtert wandte er sich an seine Brüder.

„Ich glaube, wir bekommen heute noch hohen Besuch. Richtet auch die Besucherzimmer her. Schließt das Haupttor, und niemand, der nicht direkt mit dem Kloster zu tun hat, hat hier nichts zu suchen. Sie müssen alle für die nächsten Stunden ins Paro-Tal zurück. Schließt, wenn alle weg sind, auch den alten Saumpfad, stellt unten Wachen auf und richtet eine Funkverbindung mit ihnen ein. Ich entscheide, wer ins Kloster darf und wer nicht."

„Was ist mit den Touristen und den Chinesen?"

„Den Touristen sagt ihr, es finden interne Feiern statt."
Tang überlegte kurz.

„Die Chinesen sollten wir nicht kompromittieren."
Er ließ sich mit der Antwort einen Moment Zeit.

„Sagt ihnen, es findet unser jährliches Reinigungsfest statt, dabei dürfen nur Mönche und Novizen teilnehmen."

„Wie ihr wünscht, Meister."

Die Hände gefaltet und mit einer tiefen Verbeugung, entfernte sich der Glaubensbruder.
Tang schaute versonnen aus dem Fenster, es hatte angefangen zu schneien. Er lächelte listig vor sich hin, denn Buddha hatte ein Einsehen. Bei diesem Wetter waren nicht so viele Touristen unterwegs in diesem einsamen Land, und mit den Chinesen, da hatte er keine Probleme. Sie würden seinen Wunsch respektieren. Bei dem Wetter, das Kloster zu stürmen, war nicht ungefährlich. Er konnte also beruhigt sein. Mit wenigen Schritten erreichte er die Bibliothek und nahm sich die Schriftrolle heraus, die die Gründung des Klosters beschrieb. Es war nicht das erste Mal, dass er den Text las.
Es gab einst in grauer Vorzeit einen Herrscher in Bhutan, der auf der Jagd nach einer Halbgöttin war. Diese Halbgöttin war in der Lage, sich in einen Tiger zu verwandeln. In dem Gebirge von Bhutan, im Paro-Tal wurde die Halbgöttin gestellt. Sie war schwanger und wurde einen Hohl-Pfad hinaufgejagd, der so steil war, dass kein Mensch in der Lage war, diesen Pfad jemals zu bezwingen. Also verwandelte sie sich in eine Tigerin und sprang von Felssims zu Felssims, bis sie zu einem Tableau kam, auf dem sie sich ausruhte. Sie war in Sicherheit, aber der Weg ging auch nicht weiter.
Der Herrscher, welcher nun merkte, dass er die Halbgöttin nicht besiegen konnte, belagerte diesen Hohl-Pfad. Die Anstrengung, welche die Tigerin hinter sich gebracht hatte, bewirkte, dass sie ihr Kleines gebar. Sie säugte das Junge, bis es nicht mehr ging. Die Mutter brauchte dringend Nahrung. Die Tigerin verwandelte sich zurück in ihre menschliche Gestalt und betete zu ihrem Vater, einem mächtigen Gott, er möge ihr doch helfen.

Der Vater schickte ihr einen Adler, der der Halbgöttin mitteilte, er helfe ihr nur, wenn sie an dieser Stelle ein Kloster zu Ehren Buddhas errichtete und ihr Dasein als Gott aufgebe. Die Göttin willigte ein. Daraufhin nahm der Adler das Kleine und brachte es in sein Nest oberhalb des Plateaus. Der Gott schickte einen mächtigen Nebel, und die Halbgöttin war so in der Lage, sich an den Wächtern des Herrschers vorbei zu Schleichen. Nachdem sie sich Nahrung besorgt hatte, verwandelte sich die Göttin zurück in einen Menschen. Der Herrscher zog seine Truppen ab und starb nach dem Willen der Götter eines schrecklichen Todes. Der zum Mensch gewordene Gott hielt sein Versprechen und baute mit Hilfe der Bevölkerung das Kloster, das sie Tigernest nannten. Dafür lehrte man der Bevölkerung alte Kampftechniken, Buddhismus und für besonders begabte Schüler, Telepathie Techniken.

Eine beeindruckende Geschichte, dachte Tang. Sie könnte sich auf andere Weise wiederholen.

Noch war genug Zeit bis zum Reinigungsgebet. Trotz aller Vorsichtsmaßnahmen machte sich in Tang eine leichte Unruhe breit. Es gab zwei Möglichkeiten, diese Unruhe zu bekämpfen, zu meditieren und die Gebete zum Bardo zu sprechen und immer wieder, wie eine Mantra, zu wiederholen. Oder seine eigenen Anordnungen zu kontrollieren. Er entschied sich für die Kontrolle. Es hing zu viel von seinen Entscheidungen ab, um es in die Hand von Gebeten zu geben. Seine Brüder hätten ihn der Blasphemie bezichtigt und ein Ausschlussverfahren angestrengt, wenn sie seine Gedankengänge erahnt hätten. Man sollte aber manchmal weltliche Entscheidungen festgelegten Rhythmen vorziehen. Er war nicht nur Priester, was das Weltliche betraf, war er ein Pragmatiker. Außerdem war seine Autorität in dem Kloster schon legendär. Sie würden es sich dreimal überlegen, ob sie ein Ausschlussverfahren gegen ihn anstrengen würden, und die Chinesen hatten auch noch ein Wort mitzureden. Er schaute der Zukunft, die ihn betraf, gelassen entgegen und machte sich daran, die Kontrollen durchzuführen. Zwei einsame Wanderer quälten sich den alten Maultierpfad hoch, sich immer an der Felswand haltend, merkten sie allmählich, dass die Luft immer dünner wurde. Den ersten Checkpoint hatten sie schon passiert, und Allskerjargdi war sehr zufrieden mit den getroffenen Sicherheitsmaßnahmen. Der alte Tang hatte wirklich gute Arbeit geleistet. Mittlerweile schneite es immer mehr, und der alte Saumpfad wurde nasser und glatter. Besser konnte es gar nicht laufen. Auch den Gegnern hatte das Wetter seine Grenzen gezeigt. Wie schon vor tausend Jahren war das Tigernest nicht einzunehmen. Einer ruhigen Geburt stand also nichts mehr im Wege. Die alten Mauern des Tigernestes sehend, beschleunigten Allskerjargdi und sein Sohn ihre Schritte. Vor dem antiken Holztor angekommen, mussten sich die beiden erst einmal verschnaufen, bevor sie den alten bronzenen Tigerkopf, der an dem Tor befestigt war, hoben und auf eine dicke Metallplatte fallen ließen. Ein dumpfer Ton hallte durch die altehrwürdigen Hallen des Klosters und bewirkte, dass augenblicklich ein kahlgeschorener Kopf aus einer alten Luke auftauchte. Ohne eine Frage abzuwarten, wandte sich der Hohe Priester an den Novizen, der anscheinend das Tor bewachte: „Melde dem Abt, Allskerjargdi und Adfall sind da."

„Wir erwarten Euch schon, Herr."

Das Tor öffnete sich sofort, und kein Knarren erfüllte die kalte und trockene Höhenluft. Das Tor war trotz des Alters in einem hervorragenden Zustand, dachte Allskerjargdi, als ihm Tang bereits entgegeneilte und ihn in den Innenhof zog.

„Hallo, alter Freund, wen bringst Du da mit?"

„Hallo, Tang, lange nicht gesehen, das ist mein Sohn Adfall."

Der Abt schüttelte Adfall herzlich die Hand.

„Wo ist die Zeit geblieben, Allskerjargdi? Da sieht man erst, wie lange wir uns nicht gesehen haben."

„Du weißt doch, dass Zeit für uns relativ uninteressant ist."

„Lasst uns reingehen und zur Begrüßung eine Schale Yak Milch trinken."

„Ist Blendingur schon eingetroffen?"

„Nein, am Checkpoint ist er auch noch nicht durch. Wie ist es auf Frazer Island gelaufen?"

„Der Alte nimmt Mutter und Kind mit in die Wüste. Wenn es soweit ist, meldet er sich."

„Bei uns hier geht alles seinen gewohnten Gang, wir haben alle nötigen Sicherheitsmaßnahmen getroffen."

„Habe ich schon gemerkt, das Tor ist geölt."

Tang, der die Anspielung verstand, lächelte milde.

„Wir haben in den letzten Jahren in die modernsten Überwachungssysteme investiert und meine Brüder auf IT-Schulungen geschickt. Kommt mit, ich zeige es euch."

Neben der großen Halle befand sich ein kleinerer Raum, zu dem Tang seine Besucher führte. Dort saßen ein Bruder und ein Novize. Beide beobachteten eine Reihe von Bildschirmen, die an der Wand hingen. Auf dem einen konnten sie den Checkpoint erkennen, an dem zwei Mönche Wache hielten.

„Da habt ihr ja mächtig investiert."

„Ich glaube nicht, dass wir trotz unserer Begabungen ohne technische Hilfsmittel auskommen können. Es geht schließlich um unser aller Zukunft, und da ist einseitiges Denken fehl am Platz. Manchmal muss man andere mitnehmen, ohne dass sie das merken."

Adfall unterbrach die Unterhaltung der beiden.

„Vater, sieh, Blendingur ist da."

Tang wandte sich an die beiden Operator.

„Lasst ihn durch."

Einer der beiden Bediener gab den Befehl durch ein Mikrophon weiter. Am Checkpoint reagierte man sofort und ließ Blendingur passieren. Der gesamte Hohlweg war mit Kameras und Mikrophonen bestückt, die sie sich, sobald jemand den Weg betrat, automatisch einschalteten. Die Mönche waren sogar so weit gegangen, dass sie die einzelnen Gespräche abhören konnten, dann aufnahmen, um sie zu analysieren.

„Na, Tang, wissen die Chinesen das, was du hier machst? Das ist beste NSA Manier."

„Was meinst du, wer das bezahlt hat? Wenn man sie richtig anpackt, sind sie durchaus kooperativ. Dadurch, dass sie auch öfters Konferenzen hier oben abhalten und dabei unsere Gastfreundschaft genießen, war das gar kein Problem. Außerdem, wer kann den westlichen Besuchern oder Konferenzteilnehmern so ein Ambiente bieten? Ihr seht, wir haben alles im Griff. In den letzten zwei Jahren wurde jedes Gespräch aufgezeichnet und ausgewertet. Es hatte nichts ergeben. Hier oben ist keiner, der uns Schaden will."

„Dein Wort in Buddhas Ohr, Tang. Wir möchten uns ein wenig frisch machen. Wenn Blendingur eintrifft, möchte ich ihn sofort sprechen."
„Wie Ihr befehlt, Allskerjargdi."
Tang gab dem mitlaufenden Novizen einen Wink. Der flüsterte, indem er sich verbeugte.
„Kommt bitte mit, ich bringe Euch zu Eurer Unterkunft."
Das Zimmer war einfach eingerichtet, aber sauber und warm.
„Was meinst Du, mein Sohn?"
„Ich habe das ungute Gefühl, als hätten wir etwas übersehen, Vater."
„Lass uns Blendingur fragen, Sohn. Ich habe ihm den Auftrag gegeben, sich in den Dörfern der Umgebung umzuhören, bevor er nach Australien abgereist ist. Mal sehen, was er herausgefunden hat."
„Wir haben nicht mehr viel Zeit, etwas zu verändern, es muss also schnell gehen."
Beide setzten sich im Lotussitz gegenüber, fassten sich an den Händen und fielen sofort in Trance. Blendingur, der schon einige Höhenmeter geschafft hatte, bemerkte, wie Bilder in seinem Gedächtnis vorbeizogen. Er wusste sofort, dass jemand versuchte Kontakt mit ihm aufzunehmen. Er setzte sich in eine etwas ruhigere Ecke, konzentrierte sich und fiel auch sofort in Trance. Die Verbindung entstand sofort.
„Hallo, Blendingur, ich begrüße Dich. Es dauert nicht mehr lange, und Du bist wieder bei uns. Hast Du den Auftrag ausgeführt, den ich Dir gegeben hatte?"
„Ja, Allskerjargdi. Es ist ungefähr zwei Wochen her, da fragte eine Gruppe von Amerikanern, ob es

Möglichkeiten gäbe, oberhalb des Klosters die Aussicht zu genießen. Ansonsten waren keine weiteren Touristen da. Na ja, ist ja auch Winterzeit."

„Was haben die Einheimischen gemacht?"

„Sie haben sie zu dem alten Saumpfad geführt und ihnen gezeigt, wie sie zu der Höhe einhundert kommen können. Er soll nicht so schwierig sein. Er führt durch einen kleinen Tannenwald, um dann auf 3120 Metern an einer steilen Klippe zu enden. Da ist dann ein Überhang, der sich über dem Kloster befindet."

„Hat man sie wieder runterkommen gesehen?"

„Da hat keiner was von erwähnt."

„Blendingur, Du bleibst da, ich melde mich gleich wieder."

„Okay."

Vater und Sohn lösten sich aus ihrer Meditation.

„Adfall, wir müssen jetzt Tang finden."

„Ich glaube, er ist in den Versammlungsraum gegangen, um zu meditieren."

Die beiden machten sich auf den Weg. Da das Kloster nicht so groß war, fanden sie Tang auf Anhieb.

„Tang, wie sieht die Überwachung oberhalb des Klosters aus?"

„Wir haben Kameras installiert, aber ab und zu haben wir Probleme mit der Übertragung. Vor allen Dingen, wenn da oben Nebel ist."

„Was weißt Du über eine amerikanische Gruppe, die vor zwei Wochen die Aussicht genießen wollte?"

„Nichts, das wäre äußerst ungewöhnlich für die Jahreszeit. Normal ist es so, dass die Einheimischen uns über Besucher informieren. Jetzt fällt mir auch ein, dass vor zwei Wochen Drachensegler über unserem Kloster kreisten und dann wohl im Paro-Tal landeten. Ich dachte noch, ganz schön waghalsig bei dem Nebel."

„Wie lange hebt Ihr die Daten auf?"

„Vier Wochen."

„Dann lass uns einmal in eure Datenzentrale gehen und die Daten sichten."

In der Datenzentrale angekommen, forderte Tang sofort die Bänder der letzten zwei Wochen.

„Lass uns von hinten anfangen. Kannst du Dich an den Tag erinnern, Tang?"

„Ja, es war der Montag vor zwei Wochen."

„Dann lass uns mit dem Samstag anfangen."

Die drei wurden nicht fündig.

„Gibt es noch einen anderen Weg vom zweiten Saumpfad weg?"

„Nein, sie müssen umgekehrt sein."

„Glaube ich nicht, dann wären sie ja nicht gesprungen."

„Warte, Allskerjargdi."

Tang beugte sich über den Computer, gab ein Kennwort ein, und eine weitere Kamera zeigte fünf Männer, die den Saumpfad heraufkamen. Von da aus war es nur noch ein kurzer Weg bis zur Spitze. Aber dort erschienen sie nicht mehr.

„Sind die Kameras elektronisch getrennt, Tang?"

„Ja, die Chinesen haben das verlangt. Kurz vor der Kamera, am Hohlweg, geht ein weiterer Saumpfad ab, zu einer Überwachungsanlage der Chinesen. Es ist eine Abkürzung, und er wird gerne von unseren chinesischen Freunden benutzt. Dann brauchen sie nicht den beschwerlichen Weg über das Paro-Tal zu nehmen. Außerdem ist die Kamera erst vor drei Wochen installiert worden, und keiner sollte es wissen."

„Dann wurden die anderen drei Kameras kurzgeschlossen. Ich ahne Fürchterliches. Tang, bringe alle Deine Brüder und Mitbewohner außerhalb des Klosters in Sicherheit. Nehmt die Schwangere mit, sie muss unten im Dorf entbinden. Ich nehme an, dass die fünf Fremden den Überhang sprengen wollen."

„Adfall, nimm Kontakt mit Blendingur auf und hilf ihm. Er soll zurück und mit den beiden Wächtern den anderen Hohl-Pfad hochlaufen und auf Sprengladungen überprüfen, seid aber vorsichtig. Tang positioniere dann mehr Wächter am Saumpfad."

Allskerjargdi gab die Anweisungen, als hätte er in seinem Leben nichts anderes gemacht. Adfall, der mittlerweile mit Blendingur Kontakt aufgenommen hatte, bemerkte trocken: „Blendingur sagt, die Amerikaner hätten sich im Paro-Tal häuslich niedergelassen und sogar noch Verstärkung bekommen. Mit Helikoptern wurde außerdem sehr viel Material eingeflogen."

„Ins Tal können wir also nicht. Hast Du eine andere Möglichkeit, Tang?"

Trotz des Drucks, der auf den dreien lastete, merkte man ihnen keine Nervosität an. Es war, als würden sie als Team schon jahrelang zusammenarbeiten.

Tang, der aufmerksam zugehört hatte, antwortete: „Allskerjargdi, komm mit. Adfall, Du triffst dich mit den beiden Wächtern unten, und Ihr wartet dann auf einen Chinesen, der ist Sprengstoffexperte."

Zu den beiden Computertechnikern gewandt, fragte er: „Haben wir Verbindung mit dem chinesischen Kommandeur?"

Der eine Techniker reichte ihm wortlos das Walkie-Talkie. Tang stellte die Verbindung her und sprach mit kurzen abgehakten Sätzen.

„So, jetzt alle in den Bunker. Stellt die Verbindung zum Bunker her und nehmt alles Wichtige mit."

Adfall war schon auf dem Weg zum Tor. Allskerjargdi schaute Tang mit großen Augen an.

„Habe ich richtig gehört, Bunker?"

„Das erkläre ich Dir später. Wie ich die augenblickliche Lage einschätze, haben wir nicht mehr viel Zeit, um etwas vorzubereiten."

Der eine Techniker hatte sich das Mikro geschnappt und schrie aufgeregt hinein: „Alle in den Bunker, beeilt euch, das ist keine Übung."

Allskerjargdi und Tang waren schon auf dem Weg in den Meditationsraum, als überall die Türen aufgingen und die Mönche, Novizen und Helfer ihnen folgten. Im Meditationsraum angekommen, öffnete Tang eine verborgene Tür.

„Alle rein hier."

Allskerjargdi, der sich zurückfallen ließ, beobachtete die einzelnen Mönche und Helfer, dabei entdeckte er einen der Techniker, der versuchte, sich hinter einer Hausecke zu verstecken. Leise, die Pfeiler als Deckung nutzend, schlich sich der ewig Reisende an den Techniker heran und hörte noch, wie der sagte: „Ich kümmere mich darum."

„Worum kümmerst Du dich, mein Freund?"

Leicht an die Hauswand gelehnt, musterte Allskerjargdi den Techniker, öffnete dabei die rechte Hand und forderte damit das Handy, mit dem der Mann telefoniert hatte. Der Techniker drehte sich gelassen um und lächelte den Hohen Priester an.

„Das musst Du dir schon holen, alter Mann."

„Alter Mann, ha? Ihr Jungen müsst noch sehr viel lernen, in dem Alter von 425 Jahren sehe ich doch noch recht schnittig aus. So, jetzt gib mir das Handy, Kleiner und ich rate Dir, fix."

Allskerjargdi hatte den Techniker konzentriert mit seinen Augen fixiert, und er bewegte sich langsam auf ihn zu. Wie erstarrt stand der junge Mann da. Allskerjargdi griff in die Jackentasche des Mannes und förderte ein Handy hervor, drückte einige Tasten, die zuletzt gewählte Nummer erschien dann auf dem Display. Tang erschien um die Ecke und schaute die beiden verwundert an.

„Seid Ihr beiden lebensmüde, dass Ihr hier noch rumlungert?"

„Solange der Junge noch hier ist, wird uns nichts passieren. Ich glaube, er steht mit den Amerikanern in Verbindung."

„Ist das sein Handy? Was hast Du mit ihm gemacht, Bruder?"

„Mentale Fesseln, Tang."

„Du überraschst mich immer wieder. Gib mir mal das Handy, wir überprüfen die letzten Anrufe."

„Sag nicht, dass Ihr das auch draufhabt?"

„Natürlich, die Chinesen sind die besten Sponsoren, die man sich denken kann und sehr gute Lehrmeister. So ein Kloster, wie wir es haben, kann auch nicht ohne Hilfen am Leben erhalten werden."

Tang ging zum Meditationsraum. Allskerjargdi drehte sich zu seinem Gefangenen und löste die Fesseln.

„Was war das dann?" fragte der junge Mann verwundert den Annanuki.

„Alte Techniken neu angewandt", stellte Allskerjargdi belustigt fest.

„So, jetzt sag die Wahrheit. Mit wem hast du telefoniert?"

Der Techniker, der eingeschüchtert wirkte, brachte einen demütigen Ausdruck auf sein Gesicht, aber die Verschlagenheit konnte er nicht aus seinen Augen verbannen. Allskerjargdi ging auf ihn zu und wollte ihn am Arm greifen. In dem Moment explodierte der Mann, er knickte ab und wollte dem Priester seinen rechten Fuß in dessen Gesicht platzieren. Allskerjargdi, der mit dem Angriff gerechnet hatte, machte einen weiteren Schritt nach vorne und ließ seine rechte Hand blitzschnell nach vorne schnellen, dabei traf sein Daumen einen Energiepunkt im Halsbereich seines Gegners. Der Techniker fiel sofort in sich zusammen. Allskerjargdi fing ihn auf, so dass er sich nicht verletzen konnte.

„Zu langsam, mein Freund", murmelte er vor sich hin und warf sich den Fremden auf die Schulter, ging dabei zielstrebig auf das altehrwürdige Gemäuer zu. Im Technikraum traf er Tang wieder.

„Wie sieht es aus?"

„Die letzten Anrufe gingen alle zu einem Teilnehmer. Sollen wir mal anrufen?"

„Noch nicht. Kannst Du eine Verbindung mit den Chinesen herstellen?"

„Kein Problem. Aber was willst Du von denen?"

„Sie sollen die Amerikaner überprüfen und ihnen alles Elektronische abnehmen. Dabei müssen sie aber sehr vorsichtig vorgehen, der Überraschungsmoment muss auf ihrer Seite sein. Wie viele Soldaten hat der Kommandeur da?"

„Hier oben sind es immer zehn Leute, die sich mit denen im Dorf umschichtig abwechseln. Ich schätze da unten ist eine Kompanie. Die müssen ja auch noch ihre andere Station besetzen."

„Sag ihnen, sie sollen sich schwer bewaffnen, die Amerikaner wären da, um hier einen wichtigen Spion zu platzieren, der ihre Überwachungsfrequenzen ausspionieren soll. Zur Ablenkung wollen sie das Kloster sprengen."

„Mein Freund, du weißt, Lügen haben kurze Beine."

„Wie sagte Konfuzius? Der Zweck heiligt die Mittel."

Tang hatte sein Walkie-Talkie schon aktiviert und sprach in die Muschel, dann hörte er gebannt zu und nickte ein paar Mal mit dem Kopf.

„Der Kommandeur meint, wir sollen in den Schutzraum gehen, bis er Entwarnung gibt. Er sammelt seine Leute. Wenn alles so weit ist, ruft er uns an, und wir sollen dann die letzte Nummer anwählen. Ihm ist es auch schon komisch vorgekommen, dass unten im Ort so viele Amerikaner sind. Er hätte sie sowieso auf Genehmigung überprüfen wollen."

Die zwei nahmen ihren Gefangenen und gingen in den Bunker. Allskerjargdi war wieder mal überrascht, mit welcher Umsicht Tang diesen Schutzraum aufgebaut hatte. Eigenständige Elektronik, Betten, Tische und Stühle. In der rechten Ecke hatten die Novizen schon einen Raum abgehängt, in der die werdende Mutter mit ihrer Hebamme diskutierte. Der Reisende lächelte, als er die hilflos dreinschauenden Mönche und Novizen um die junge Mutter stehen sah, die wild gestikulierend auf die Hebamme einsprachen.

„Na, Tang, Probleme?"

„Sie entstammt einem alten kriegerischen Bergvolk. Sie gebären ihre Kinder in der Freiheit der Berge, und sie kann nicht einsehen, das Kind hier in einer Höhle zur Welt zu bringen."

Die beiden gingen zu der kleinen Gruppe, und die kleine Schwangere überschüttete ihre Gegenüber mit einem Schwall von nicht zu verstehenden Wörtern. Tang, der etwas hilflos seinen Freund anschaute, meinte nur: „Was sollen wir machen? Es geht absolut gegen unsere Prinzipien, jemanden festzuhalten."

Allskerjargdi legte seine Hand beruhigend auf die Schulter seines Freundes.

„Lass mich nur machen."

Beherzt machte er einen Schritt auf die werdende Mutter zu, die sofort ihren Stakkato von Beschimpfungen auf ihn niederprasseln ließ. Vorsichtig legte er seine Hand auf ihre Stirn und schaute ihr dabei in die Augen.

„Schwester, siehst Du, was ich sehe?"

Der Wortschwall endete sofort, und die junge Frau setzte sich erstaunt auf das hinter ihr stehende Bett. Wie erstarrt bekam sie große Augen, und man sah, wie sie in sich hineinschaute. Es dauerte nur Sekunden, und Allskerjargdi löste seine Hand wieder von ihrer Stirn.

„Was hast Du mit ihr gemacht, mein Freund?"

„Ich habe sie Ihre Geburt erleben lassen, Tang."

„Wie macht Ihr das? Einige Brüder, in anderen Klöstern machen mit Telekinetik und Telepathie Versuche, es klappt zwar eingeschränkt, aber wie Du das hinbekommst, es ist einfach bemerkenswert."

„Vergiss nicht, unsere Rasse der Annanuki ist schon ein bisschen älter als die Menschheit. Die Entwicklung, die wir mitgemacht haben, war auch von vielen Versuchen und Fehlversuchen geprägt, und irgendwann waren wir soweit, dass wir es konnten. Dieser Entwicklungsprozess

beginnt bei euch gerade erst, und die Krieger des Regenbogens spielen dabei eine ausschlaggebende Rolle, ob es in die richtige oder falsche Richtung für die Menschheit geht, ist nicht vorhersehbar. Ich könnte mir aber vorstellen, den Prozess zu steuern."
Allskerjargdi hatte den Satz gerade vollendet, als ein Rumoren durch den Berg ging. Alle im Bunker Sitzenden duckten sich unwillkürlich. Das Rumoren wurde immer lauter, Sandkörner und kleine Steine fielen auf die Köpfe der Anwesenden, die zuerst wie paralysiert dasaßen. Die Tonfolgen der Sprengungen folgten so hart aufeinander, dass man das Gefühl hatte, die Luft würde sich in dem Bunker komprimieren. Die rumorenden dumpfen Töne, die durch die Sprengungen entstanden, wechselte sich mit einem lauten, reißenden Schaben ab. Größere Steine fielen von der Decke, und in den Augen Einzelner entstand Panik. In der Mitte von allen stand Tang, wie ein Berg, unerschütterlich, nicht nach oben schauend, voller Vertrauen, dass die Konstruktion des Bunkers hielt, breitete er seine Arme aus und bat die Leute, nur ruhig zu bleiben. Dann gab er Anweisungen, die Frau zu schützen, und stellte sich mit hoch erhobenem Haupt neben Allskerjargdi, der konzentriert dastand und sich auch nicht aus der Ruhe bringen ließ. Alle Blicke hefteten sich an die beiden Männer, die ungleicher nicht hätten sein können. Aber die unerschütterliche Ruhe, die sie ausstrahlten, sprach für sich.

„Es ist gleich vorbei, Tang. Lass alle Lichter löschen, damit es nicht zu einer Staubexplosion kommt."
Allskerjargdi hatte gerade so laut gesprochen, dass alle es hören konnten. Die in der Nähe vor dem offenen Licht standen, löschten sofort die Flammen. Es rumorte und

schabte immer noch, wurde aber von Sekunde zu Sekunde leiser, bis es ganz verstummte.

„Öffnet jetzt die Tür."

Die an der Tür stehenden Novizen öffneten die schwere Stahltür. Sofort machte sich ein Strom Frischluft bemerkbar, der aber, geschwängert mit Staub, in den Bunker eindrang.

„Bringt die Schwangere in den Adlerhorst und wacht über sie. Tang, wir müssen hier raus, sonst ersticken alle in dem Staub."

Diszipliniert machten sich die Anwesenden auf den Weg. Tang ging voran, und die anderen folgten ihm. Das Schlusslicht bildete Allskerjargdi. Bevor er den Schutzraum verließ, stellte er noch eine kleine Apparatur auf den Fußboden und schloss die Tür. Draußen sah er, dass die Menschen des Klosters sich schon verteilt hatten, um den angerichteten Schaden zu begutachten. So, wie es aussah, war zum größten Teil das Haupttor betroffen. Als Allskerjargdi nach oben schaute, sah er, dass ein Teil des Felsens auf das Haupttor abgerutscht war. Sofort nahm Allskerjargdi Verbindung zu Adfall auf, der mit Blendingur und einem Chinesen auf dem Weg zum Gipfel war.

„Adfall, wie weit seid Ihr?"

„Wir sind noch hinter dem Tannenwald. Was war bei Euch los?"

„Das erkläre ich Dir später, seid vorsichtig, wir müssen erst einmal Verbindung mit dem Tal aufnehmen. Bleibt zunächst vom Gipfel weg, falls noch weitere Sprengungen erfolgen."

„Ok, Vater."

„Tang, du hast dein Sprechfunkgerät mit, frag mal nach,

was da unten los ist."
Allskerjargdi, der Tang beobachtet hatte, bemerkte, wie sich der Abt langsam von ihm entfernte und auf eine der Zinnen zuging. Er folgte ihm, ohne ihn in seiner Konzentration zu stören.

„Freund, hörst Du es?"
Jetzt hörte Allskerjargdi ebenfalls die Schüsse, die aus dem Tal kamen. Mittlerweile hatte der Schneefall aufgehört, und in der klaren Luft hörten sie das Wummern schwerer Waffen. Tang betätigte das Sprechfunkgerät, damit Allskerjargdi mithören konnte, sprach er in klarem Englisch und bekam auch in fehlerfreiem Englisch die Antworten.

„Commander Wu, was ist bei euch los, wir hören hier oben Schüsse?"

„Wir stehen unter schwerem Beschuss. Als wir den Ring um die Fremden enger ziehen wollten, wurden wir auf einmal angegriffen. Aber sie können uns nicht entkommen. Wir halten sie auf Abstand. Ich habe schon Verstärkung angefordert."

„Frag ihn, wer ihr Anführer ist?"

„Wu, habt Ihr den Anführer schon zu Gesicht bekommen?"

„Ja, eine junge Frau, sieht wie eine Eurasierin aus, circa 1.80, klasse Figur, scheint aber äußerst gefährlich zu sein. Sie kam gerade aus ihrem Zelt, als wir beschossen wurden."

„Lasst sie nicht wieder in ihr Zelt. Mein Freund nimmt an, dass da der Fernzünder verborgen ist, der ein Teil des Klosters zerstört hat."

„Habt Ihr Verluste, Tang?"
Allskerjargdi mischte sich ein.

„Sag ihm, ja. Eine werdende Mutter mit ihrer Hebamme und dem Neugeborenen."

Tang gab das, was Allskerjargdi gesagt hatte, weiter.

„Wieso sollte ich Wu das berichten?"

„Falls der Funk abgehört wird, was ich stark annehme, wird das Gefecht bald verstummen und unsere Gegner werden sich verziehen. Aber wir müssen die Annahme des Gegners noch etwas untermauern, dass die Mutter mit Kind gestorben ist. Sag deinen Leuten, sie sollen den Innenhof freimachen."

Tang gab die Anweisungen weiter. Als der Innenhof frei war, drückte der Reisende auf einen verborgenen Knopf in einer seiner Manteltaschen. Mit einem kurzen Schlag flog die verborgene Tür aus dem Berg, durch den Meditationsraum, ins Freie.

„So, Tang, jetzt melde dem Commander, dass es hier oben eine weitere Explosion gegeben hat, die sehr wahrscheinlich mit der Staubentwicklung im Bunker zu tun hat. Ich kümmere mich inzwischen um die Schwangere. Berichte ihm auch noch, dass unser Gefangener verstorben ist. Kannst Du dich auf Deine Leute verlassen?"

„Ja, sicher, aber warum hast Du unseren heiligen Tempel zerstört?"

„Täuschung, Tang, aber glaube mir, ich werde versuchen es wiedergutzumachen. Außerdem ist das Ziel es wert. Vier deiner Mönche brauche ich, kurz bevor die Chinesen hier oben ankommen, müssen sie mir zur Verfügung stehen."

Allskerjargdi wandte sich ab und begab sich zu der Schwangeren. Bei der jungen Frau angekommen, bekam er gerade noch mit, wie sie mit einer letzten Presswehe einen Jungen gebar. Die junge Frau strahlte Allskerjargdi an.

„Wie Du es mir gezeigt hast, Herr."

Die Hebamme gab der jungen Mutter ihren Sohn. Allskerjargdi beugte sich über die beiden und legte dem Jungen eine goldene Kette mit einem durchsichtigen Anhänger um den Hals. Dann öffnete er die linke und die rechte Hand des Kleinen. Ein Raunen ging durch den Adlerhorst, als die Anwesenden sahen, dass in der linken Hand eine Erdkugel erschien und in der rechten Hand eine offene Hand. Tang, der in diesem Moment den Raum betrat, sah auch noch die beiden Zeichen in den Händen des Jungen.

„Dann ist auch das geschafft. Jetzt ist erst einmal für ein paar Jahre Ruhe."

„Noch haben wir es nicht ganz geschafft, Tang. Wir müssen noch einige Vorbereitungen treffen, damit die Täuschung auch seine Wirkung zeigt. Wie sieht es unten aus?"

„Du hattest recht, Allskerjargdi. Nachdem wir mit dem Kommandeur gesprochen hatten, hörte fast augenblicklich das Gefecht auf. Mit den letzten Schüssen hat dann die Anführerin noch eine Kugel abbekommen. Sie schleppten sie dann zu einem der wartenden Helikopter, der dann abhob. Bei der anschließenden Durchsuchung des Platzes fand Wu im Zelt einen der Gegner, der mit seinem Körper über der Fernbedienung lag, tot. Er hatte eine der ersten Kugeln abbekommen. Durch den Fall, über die Fernbedienung, hat er wohl einen der Auslöser betätigt."

„Die Asiatin, die die Anführerin der Gruppe war, ist die Tochter von Brandolf, dem Anführer unserer Gegner. Ihr

Name lautet Wu Cheng. Sie ist unter den Kindern Brandolfs die Gefährlichste. Hochintelligent und eine absolute Führungspersönlichkeit."

Allskerjargdi beugte sich über die junge Mutter und sprach mit ihr ein paar Worte. Sie nickte eifrig und beugte sich ihrerseits zur Hebamme. Die übergab den Kleinen einem der älteren Mönche, der sich mit dem mit dem Kind in die Ecke setzte und ihn im Arm wiegte.

„So, Tang, lass uns vollenden, was wir begonnen haben. Wenn der Kommandeur die Toten inspiziert hat, bringt ihr die Mutter, den Kleinen und unseren Gefangenen und auch die vier Mönche in ein Kloster nach Indien, am besten nach Ladakh, am Fuß des Himalayas. Da müssen sie die nächsten sechs Jahre bleiben. Dort wird sie auch keiner vermuten. Auch wenn herauskommen sollte, dass sie doch noch leben."

„Was hast Du jetzt vor?"

„Lass für jeden eine Decke auf den Boden ausbreiten, und für die Entbundene brauchen wir noch etwas Polstermaterial für den Bauch."

„Wofür brauchst du das Polstermaterial?"

„Es projiziert bei Wu eine Verbindung zu dem toten Kind. Wir können ja nicht den Kleinen 24 Stunden in der Kälte liegen lassen."

„Allskerjargdi, das funktioniert nie."

„Vertraue mir bitte, dass wird funktionieren. Mit ein bisschen mentaler Förderung funktioniert alles."

„Hoffen wir es."

Während Allskerjargdi Verbindung zu seinem Sohn aufnahm, gab Tang seine Anweisungen. Mittlerweile waren auch die vier Mönche angekommen in ihrer Begleitung waren die Entbundene, wie auch die

Hebamme kamen aus einem Nebengebäude des Tempels, der mit dem Adlernest verbunden war.

„Ich habe gerade mit meinem Sohn Verbindung aufgenommen, sie haben noch weitere fünf Sprengladungen gefunden. Der Chinese hat sie alle entschärft. Sie kommen jetzt wieder zurück."

„Wie geht es jetzt weiter?"

„Ich brauche noch Wasser, ein Krug genügt und bringt noch den Gefangenen."

Es dauerte nicht lange, und einer der Novizen kam mit einem Krug frischen Wassers, er gab ihn Allskerjargdi. Dieser nahm eine Pipette aus seiner Manteltasche und gab drei Tropfen einer roten Flüssigkeit in den Krug und rührte das Wasser um.

„Jeder nimmt nur einen Schluck und legt sich dann auf die Decke."

Sowohl die Mönche als auch die Hebamme und die junge Mutter nahmen jeder einen Schluck. Bei dem jungen Gefangenen musste allerdings etwas nachgeholfen werden. Sobald sie lagen, beruhigten sich ihre Körperfunktionen, und alle fielen in eine tiefe Ohnmacht.

„Was hast Du gemacht, Allskerjargdi?"

„Ein altes Hausmittel", grinste der Reisende.

„Die Körperfunktionen werden soweit heruntergefahren, dass eine Untersuchung den Tod diagnostizieren wird. Wie lange braucht Wu noch, bis er hier angekommen ist?"

„Circa eine Stunde."

„Ist der Kleine gut versorgt?"

„Ja."

„Gut, dann bereitet alles für ein Begräbnis vor. Es muss schnell gehen. Die Leichen müssen ins Tal, ihr habt vierundzwanzig Stunden Zeit, dann lässt die Wirkung des Mittels nach."

„Das geht nicht, Allskerjargdi. Wir beerdigen hier nach buddhistischen Riten. Die Leichen müssen drei Tage liegen."

„Was schlägst Du vor, Tang?"

„Wir übergeben sie dem Anschein nach der Familie. Wenn Wu wieder weg ist, hat er sie schon wieder vergessen."

„Wie Du meinst, Tang."

Auch hier gab Tang mit ruhigen Worten die Anweisungen, die dann die Anwesenden schnell und ohne zu fragen ausführten.

Der Kommandeur hatte sich beeilt. Es dauerte keine Stunde, bis er über das zerstörte Tor kletterte und direkt auf Tang zukam. Ein kleiner durchtrainierter Mittfünfziger mit listigen Augen.

„Na, Tang, wie kommen wir zu der Ehre, einen kleinen lokalen Krieg mit den Amerikanern auszufechten? Da läuft doch etwas im Hintergrund."

Die Provokation übersah Tang mit einem Lächeln und stellte seinerseits seinen Freund vor.

„Hallo, Herr Wu, darf ich euch meinen Freund Allskerjargdi vorstellen?"

Wu, darauf bedacht, sich die Initiative nicht aus der Hand nehmen zu lassen, beachtete Allskerjargdi nicht.

„Herr Tang, erklären Sie mir, woher Sie wussten, dass die Amerikaner bewaffnet waren."

Allskerjargdi mischte sich in das Gespräch. Mit einer leichten Verbeugung stellte er sich in das Blickfeld des Kommandeurs, der ihn unwillig ansah.

„Herr Wu, ich glaube, ich kann das erklären."

„Da bin ich aber mal gespannt, ob der Herr Antworten auf meine Fragen hat. Sie sehen doch aus wie ein Amerikaner. Sind Sie einer?"

Die Frage kam wie ein Wurfmesser, aber Allskerjargdi ließ sich nicht aus der Ruhe bringen.

„Ich bin Brite, hier ist mein Pass."

Während der Chinese den Pass überprüfte, sprach Allskerjargdi weiter.

„Ich bin Archäologe und Doktor für homöopathische Forschung. Spezialgebiet Pflanzenheilkunde. In meiner Arbeit als Archäologe finde ich bei vielen Naturvölkern Unterlagen über homöopathische Medizin. Pharmakonzerne versuchen mir dieses Wissen abzujagen. Sie können sich vorstellen, welche Gewinne man mit so einer Medizin erzielen kann, aber auch welche Verluste erreicht werden können, wenn ein Naturheilmittel auf den Markt kommt, das besser ist als ein chemischer Wirkstoff mit seinen ganzen Nebenwirkungen. Sie haben zum Beispiel ein Nierenleiden und dadurch eine sehr starke Gicht. Ihr Urin stinkt, und sie leiden an starken Gelenkschmerzen."

Allskerjargdi griff wieder in eine seiner Taschen und holte ein Stück einer merkwürdigen Pflanze heraus.

„Kauen Sie das, Herr Wu, in fünf Minuten sind die Nierenschmerzen weg, heute Abend die Gelenkschmerzen und Ihr Urin wird sich auch normalisieren."

Tang schaute Wu auffordernd an.

„Haben Sie Vertrauen, Wu."

Kurz entschlossen steckte Wu sich das Blatt in den Mund und gab dem Reisenden seinen Pass wieder, während Allskerjargdi fortfuhr.

„Sie wissen, Herr Wu, dass die Bibliothek von Tang einmalig ist, und er alte Schriften über Ayurveda besitzt, die mich stark interessieren. Ich möchte sie mit meinen indianischen Forschungsarbeiten vergleichen, um eine eventuelle Verbindung herstellen zu können."
Wang war seinen Ausführungen mit großen Augen gefolgt und fasste sich in den Nierenbereich.
„Keine Schmerzen mehr, Doktor. Wenn jetzt der Urin nicht mehr riecht und die Gelenkschmerzen weg sind, glaube ich Ihnen. Das sind also die Opfer? Das ist Ihr Land, Herr Tang. Sie dürfen bestimmen, was mit den Toten passiert. Das Kind?"
„Haben wir zur letzten Ruhe an die Mutter gebunden."
„Gut, Tang, Sie machen das schon. Nur den Terroristen, den müssen wir fotografieren, wie auch die Schäden, die angerichtet wurden."
„Dann lasse ich die Toten ins Tal bringen, damit sie dann nach buddhistischen Riten ihren letzten Weg gehen können."
Wu gab einem seiner Soldaten Anweisungen, den Toten zu fotografieren. Dann wandte er sich an Allskerjargdi.
„Sie müssen meine Unhöflichkeit entschuldigen, aber so ein Vorfall in einem fremden Land, in dem wir auch noch Gast sind, birgt immer Unannehmlichkeiten. Lassen Sie uns in den Computerraum gehen, ich habe noch einige Fragen an Sie, und Sie sollten mir dann das Protokoll unterschreiben."
„Kein Problem, Herr Wu."
Mittlerweile waren auch Adfall, Blendingur und der Chinese eingetroffen. Während der Chinese sofort auf seinen Kommandeur zuging und ihm die Sprengsätze zeigte, hielten sich die anderen beiden zurück.

Allskerjargdi wandte sich an den Kommandeur: „Darf ich Ihnen meinen Sohn und meinen Gehilfen vorstellen? Auch sie stehen Ihnen mit Fragen jederzeit zur Verfügung, damit sie über die Richtigkeit meiner Angaben überzeugt sind."

„Wie lange bleiben Sie noch?"

„Morgen Abend wollten wir abreisen, Sie wissen, dass der Weg zum Flughafen sehr beschwerlich ist."

„Gut, dann lade ich Sie, Tang und Ihre beiden Helfer heute Abend zum Essen, unten im Tal, ein. Da können wir alle weiteren Fragen, bezugnehmend die Geschehnisse im Kloster, näher erörtern. In angenehmer Umgebung spricht es sich angenehmer."

Ohne eine zustimmende Antwort abzuwarten, drehte sich Wu um, gab seinen Soldaten einen Wink und verschwand über die Trümmer ins Tal.

„Na, da hast Du ordentlich Eindruck geschunden. So kenne ich Wu gar nicht."

„Auch nur eine Sache der Energie, Tang. Man muss mit offener Hand geben, dann bekommt man auch mit offener Hand zurück. Adfall, Dich werde ich heute entschuldigen müssen. Du musst sofort nach Thule reisen, es gibt dort ein paar Schwierigkeiten. Sei vorsichtig, ein ansässiger Jäger wird Dich mit allem versorgen. Ich gebe ihm die Koordinaten, wo Du landen wirst. Ich glaube zwar nicht, dass er Deine Hilfe braucht, aber man weiß nie."

„Okay, Vater."

„Allskerjargdi, wie will er es denn so schnell nach Grönland schaffen?"

„Ja, Tang, eines unserer kleinen Geheimnisse, wir haben unser eigenes Transportsystem, das mit den Irdischen nicht zu vergleichen ist. Irgendwann wirst du mit in die Neue Welt kommen, dann wirst du es erleben."

21.12.1990
Thule Air Base
Grönland

Die Inuit
Die Menschen in der westlichen Ice,
lernen zu stehlen und zu kämpfen.
Sie verkaufen ihre Pelze an die Trading-Post.
Sie verkaufen ihre Seele an den Weißen.
Aber die Zeit wird kommen,
da sich die Welt verändert.
Und fast vergessene Mythen,
Riten und Lieder sich erfüllen.

Dumpfes Dröhnen erfüllte die Luft im Frachtraum der Lockheed C-100 Hercules. Eine spezielle, für den arktischen Winter konstruierte Maschine, durchpflügte die schneegeladene Luft im nördlichen Grönland. Windböen, die mit 7-8 Beaufort Stärken an den Tragflächen der Maschine rüttelten, ließen das Militärflugzeug erbeben, und die Piloten hatten Mühe, diese unförmige Maschine auf ihrem Kurs zu halten.
Die fünfundzwanzig als Soldaten gekleideten Männer saßen gleichgültig in den Segeltuchsitzen der Maschine. Schnee-Skooter waren in der Mitte festgezurrt, die mit wannenförmigen Gestellen abgedeckt waren, die dazu benutzt wurden, Material hinter den Skootern herzuziehen. Zwischen ihren Beinen hielten sie ihre M 16 Sturmgewehre, die mit weißen Stoffüberziehern abgedeckt waren. Es waren fünfundzwanzig, speziell für den Winterkampf erprobte Soldaten, kaltherzig, abgestumpft und äußerst effizient. Im Cockpit hatte sich

der Kommandeur seine alte und verwitterte Fliegerjacke geöffnet, denn es war die einzige warme Stelle an Bord, die mit einer funktionierenden Heizung versorgt wurde.
Der Pilot, ein alter vierschrötiger Fünfzigjähriger, drehte sich zu dem wesentlich jüngeren Kommandeur der Truppe: „Wir gehen jetzt in den Landeanflug über, wir werden aber nicht mehr hochkommen, der Wind am Boden ist zu stark."
Der Kommandeur, ein kleiner dicklicher, aber quicklebendiger Asiat, richtete seine fast schwarzen Augen auf den Piloten.
„Meister, wir haben gebucht. Hin- und Rückflug, mit einer Zwischenlandung auf der Thule Air Base. Sie sind uns empfohlen worden, dass Sie auch bei schwierigen Situationen nicht den Schwanz einziehen. Also pissen Sie sich nicht vor so einem bisschen Wind an. Wenn Sie nicht wollen, schmeißen wir Sie hier raus, ich habe alleine drei Leute, die an der C-130 ausgebildet sind, und es ist für uns kein Problem, die Maschine zu übernehmen."
Die Stimme des kleinen Asiaten wurde zum Schluss immer leiser. Trotz des Lärms konnte der Pilot jedes Wort verstehen. Ein kleiner Stiletto klebte regelrecht unter dem rechten Augenlid des Piloten, so dass seine Spitze fast den Augapfel berührte. Dem Piloten stand der Schweiß auf der Stirn, und es war nicht nur die Heizung, die sein Schwitzen verursachte. Der Navigator, der aufmerksam die kurze Auseinandersetzung verfolgt hatte, wollte gerade aufstehen, als er den kühlen Druck eines Pistolenlaufes in seinem Genick spürte. Der Stellvertreter des Kommandeurs, der beim Beginn des Sinkfluges ins Cockpit gekommen war, hatte den Navigator die ganze Zeit beobachtet und wartete nur auf eine Bewegung.

„Setz dich, Kleiner, kümmere dich um den Funk und melde uns an, wir werden erwartet."
Der Navigator ließ sich in den Sitz zurückfallen und stellte sein Funkgerät so auf die richtige Frequenz ein, als sich mit einem leisen Knistern Flight Control meldete:
Tower, Thule Air Base, 76° 31' 52"N - 68° 41' 11" W
Schneetreiben behinderte die Sicht der Fluglotsen, aber auf dem Scope konnten sie genau sehen, wann und wo ein Flieger den Luftraum Grönlands berührte. Im Tower gesellte sich ein ziviler Beobachter zu den Fluglotsen und dem Flightcommander.

„Fragen Sie, ob es die Maschine ist, die wir heute erwarten."
Der Beobachter mischte sich in das Gespräch ein.

„Es ist die Maschine, die wir erwarten. Sie sollen gleich zum Ende den Runway durchrollen, sich betanken lassen und die Fracht aufnehmen."

„Wenn hier einer Befehle gibt, bin ich das, Sir. Das hier ist militärischer Bereich, hier haben Sie gar nichts zu sagen. Außerdem: Was für eine Fracht soll aufgenommen werden? Davon weiß ich gar nichts."
Der Beobachter war absolut unbeeindruckt.

„Commander, wenn ich Ihnen etwas sage, dann haben Sie meine Anordnungen auszuführen. Aber jetzt zu Ihrer Information, ein Eskimo mit Schlitten und Hunden wird aufgenommen, ein Befehl von oberster Stelle."
Der Flightcommander, ein Soldat mittleren Alters, 1,70 Meter groß. Einer von den Typen, die sich von Niemanden und Nichts beeindrucken ließen, stellte sich bis auf wenige Zentimeter an den Zivilisten heran und sprach mit leisen und scharfen Worten: „So, Du Klugscheißer, mir platzt gleich das Fell."

Dabei schaute er gut fünfundzwanzig Zentimeter nach oben.

„Zuerst einmal, das sind sicher keine Eskimos, sondern, sie nennen sich Inuit. Denn Eskimo heißt Rohfleischfresser. Keines von den geflügelten Worten, oder willst Du Arschloch Rohfleischfresser genannt werden. Zweitens ist das eine Zivilmaschine, extra für den arktischen Raum modifiziert, und das hier ist eine Militärbasis, auf der ich auf dem Tower Gott bin. Auch wenn Deine Befehle klar sind, sind sie für mich nicht bindend. Diese Basis untersteht alleine dem Pentagon und dem Präsidenten der Vereinigten Staaten von Amerika. Oder sind Deine Befehle von einem der beiden? Sehr wahrscheinlich nicht, sonst wäre der Befehl dazu in schriftlicher Form auf meinem Schreibtisch gelandet. Also ist anzunehmen, dass Ihr von irgendeinem dieser idiotischen Geheimdienste seid, die in unserem Land aus dem Boden schießen wie giftige Pilze."

In diesem Moment klingelte das Telefon. Einer der Fluglotsen nahm ab.

„Yes, Sir."

Mit diesen knappen Worten reichte er den Hörer an den Flightcommander weiter.

„Sir, der Basecommander."

„Ja, Phil, was gibt es?"

„Ist die Maschine schon durch, Ernesto?"

„Gerade im Anflug, Phil."

„Ok, mach das, was der Orang-Utan sagt. Es ist ein Gefallen, den ich jemandem schulde."

„Alles gesetzlich, Phil?"

„Kein Problem, Ernesto. Eine Bitte von sehr hoher Stelle im Pentagon."

Der Lange, der das Gespräch mit Interesse verfolgte, konnte nicht umhin zu bemerken: „Na, du Wichtigtuer, jetzt kann dein Eskimo ja doch in die Maschine einsteigen."

Ernesto, ziemlich unbeeindruckt, wandte sich an den Fluglotsen und sagte mit emotionsloser Stimme: „Bring sie runter."

Sich umdrehend und auf den Langen zugehend, war eine Sache eines Augenaufschlages. Nach drei Schritten stand er vor ihm.

„Da ist ein Stuhl, da setzen Sie sich hin, bis die Aktion beendet ist. Dann bringen Sie die Wachen zu Ihrer Unterkunft, dort bleiben Sie, bis ihre Maschine kommt."

Ernesto gab den Wachen einen Wink, und sie stellten sich, mit der Hand an der Pistolentasche hinter den Langen.

„Das können Sie nicht machen, Ernesto."

„Doch ich kann, und wenn du noch ein Wort sagst, loche ich dich ein, wegen Angriffs auf den Flightcommander, richtig Fluglotsen?"

„Yes, Sir." Kam es wie aus einem Mund.

„Wie weit sind Sie, Bill?"

„Im Landeanflug, wird bei dem Sturm eine haarige Sache."

„Bring die Sicherheit in Bereitschaft."

„Hier Flight Control Thule Air Base, bitte melden Sie sich, und schalten Sie Ihren Transponder ein."

„Hier Flug hotel zero, six, eight, zero, one, Thule Air Base, bitte melden."

„Hier Thule Air Base, gehen Sie auf altitude 3000, Landebahn 2. Vorsicht, Bodenböen bis 8 Beaufort. Wenn Sie gelandet sind, rollen Sie bis zum Ende der Landebahn und warten da, der Tankwagen kommt dann sofort zu ihnen und wird die Maschine betanken. Inzwischen können Sie ihr Paket aufnehmen."

„Danke, Thule Air Base."

„Nehmen Sie mal das Messer aus meinem Auge, blind kann ich die Maschine nicht landen."

Der Kommandeur gab seinem Stellvertreter mit einem Nicken zu verstehen, auch seine Pistole ihm wegzunehmen. Dann ließ er sich entspannt auf den Mittelsitz, hinter dem Piloten und dem Navigator, fallen.

„Sag den Jungs hinten Bescheid, es kann etwas holprig werden."

Der Stellvertreter stand auf, stellte sich in den Eingang zum Frachtraum und schrie über das Dröhnen der Maschine seinen Leuten zu: „Alle anschnallen, kann etwas windig werden, also scheißt euch nicht ins Höschen."

Die Männer reagierten unterschiedlich, aber alle führten die nötigen Handgriffe mit der Ruhe von Profis durch. Die Maschine setzte auf und schüttelte sich, hob wieder ab und setzte schließlich auf. Sofort schaltete der Pilot den Umkehrschub ein. Mit einem infernalischen Röhren setzte der Umkehrschub ein, und die Maschine wurde schnell langsamer.

„War doch gar nicht so schwer, Stephen. So, jetzt zum Ende der Landebahn, denn unser Zeitplan ist begrenzt."

Der Pilot schoss mit seinen Augen giftige Pfeile auf den Kommandeur, riss sich aber zusammen und sagte keinen Ton. Stephen fuhr die Maschine bis zum Ende der Landebahn, drehte dabei das Flugzeug so, dass bei heruntergelassener Heckklappe der eisige Wind durch den Frachtraum pfiff. Durch den Luftstrom angefeuert, flogen Wolken von Schnee, durch den Sturm getrieben, in das Innere des Flugzeuges und ließ wirbelnde

Schneeflocken auf den Boden sinken. Der Navigator, der auch als Co- Pilot fungierte, stand auf und wandte sich zur Tür.

„Ich helfe dem Bodenpersonal beim Tanken und das Paket einzuladen."

„Dem Paket braucht keiner zu helfen, das schafft es schon alleine."

Dabei lachte der Kommandeur aufreizend und drängte sich an dem Co- Piloten vorbei zum Ausgang des Cockpits. Im Frachtraum angekommen, gab er Anweisungen, den letzten Motorschlitten zu lösen und ihn weiter vorne festzuzurren. Die Maschine stand, und die Heckklappe wurde jetzt vollends heruntergelassen. Der Co-Pilot hatte mittlerweile die Zwischenwand, die aus Segeltuch bestand, gelöst und an der Seite festgezurrt. Der Sturm drückte jetzt noch mehr Schnee in den Frachtraum. Den Kopfhörer auf dem Kopf, sprach er leise in das Mikro: „Stephen, gib mir mal etwas Licht, ich sehe hier kein Paket."

Draußen war es stockdunkel, aber augenblicklich gingen die Heckscheinwerfer an. Dem Co-Piloten, der zum Ende der Rampe ging, gefror jede Flüssigkeit in seinem Körper, als an ihm zwei riesige Mackenzie-Wölfe vorbeischossen, die von acht ebenso starken Alaska Malemut verfolgt wurden. An allem hing ein alter Holzschlitten, auf dem ein kleiner Mann stand, der eingepackt in Robbenfell das Gespann leitete. Mit sicherer Hand führte er das ungewöhnliche Gespann, das von wild hechelnden Hunden gezogen wurde.

Die Hunde hatten instinktiv die Lücke zwischen der Fracht und den Männern gewählt und standen bis über die Hälfte im Frachtraum. Ohne mit dem Schwänzen zu

wedeln nur hechelnd, standen sie stocksteif, sichernd im Mittelgang. Der kleine Mann nahm sich gelassen die Schneebrille vom Kopf, ging zu den beiden Wölfen, kraulte ihnen hinter den Ohren. Dann öffnete er die Riemen, die sie am Schlitten festhielten. Ohne die stocksteif dasitzenden Männer eines Blickes zu würdigen, gab er den Wölfen leise Befehle. Der Co-Pilot, der die Szene nur noch schemenhaft wahrnahm, weil alles zu schnell ging, und die Überraschung ihn gefangen hielt, flüsterte in sein Mikro: „Stephen, unsere Fracht ist drin, schau dir das lieber mal an."
Stephen stand auf und schaute aus der Tür. Die einzige Bewegung, die er wahrnahm, war die des alten Inuit und die der Wölfe. Er bemerkte den Klos, der in seinem Hals hing.

„Ben, wir haben den Teufel an Bord. Das ist der Bärenmann."

„Bärenmann. Was soll das bedeuten, Bärenmann?"
Ben hörte sich leicht genervt an. Es war wohl etwas zu viel für ihn, eine Pistole am Hals, Wölfe im Flugzeug und dann noch ein Chef, der etwas von Bärenmännern erzählte.

„Ben, hast Du nie von dem Bärenmann aus Alaska gehört? Eine Legende. Aber er kann eigentlich nicht mehr leben, er muss in den Fünfzigern schon ein alter Mann gewesen sein."

„Was war in den Fünfzigern?"

„Du weißt doch, dass die Inuit Anfang der Fünfziger hier in Grönland umgesiedelt worden sind. Die Amis wollten beim Bau von der Thule Air Base keine Einheimischen vor Ort haben. Es ging um Geheimhaltung, war damals das Argument. Das hing aber damit zusammen, dass sich irgendwelche Schlitzohren aus dem russischen Bereich hätten einschleusen lassen können. So hat man die Ureinwohner einfach nach Norden deportiert. Das hängt den Amis und den Dänen heute noch nach. Da war der Bärenmann, und der hat den Einheimischen geholfen, es soll ein verdammtes Blutbad gegeben haben."

„Und wieso heißt der Kerl Bärenmann?"

„Die Inuit sagen, dass der Bärenmann damals mit Hilfe von Eisbären dieses Blutbad angerichtet hatte, und er die Viecher beeinflussen kann. Auf jeden Fall hat er damals unter den Seals mächtig aufgeräumt. Danach ist er dann verschwunden und jahrelang nicht mehr in Erscheinung getreten. Er soll zwar überall im Norden gesehen worden sein, aber ich weiß nicht, was man den Eingeborenen glauben kann. Bis die Amerikaner dann irgendwann vier A-Bomben vor Grönland verloren hatten, war er plötzlich da und hat sich an der Suche beteiligt und sie gefunden. Na ja, diese Geschichten. Sei trotzdem vorsichtig, das ist ein Eisenfresser."

„Ok, danke für die Warnung, hier geht es jetzt weiter mit auftanken."

Mittlerweile hatten die Wölfe ihre Positionen eingenommen und standen jeweils am Anfang und am Ende der immer noch stocksteif dasitzenden Männer. Ein leichtes Schnalzen ertönte, trotz des Lärms, den die Maschinen verursachten, war er für die Wölfe hörbar. Sofort begannen sie sich mit den Vorderpfoten auf die Oberschenkel der Männer zu stellen und kamen mit ihren langen Schnauzen ganz nah an die Gesichter jedes Einzelnen der Truppe heran. Die Männer, die auf den gespannten Segeltuchplanen der Sitze saßen, konnten mit ihrem Kopf nicht mehr ausweichen, da ihr Hinterkopf an die gespannte Plane stieß und ihre Bewegungsfreiheit einschränkte. Leises Knurren durchrollte den Körper der Tiere, deren Vibration sich automatisch auf die Männer übertrug. Der Kommandeur ging auf der anderen Seite der Maschine auf den Inuit zu, ohne sich um die Tiere und die Männer zu kümmern: „Na, Lee, wir haben uns ja lange nicht gesehen."

Beide waren gleichgroß, und von beiden ging eine Aggression aus, welche die eiskalte Luft elektrisierte. Lee schaute ihn nur kurz an und erwiderte knapp: „Wenn dieser Auftrag hier vorbei ist, sind wir quitt."

„So soll es sein. Was bewerkstelligen Deine Hunde denn da?"

„Nummer zwei, acht und vierzig bleiben hier. Ich brauche Männer, keine Flaschen, die sich in die Hose pissen. In dieser Wildnis muss ich mich auf jeden verlassen können."

In diesem Moment kam der Stellvertreter des Kommandeurs zu den beiden, ein handlanges Messer in der Hand, mit dem er sich gelangweilt die Fingernägel reinigte und auffordernd die Männer ansah.

„Was soll denn diese Scheiße mit den Kötern, hat der Eskimo sie noch alle! Sie pissen meine Leute voll."

Der Satz war noch nicht ganz ausgesprochen, da hatte ihm Lee sein Messer mit einer Bewegung, die man kaum wahrnehmen konnte, abgenommen und in den Unterarm gerammt.

„So, mein Sohn, du bist Nummer vier. Wir heißen nicht Eskimos, sondern wir sind vom Stamme der Inuit. Lass dich verbinden, ich hoffe, dein Messer war desinfiziert. Zu Deiner Frage, Hunde riechen Angst, und Wölfe müssen

dann pinkeln. Katsumi, was für Leute hast Du Dir da angelacht? Das ist ja wohl der letzte Abschaum."
Katsumi, der sich die Szene angeschaut hatte, lächelte still in sich hinein.

„Musste das sein, Lee?"

„Du weißt, wie das mit dem Köter ist, der in ein neues Rudel Köter kommt. Wenn das stimmt, was du gesagt hast, dann sind die Jungs gefährlich und ich möchte mein Leben nicht in die Hände von Anfängern geben. Aber was wollt Ihr da oben am Arsch der Welt?"

„Das verrate ich Dir, wenn wir am Kap Morries Jessup sind. Können sich meine Leute wieder bewegen?"
Lee nickte.

„So, Leute, alles noch einmal festzurren, es wird eine holprige Startphase. Lee, Deine Hunde kommen nach hinten, und der Schlitten wird hinten quer festmachen. Stephen, wie weit sind wir?"

„Frisch getankt, wenn die Hunde nicht noch mal Pippi müssen, können wir los."
Für das Pippi erntete Stephen einen bösen Blick von Lee, den er so locker mit einem Lächeln quittierte, dass der Bärenmann nicht weiter darauf einging.

„Los, alle auf die Sitze und festschnallen, es geht in einigen Minuten los."
Lee machte es sich auf seinem Schlitten bequem, vorher hatte er noch seine Alaska-Malemut von den Riemen genommen. Sofort legten sich die Hunde wie ein Ring um den Schlitten und schlossen die Augen.
Das Dröhnen der vier Allison 501-D22s Motoren der C-100 übertönte jedes andere Geräusch. Während die Maschine in ihre Startposition rollte und der Pilot alle Motoren aufheulen ließ, schloss sich das hintere Luk. Der

Pilot, hochkonzentriert, ließ noch einmal die Motoren aufheulen, um dann das Steuer aus der Hand springen zu lassen. Die Maschine sprang wie ein wildgewordener Mustang nach vorne, um dann sofort Fahrt aufzunehmen. Die C-100 in dieser Version war so konstruiert, dass sie eine besonders kurze Startbahn brauchte, um in die Luft zu kommen. Der Pilot, der extreme Wetterbedingungen gewohnt war, war auch nicht gewillt, bei diesem Sturm die Maschine länger als nötig auf dem Boden rollen zu lassen. Als die Abhebegeschwindigkeit erreicht war, nahm er das Steuer und zog es sanft zu sich. Die C-100 schüttelte sich, hob aber folgsam ab, sie reagierte wie eine gut dressierte Stute.

Der Kommandeur, der wieder auf dem Mittelsitz Platz genommen hatte, gab dem Piloten einen Zettel, auf dem die Zielkoordinaten notiert waren. Er schaute kurz drauf und gab ihn gleich weiter an den Navigator, der die Koordinaten eingab und berechnete. Als sie die Reisehöhe erreicht hatten, stellte der Pilot den Autopiloten an. In einer sanften Kurve zog das Flugzeug die Nasenspitze Richtung Norden und benahm sich wie ein Lamm.

„In circa zwei Stunden werden wir unser Ziel erreicht können, und in etwa einer halben Stunde werden wir dieses
Schlechtwettergebiet hinter uns gelassen haben. Was wissen Sie über eine Landebahn, Sir?"

„Es ist flaches Gebiet, es wird keine Probleme geben, den Schlurren runter zu bringen. Bei gutem Wetter wird es noch einfacher. Von da aus müssen wir noch weiter, 83° 41' 20,7" N, 31° 5' 26,8" W, dass wird unser Ziel sein."

Der Kopilot, der die Koordinaten mitgeschrieben hatte, beugte sich über seine Karte und kontrollierte die Daten: „Da ist ja gar nichts, das ist mitten im Wasser."
In dem Moment meldete sich Tower Air Base Thule.
„Hier Tower Air Base Thule, Flug H zero, six, eight, zero, one, bitte melden."
„Tower, hier Flug H zero, six, eight, zero, one, was gibt es?"
„Wir haben die letzten Satellitenaufnahmen von eurem Zielort, ist euer Fax in Ordnung?"
„Fax, ok."
„Dann schicken wir euch mal was rüber."
„Danke, Thule Tower."
Im gleichen Moment tickerte das Faxgerät. Ben riss den Zettel ab und gab ihn dem Kommandeur. Der kontrollierte alle auf dem Blatt eingezeichneten Punkte und verglich sie mit seinen Koordinaten auf der Karte, dann stand er auf und ging in den Frachtraum zu dem Inuit. Der mit geschlossenen Augen auf seinem Schlitten lag.
„Schau Dir das mal an."
Lee öffnete die Augen und griff nach dem Blatt Papier, das er aufmerksam studierte.
„Ah, die Herren arbeiten mit Wärmebildern vom Satelliten."
„Kennst Du die Gegend, Lee?"
„Wie meine Westentasche, ich habe da oben schon Narwale gejagt."
„Landeplatz?"
„Kap Morries Jesup, ansonsten sehe ich keine Möglichkeiten. Außer Ihr geht auf Risiko."
„Wie groß sind die Chancen?"

„Nicht sehr groß, es sind sehr viele Steine auf den geraden Flächen. Was bedeuten die roten Punkte?"

„Wärmereflexion, sie warten auf uns."

„Was wollt Ihr überhaupt da?"

„Wir sollen jemandem das Licht ausblasen. Aber Du sollst uns nur hinführen. Den Rest werden wir machen. Kommen wir an den Wachen vorbei?"

„Bis auf fünf Kilometer kommt Ihr mit euren Motorschlitten da ran, dann ist Sense. Oder ihr geht über die Berge."

„Kennst du den Weg?"

„Ja."

„Wie lange brauchen wir über die Berge?"

„Drei Stunden, es ist nicht so problematisch wie es scheint. Habt ihr Seile dabei?"

„Ja. Dann führst Du uns über die Berge dahin, wir erledigen unseren Job und dann nichts wie weg."

Ohne eine Antwort abzuwarten, drehte sich Katsumi um und ging wieder ins Cockpit. Lee schaute ihm nachdenklich hinterher, bis der Mann verschwunden war. Es dauerte keine halbe Stunde, da wurde der Flug ruhiger und die Männer entspannten sich etwas, soweit es bei diesem Dröhnen möglich war.

Als sich die Druckverhältnisse in der Maschine änderten, gingen sofort die Augen der Mannschaft auf. In der Anspannung auf die folgende Landung, ließ sie sich gerade hinsetzen und die Sicherheitsgurte noch einmal überprüfen.

„Thule Air Base, wir landen jetzt, melden uns dann beim Start wieder."

„Roger, Flug H, zero, six, eight, zero, one. Wir wünschen einen angenehmen Aufenthalt. Das Wetter soll

gut bleiben. Ich hoffe, ihr habt eure Badehosen dabei."
Der Pilot antwortete nicht mehr darauf. Er überflog eine bestimmte Stelle, flog eine steile Linkskurve und setzte zur Landung an. Obwohl die gerade Fläche der Landebahn im Halbdunkel lag, setzte Stephen die Maschine butterweich auf, ließ sie ausrollen und stellte sie wieder in Abflugrichtung. Beim Drehen der Maschine öffnete der Pilot die hintere Laderampe. Als das Flugzeug stand, sprangen die Männer auf und fingen mit dem Entladen der Fracht an.
Hier oben, an der nördlichsten Ecke Grönlands, merkte man doch den Unterschied zur Temperatur auf der südlicher gelegenen Air Base. Was aber für die Männer am ungewöhnlichsten war: Es war windstill.
Katsumi inspizierte die Schlitten, dann ging er langsam zu Lee. Lee, der inzwischen seine Hunde angespannt hatte, schaute erwartungsvoll auf den kleinen Asiaten.
„Zeig uns den Weg, Lee."
Als hätte der kleine Inuit nur drauf gewartet. Er schnalzte leise mit der Zunge, sofort zog das Gespann an und hatte innerhalb kürzester Zeit einen beachtlichen Abstand zwischen sich und den Männern hergestellt. Katsumi hob die Hand, die Männer starteten die Motoren und gaben sofort Vollgas. Die Fahrzeuge schossen ab wie vom Katapult geschleudert und folgten dem Inuit. Lee fuhr mit seinen Hunden in einem kleinen Bogen auf die Berge zu. Er merkte den Hunden an, dass sie laufen wollten, so fasste er die Zügel locker und ließ die Tiere das Tempo bestimmen.
Die Motorschlitten hatten aufgeschlossen und fuhren mit gedrosselten Motoren hinterher. Es wurde etwas heller, und die Berge kamen rasch näher. Am Fuß des Bergzuges

angekommen, ließ Lee stoppen. Katsumi, der an die Seite von Lee fuhr, hob die Hand, alle Motoren verstummten sofort. Bleierne Ruhe breitete sich aus.

Lee, der alle Tiere losmachte, sprach kurz beruhigend auf die Malemut ein und warf jedem von ihnen ein Stück Rentierfleisch vor die Schnauze, sie nahmen es sofort auf und verschlangen es gierig. Den beiden Wölfen gab er ein Zeichen, sie liefen sofort los und waren bald im Dämmerlicht Grönlands verschwunden. Er selbst nahm sein Gewehr und stapfte, ohne sich umzuschauen, die Berge hinauf. Katsumi, der das alles mit wachen Augen beobachtete, gab seinen Männern ein Zeichen. Sie sortierten sich hintereinander ein und folgten dem kleinen Mann. Eine Zeit lang ging es leicht bergauf, bis sich der leichte Anstieg auf einen Hohlweg verengte. Lee drehte sich zu dem Asiaten um.

„Eine Stunde geht der Weg leicht bergauf, das sollte für Deine Männer kein Problem darstellen. Dann haben wir die Ebene vor uns, sie ist recht kurz bis zum Meer. Wir müssen nur vom Berg wieder runter."

„Wo sind deine Wölfe?"

„Sie kundschaften. Die nehmen den kurzen Weg. Wir treffen sie am Anfang der Ebene wieder. Kannst Du mir jetzt einmal sagen, was hier los ist, und weswegen Ihr hier seid?"

„Hier soll ein Kind geboren werden, das müssen wir verhindern."

„Wieso kann euch ein Kleinkind gefährlich werden?"

„Weiß ich allerdings auch nicht", antwortete der Asiate ausweichend. Lee ließ nicht locker.

„Eine viertel Kompanie unterbelichteter Söldner sollen ein Kleinkind umbringen. Da steckt doch mehr dahinter."

„Mehr kann ich Dir auch nicht sagen, außer, es darf noch nicht geboren werden."

„Was für ein Zeitfenster habt ihr?"

„Es darf nur der 21.12.2012 sein, also maximal vierundzwanzig Stunden."

„Solltest du vergessen haben, dass wir schon den 21.12. haben und das Kind schon geboren sein könnte. Was machst du dann?"

„Es ist noch nicht geboren, das hätte ich schon erfahren."

Die Männer stapften weiter durch die eisige Kälte, bemüht, die Verbindung zum Vordermann nicht abreißen zu lassen. Ein kurzer heller Blitz ließ die Gruppe stocken.

„Was war das, Lee?"

„Sehr wahrscheinlich ein kleiner Meteor, das passiert oft hier oben. Das sieht man besonders gut im jetzigen Halbdunkel."

Katsumi, der zufrieden mit der Antwort war, hob die Hand und rief nach hinten: „Weiter!" Dabei konnte er das listige Lächeln in den Augen des kleinen Inuit nicht sehen. Hätte er es gesehen, wäre er sicher misstrauisch geworden. Der Hohlweg verbreiterte sich, und schon bald standen sie auf einem kleinen Plateau über der Ebene. Katsumi kontrollierte sein GPS.

„Perfekt. Wo müssen wir hin?"

„Schau da, die schwarzen Punkte vor dem hellen Hintergrund, das sind sie. Wenn Du genau hinhörst, hörst du das Singen und das Schlagen der Trommeln. Müssen an die hundert Inuit sein. Ich verstehe gar nicht, dass ich davon nichts weiß."

„Na, da hat die Rohrpost wohl nicht funktioniert. So, wie kommen wir hier runter?"

„Wir haben Seile dabei, ich gehe dann als Erster und sicher den Abstieg. Wenn Ihr alle unten seid, mache ich mich dünne. Ich möchte bei dem Massaker nicht dabei sein."

„Ok, Lee, damit bin ich einverstanden."

Mahnend schaute Lee den Kommandeur der Söldnertruppe an und sagte dann warnend.

„Katsumi, unterschätze die Inuit nicht. Ich weiß nicht, worum es geht, aber wenn es so wichtig ist, dass hundert Inuit Männer hier sind, muss es verdammt wichtig sein. Damit sind wir quitt."

Die beiden Männer standen am Abgrund, und Katsumi hörte sich die Rede des kleinen Mannes an. Nachdem der geendet hatte, nahm er in Ruhe sein riesiges Messer aus dem Rückenhalfter.

„Du glaubst doch bestimmt nicht, dass ich Dich so laufen lassen kann, Lee?"

Unvermittelt stieß er zu.

Mit der Reaktion des kleinen Mannes hatte Katsumi nicht gerechnet. Das Seil in den Händen, ließ er sich einfach nach hinten in den Abgrund fallen. So ging der Messerstoß vorbei, und das Seil schlängelte sich wie eine Schlange über den Abgrund in die Tiefe.

„Ihr Idioten, haltet doch das Seil fest."

Einer der Männer bekam das letzte Ende noch im letzten Moment zu fassen.

„Ich habe es."

Das Seil stoppte seine Tour in den Abgrund und straffte sich, dann wurde der Strick dem Mann mit einem harten Ruck aus der Hand gerissen. Katsumi, der die Situation mit offenem Mund verfolgte, ging auf den Abgrund zu und richtete seinen Blick in die Tiefe.

„Verfluchter Bastard. Macht das zweite Seil fertig, es geht höchstens drei Meter in die Tiefe, dann ist dort ein zweites Plateau. Der Hund hat sich einfach nach unten fallen lassen und ist auf einem Schneebrett gelandet, ich hätte damit rechnen müssen."
Katsumi schaute die ihm am nächsten stehenden zwei Männer an.
„Ihr bleibt hier und sichert unseren Abstieg. Wenn wir unten angekommen sind, kommt ihr sofort nach, wir gehen dann in die Richtung des Versammlungsortes. Ihr seht ja unsere Spuren im Schnee."
Katsumi hatte seinen Rucksack mit der Notfallausrüstung aufgenommen, nahm als Erster das Seil in die Hand und hangelte sich nach unten. Er wartete nicht erst ab, bis die Männer unten angekommen waren, sondern ging gleich ein Stück weiter. Vorsichtig, immer mit einem Angriff rechnend, ging er in Richtung des Lagers, bis er nicht mehr weitergehen konnte, weil ein weiterer Abhang ihn hinderte. Ihm war klar, dass er durch sein Vorgehen dem Gegner Zeit gab und der ihm zur Verfolgung Zeit nahm, er wollte aber nicht in ein offenes Sperrfeuer geraten. Katsumi wusste, wie gut der Inuit mit der Waffe umgehen konnte. Ihm war auch klar, dass er Lee nicht zum letzten Mal gesehen hatte.
Mittlerweile hatten die Männer das Hindernis bewältigt und waren zu ihm aufgeschlossen. Katsumi überließ die Führungsarbeit einem älteren Söldner, der schon über viele Jahre für ihn arbeitete. Der kleine Abhang war schnell bewältigt. Auf dem Plateau angekommen, sicherten die Männer zuerst einmal ihre Position. Von Lee war nichts zu sehen.
„Wo steckt der Bastard?"

„Hier sind Spuren, seine Köter haben hier auf ihn gewartet, dann sind sie Richtung Süden davongezogen. Ich glaube nicht, dass wir den kleinen Scheißkerl noch einmal zu Gesicht bekommen."
Katsumi wusste es besser.
„Sagt den beiden anderen sofort Bescheid, sie sollen runterkommen und zu uns aufschließen. Los Männer, zum Versammlungsort und sichert die Flanken."
Die Gruppe hatte sich wieder formiert, als zwei kurze trockene Schüsse die Stille durchbrachen. Wie erstarrt blieben die Männer stehen und schauten den Hang hoch. Die sich nun ablaufenden Ereignisse wurden von den wenigen am Felsen stehenden Männern nicht mehr wahrgenommen, während die folgende Situation den Männern das Grauen ins Gesicht zeichnete. Es war, als würde sich der Felsen mit Leben füllen, als er sich mit fast zeitlupenhafter Langsamkeit vom Berg löste und immer schneller auf den Grund des Eisfeldes zuraste. Dann kam plötzlich der Knall.
Die Ausrüstung vergessend, stoben die Männer auseinander, um soviel Abstand wie möglich zwischen sich und dem Felsen zu gewinnen. Wieder dröhnte die Stille in den Ohren der Männer, als sie sich das Desaster anschauten, auf das sie keinen Einfluss mehr nehmen konnten. Dieser Gang hatte sie sechs Männer gekostet. Katsumi stand immer noch da, wie vom Donner gerührt. Er konnte es nicht fassen, dass ihm die Handlung aus der Hand genommen wurde. Was würde sie noch erwarten, bis sie am Lager der Inuit waren? Er kannte den Mistkerl und wusste, zu was er fähig war. Nach außen blieb er kalt wie Eis, nach innen tobte in ihm ein Orkan. Mit heiserer Stimme fauchte er die Männer an: „Los, es geht weiter.

Unser Zeitfenster wird immer enger. Nehmt von der Ausrüstung mit, was noch da ist."

Es war nicht das erste Mal, dass Katsumi in einer fast aussichtslosen Situation war, aber noch nie hatte er so einen Gegner, allerdings einen Gegner, den er kannte. Kannte er ihn wirklich, oder war es nur die Hülle eines Menschen, die er wahrhaben sollte? Es war ihm klar, es würde ein schwerer Gang werden.

Die Männer packten immer noch fassungslos alle Arten von Material zusammen, das ihnen unter die Finger bekamen. Dann machten sie sich auf den Weg. Sie waren es gewohnt, nicht zurück zu schauen, für sie bestand das Leben nur aus Krieg. Sie waren Legionäre ihres Lebens, kalt, herzlos und zum Tode verdammt.

Die kleine Karawane entfernte sich immer weiter vom Ort des Grauens und näherte sich beständig ihrem Schicksal. Es schien, als hätten die Inuit nichts von der Explosion im Berg gehört, aber das konnte nicht sein, sie konnten ja auch am Berg das Schlagen ihrer Trommeln hören. Irgendetwas war aber anders. Katsumi wusste nicht was, aber er spürte es fast körperlich. Seine Nackenhaare stellten sich auf, sie mussten schnell über freies Gelände, ohne jede Möglichkeit der Deckung zu haben. Trotz der flirrenden Kälte fing er leicht an zu schwitzen. Aber sie schafften doch eine weite Strecke, ohne dass etwas passierte. Sollte er sich etwa geirrt haben?

Zwei trockene Schüsse peitschten auf und rissen ihn aus seinen Gedanken. Die beiden letzten Männer fielen mit einem Loch in der Stirn in den Schnee. Katsumi hörte am Klang des Knalls, dass es ein großes Kaliber war, er wusste aber, dass die kalte, klare Luft, gepaart mit dem frisch gefallenen Schnee, den Ton verzerren konnte. Es

war also klar, Lee wusste doch, dass etwas im Busch war. Dieses Geschwafel von "Ich weiß davon nichts". Rohrpost. bla, bla, bla, schoss ihm wie ein Blitz durch sein Gehirn. Lee hatte Hilfe.
Nachdem die Männer den Knall gehört hatten, war ihre einzige Deckung der Schnee, in dem sie sich eingraben konnten. Nach dem Knall war die Stille atemberaubend erholsam, aber auch dämonisch. Katsumis Vertreter kam zu ihm zugerobbt.

„Die beiden Letzten sind tot, es war eine Präzisionswaffe, beide Kugeln sind exakt über der Nasenwurzel eingeschlagen, das Kaliber konnte ich nicht erkennen. Sollen wir trotzdem weiter?"

„Weiter, haltet eure Ärsche unten. Wir haben noch anderthalb Kilometer, dann nehmen wir sie unter Feuer, und der Gegner muss sich zeigen."

Katsumis Vertreter gab den anderen Männern einen Wink und wartete, bis der Letzte an ihm vorbeigekrochen war, dann schloss er sich ihnen an.

Weitere siebenhundertfünfzig Meter blieb alles ruhig. Die Männer waren schon lange nicht mehr wie eine Schlange hintereinander her gerobbt, sondern fächerförmig ausgeschwärmt. Die Stille war immer noch erdrückend, und jedes Geräusch war zu hören. Als gleichzeitig von links und rechts ein leises Klicken zu hören war. Im gleichen Atemzug kam die Warnung.

„Stopp, Leute, Minenfeld, nicht bewegen."

Katsumi gab seinem Stellvertreter einen Wink. Der schlich sich zuerst an den rechten Mann heran und grub sich mit bloßen Fingern an eine kleine Sprengmine heran. Für ihn als alten Soldaten kein Problem. Er nahm den Druckpunkt des Zünders und holte die Mine unter dem

Körper des Soldaten hervor, der mit schweißnasser Stirn dalag, und sicherte sie wieder. Dann schlich er sich zu dem zweiten Soldaten. Als er bis auf zehn Meter heran war, sah er aus dem Augenwinkel einen hellroten Punkt, der sich tastend über das Eisfeld schlich. Den Blick Katsumis suchend, gab er ihm mit dem Zeigefinger ein Zeichen und deutete auf den Endpunkt des Lasers. Katsumi hatte sofort verstanden, nahm sein Gewehr, stellte das Zielfernrohr auf die Entfernung ein und nahm Maß. Den Stecher durchziehend, war für ihn eine Bewegung, die er schon viele Male erfolgreich durchgeführt hatte. Mittlerweile klebte der Laser wie angewachsen an der Schulter des Soldaten mit der Mine. Eine kleine Rauchwolke bildete sich, als der scharfe Strahl sich durch die Kleidung in den Körper des Soldaten grub. Der Aufschrei des Mannes fiel mit seiner Bewegung und dem Schuss Katsumis in einer Millisekunde, die aber genügte, um den Druckpunkt der Mine so zu verändern, dass sie fast augenblicklich explodierte, und die Schrapnelle pfiffen mit einem hässlichen Ton über das Eis. Dadurch, dass die Männer lagen, erwischte es nur einen. Aber alle hörten, wie sich das Schrapnell mit einem hässlichen Schmatzen in den Körper des Soldaten fraß und wieder zierte ein roter Fleck das stille Eis.

Inzwischen hatten die Männer sich soweit dem Ziel genähert, dass sie das Trommeln, das wieder begonnen hatte, und den Sprachgesang der Inuit verstehen konnten. Es war eine Erzählung und ein Bittgesang aus alten Zeiten, als Fremde versucht hatten, das Land ihrer Urväter zu besetzen und die Inuit mit Hilfe ihrer Meeresgöttin Sedua in die Flucht schlugen, um sie dann der Herrscherin zu opfern.

Der Gesang war in den Ohren zivilisierter Menschen so aggressiv, dass sich einige der Männer schon fragten, warum sie hier waren. Die Schwingungen der rhythmischen Trommeln verursachte bei den Männern eine Art der Unkonzentriertheit, die sie nicht mehr an ihre eigentliche Aufgabe denken ließ. Aber die harte Stimme Katsumis brachte sie in die Wirklichkeit zurück und sagte ihnen, dass der Gegner kein Erbarmen kannte. Katsumis Stellvertreter war mittlerweile wieder zu seinem Chef geschlichen.

„Laserwaffen, Sprengfallen, die Jungs sind gut ausgerüstet. Davon hatten sie nichts erwähnt, Chef. Sie zwingen uns in einen bestimmten Korridor. Das kann nicht gut gehen. Was schlagen Sie vor?"

„Haben wir noch unser Funkgerät?"

„Ja."

„Funke unseren Flieger an, dass sie das letzte Wärmebild analysieren sollen und uns dann die Koordinaten von jedem einzelnen Wärmepunkte geben sollen, der vor uns liegt."

„Ok, Chef."

Es dauerte nicht lange, und die Antwort kam aus dem Äther.

„Keine weiteren Wärmepunkte vor Ihnen, außer auf 83° 41`20,7" N 31° 5`26,8" W, da sind eine Vielzahl von Punkten. Aber da dürfte nur offene Wasserfläche sein, oder Eis."

„Das ist genau der Punkt, wo das Ereignis stattfinden soll. Irgendetwas stimmt hier nicht. Gib mir mal den Restlichtverstärker."

Ben, der Stellvertreter, ließ sich den Restlichtverstärker geben und reichte ihn nach vorne weiter. Katsumi nahm ihn an sich und schaute hindurch.

„Verdammte grundgütige Scheiße. Wenn Ihr genau hinseht werdet Ihr erkennen, dass es eine Insel ist. Hinter dem Iglu liegen eine ganze Menge Kajaks und vor uns ist ein sehr schmaler Eis Steg. Bis zu dem Eis Steg sind links und rechts Sprengfallen aufgebaut, aber so angeordnet, dass man sie erst im letzten Moment sieht."

Katsumi überlegte kurz: „Uns bleibt nur der Weg zurück über den Berg. Über das Wasser kommen wir nie. Das ist die Handschrift von Lee. Wir drehen ab, es ist ein sinnloses Unterfangen. Schickt eine Nachricht an den Flieger, er soll die Maschinen warmlaufen lassen, hier haben wir nichts mehr zu suchen."

„Keine Verbindung mehr, Boss."

„Ok, macht auch nichts, wir hauen ab."

Bevor Katsumi sich überhaupt drehen konnte, um die Situation exakt einschätzen zu können, wurden ihm jegliche Entscheidungen aus der Hand genommen. Kurz und trocken bellten die Schüsse eines Maschinengewehrs hinter ihnen. Ohne einen der Männer zu treffen, trieben die Kugeln die Soldaten in Richtung des Wassers.

„Ich dachte hinter uns ist nichts?"

Ben antwortete nur trocken.

„Schon mal was von Reflektor-Decken gehört, Chef? Wir sind umzingelt. Können wir seitlich über die Sprengfallen weg?"

Katsumi grunzte sarkastisch: „So hat man mich noch nie vorgeführt. Hier nimm den Restlichtverstärker. Das haben sie ganz clever gemacht. Überall kleine Haufen, wo was drunter sein könnte."

„Wenn wir die kleinen Haufen sehen, könnten wir zwischendurch robben."

„Der Draht, der sie verbindet, ist unter dem Schnee versteckt", antwortete Katsumi nur.

„Los, weiße Fahne hissen, wir geben auf."

Nichts war mehr von der Arroganz zu spüren, die Katsumi ausstrahlte. Ben hatte inzwischen ein großes weißes Tuch um den Lauf seines Gewehres gebunden. Sofort hörte der Beschuss auf, und die hohle krächzende Stimme von Lee war im Funkgerät zu hören.

„Was ist, Katsumi? Ist Dir die Lust vergangen, werdende junge Mütter zu killen?"

„Lee, das war nur ein Auftrag, lass uns verhandeln."

„Verhandeln, das ich nicht lache. Ergebt euch, ihr habt keine Chance."

„Okay, ich verlange freien Abzug meiner Leute. Mit mir könnt Ihr machen, was Ihr wollt."

„Also gut, Ihr steht auf, Hände nach oben."

Katsumi und seine Leute standen auf und hoben die Hände.

„Jetzt, alles, was Ihr an Waffen habt, auf den Boden, selbst das kleinste Schweizer Messer. Der, bei dem noch etwas gefunden wird, stirbt."

Katsumis Männer legten alle ihre Waffen ab und warfen sie in den Schnee. Noch immer sahen sie keinen Inuit. Die Trommeln hatten während der ganzen Zeit nicht aufgehört zu schlagen, nur von dem Sprechgesang hörte man nichts mehr.

„Jetzt drehen sich alle um 180° und gehen zehn Schritte zurück. Legt euch auf den Bauch, die Arme und Beine gespreizt. Wagt es nicht, überhaupt nur zu zucken, Ihr werdet einzeln versorgt."

Der Ton der nervenaufreibenden Trommeln zehrte an den Nerven der Männer, aber keiner wagte es auch nur, mit der Wimper zu zucken. Katsumi war der Letzte in der Reihe, er wurde von zwei kleinen Inuit mit Schnellbindern so gefesselt, dass er sich kaum noch bewegen konnte. Die kleinen Eingeborenen fackelten nicht lange und rissen ihn dann in den Stand.

„Dreht Euch um."

Die Soldaten drehten sich um und schauten in die Richtung der Insel. Über den Eis Steg kam Lee, der kleine Bärenmann. Keiner von ihnen hatte bemerkt, dass die Trommeln aufgehört hatten zu schlagen. Lähmende Stille breitete sich aus, selbst der Wind, der in dieser Wetterküche immer blies, schlief jetzt ganz ein. Lee hatte ein Neugeborenes auf dem Arm, ein Mädchen. Er legte es auf beide Hände, so, dass es wie in einer Wanne lag, bückte sich und tauchte es unter Wasser. Im gleichen Moment tauchten zwei ausgewachsene Narwale auf, und ihre beiden Elfenbeinstoßzähne kreuzten sich.

„Seht Ihr, Inuit vom Stamm der Malemut, Sie ist in den Armen der Meeresgöttin Sedua aufgenommen."

Dann griff sich Lee an den Hals und beförderte eine goldene Kette hervor, die einen durchsichtigen Anhänger hielt und legte sie der Kleinen um den schmalen Hals. Die rechte Handinnenfläche zeigte die beiden Stoßzähne der Narwale.

„Es ist vollbracht, Du sollst in Zukunft Kesuk heißen, die Verbindung zwischen Himmel und Wasser."

Lee gab die Kleine einer alten Frau, die hinter ihm stand, die es sofort in ein trockenes Tuch wickelte und in den Iglu trug. Lee schaute der alten Inuit noch hinterher, dann ging er auf die Männer zu und blieb vor Katsumi stehen.

„Mein Freund, Du hättest es nie geschafft, die Kleine zu töten. Sedua verlangt eine gute Tat nach der Geburt einer

Kriegerin. Wir lassen euch laufen. Alle Ausrüstung lasst ihr hier. Die Funkgeräte im Flugzeug sind zerstört, die Mannschaft ist gefangen genommen worden und wartet auf die Befreiung durch euch."

„Was macht Dich so sicher, dass wir das nicht hätten schaffen können, Lee?"

„Um unsere alte Freundschaft willen, will ich Dir etwas verraten, Katsumi. Es gibt auf dieser Welt ein paar Menschen, das sind Quantendenker, dazu gehöre ich auch und noch ein paar mehr. Wir Quantendenker sind alles Nachkommen von Außerirdischen, wir sagen Annanuki dazu, manche haben sich im Laufe der Jahrtausende mit der Menschheit vermischt. Die Geburt der Regenbogenkrieger wurde schon von langer Hand geplant. Das sage deinem Boss. So, denke daran, ich habe meine Schuld noch mehr als beglichen."

Lee gab den dazu getretenen Inuit einen Wink, und sie durchtrennten die Fesseln der Gefangenen.

„Euer Weg geht da lang, beeilt euch, wir bekommen bald einen gewaltigen Sturm, Sedua muss dieses Land reinigen."

Adfall, der die ganze Zeit die Geschehnisse beobachtete hatte, kam auf Lee zu.

„Was geschieht weiter, Lee?"

„Die Alten und die Mutter nehmen die Kleine mit ins ewige Eis und schulen sie, soweit es geht. Sag Allskerjargdi, sie wird rechtzeitig am vereinbarten Ort sein."

„So sei es, Bruder."

Lee nahm Adfall in seine Arme und drückte ihn.

„Eine alte Inuit hat die Knochen geworfen, es kommen noch stürmische Zeiten auf uns zu."

Dabei lachte der alte Haudegen, drehte sich um und ging wieder über den Steg. Die beiden Wölfe waren aus dem Nichts aufgetaucht und folgten ihm. In der Ferne, zur anderen Seite, trotteten die Söldner mit hängenden Köpfen in Richtung der C-100. In Katsumis Gehirn brodelte es. Wie sollte er es Brandolf beibringen, dass er versagt hatte?

21.12.1990
Guatemala

Tikal, die Hochburg der Mayageschichte, im Tiefland des Peten gelegen. In ihren Hoch-Zeiten beherbergte sie 200.000 Menschen. Selbst jetzt nach vielen Jahrhunderten hatten die Ruinen nicht viel von ihrer majestätischen Faszination und Größe eingebüßt. Obwohl sich noch ein großer Teil der alten Gemäuer im nahegelegenen Dschungel befand, meinte man, den Großteil der Geschichte Tikals zu kennen.

Der Tag war noch jung, aber die Tiere des Dschungels empfingen das Licht des neuen Tages mit Geschrei. Keines der Tiere kam an das Gekreische des Quetzal, dem Wappenvogel von Guatemala, heran, er übertönte alle anderen Individuen des Regenwaldes bei weitem. Die ersten Touristen hatten sich schon auf den Plätzen eingefunden, und sie warteten geduldig auf ihre Fremdenführer. Männer und Frauen scharten sich um die einzelnen Stelen. Fragmente fotografierend, Interesse bekundend, zeigten sie doch dem Betrachter, dass kein wirkliches Interesse bestand. Es ging nur darum, an diesem Ort gewesen zu sein.

Obwohl das Wetter in der Frühe des Morgens schon schwül war, versuchten einige der jungen Leute auf dem östlichen Ballspielplatz, das alte Ballspiel der Mayas zu kopieren. Trotz des frühen Tages, saßen auch schon einige einheimische Indianer in den Ecken und dösten vor sich hin, und andere bauten Verkaufsstände auf, um einige Dollars oder Centavos von den Touristen zu ergattern.

Es war eine behutsame und gefährliche Stille, die den Platz umgab, nur das atemlose Geschnatter der Besucher versuchte diese menschenferne Ruhe, die in der Einsamkeit ihren Pol fand, zu durchschneiden. Wenn man sich konzentrierte, begriff man erst, dass es gar nicht diese Lautlosigkeit war, die man nicht hörte, sondern das eigenartige Flüstern des Windes, der diese Lautlosigkeit wie Musik inszenierte und im Unterbewusstsein die Stimmen produzierte zu denen die alten Indianer voller Ehrfurcht sagten: Tikal sei der Ort der Geisterstimmen.

Die energische Stimme, einer jungen, blonden, überaus hübschen, schwangeren Frau, durchschnitt die Andacht des Platzes. Mit weit ausholenden Schritten überquerte sie den Ballspielplatz. In ihrem Kielwasser, fünfzehn, bis an die Zähne mit Arbeitsmaterial ausgerüstete Männer. Gemeinsam strebten sie zielsicher dem Dschungel zu, mit jedem Schritt irgendwelche Anweisungen gebend, führte sie die kleine Gruppe an.

Neugierig standen, fünf mit langen dunklen Mänteln bekleidete Männer, bei der ersten Pyramide und schauten sich die Inschriften der alten Mayas genau an, um sich dann in der näheren Umgebung dieses geheimnisvollen Ortes von Tikal zu verteilen. Dabei hielten sie immer Blickkontakt mit einer durchtrainierten hübschen Frau, die an der rechten Stele der ersten Pyramide gelangweilt lehnte und anscheinend die aufgehende Sonne genoss. Aber ihre gespannte Aufmerksamkeit konnte sie nicht verbergen.

Jetzt kam langsam Leben in die Ruinen des Altertums. Eine Prozession junger und älterer Indianer umringten laut schwatzend eine junge schwangere Indianerin, die sich lachend von ihrem Ehemann führen ließ. Alle waren festlich gekleidet, und sie ließen sich auch nicht von den irritierten Blicken der Touristen beeinflussen. Sie strebten zielsicher auf die erste der hohen steinernen Pyramiden zu.

Die junge Blonde und ihre Arbeiter hatten den Dschungel erreicht und machten sich am Rand des undurchdringlichen Grüns zu schaffen. Die fünf Männer und die Frau hatten sich mittlerweile so postiert, als würden sie die Gruppe Indianer absichern. All das geschah mit einer professionellen Ruhe und Konzentration von Leuten, die sich ohne ein Wort und Blickkontakte verständigen konnten. Einer verließ sich auf den anderen.

Der Schuss, der die Leuchtrakete in den Himmel drückte, kam so überraschend, dass alle Anwesenden kollektiv sofort zusammenzuckten. Dann verstummte das Gekreische der Brüllaffen, dass sich den Nerv tötend über das Säuseln des Windes gelegt hatte. Nachdem der Dschungel das Echo geschluckt hatte, trat eine Ruhe ein, die an die Verlassenheit eines Ortes erinnerte. Ein verborgener Beobachter hätte gesagt, dass die Anwesenden die Tonlosigkeit in den Ohren schmerzten. Selbst der Wind hörte auf, seine Symphonie zu spielen und das Murmeln der Worte, das wie ein Flüstern war, hörte abrupt auf.

Alle drehten sich suchend um, als aus der Höhe der ersten Pyramide ein uniformierter junger Mann unter der Überdachung hervortrat und sich lächelnd umschaute, die rauchende Signalpistole noch in der Hand. Majestätisch stieg er die 93 Stufen der Pyramide hinunter, immer ein süffisantes Lächeln auf den Lippen. Dabei dirigierte er seine Leute, die aus dem Dschungel kamen oder in dunklen Ecken und Nischen standen, so, dass die Anwesenden wie Vieh zusammengetrieben wurden. Wo es schwerfällig ging, halfen die Gewehrkolben nach. Unten angekommen, hob er die Arme.

„Ladies und Gentlemen, Señora und Señores, bitte kommen Sie etwas näher, und genießen Sie unsere Anwesenheit. Wenn Sie das tun, was wir wollen, ist der Spuck gleich vorbei."

Die junge blonde Frau, die am Rande des Waldes mit ihren Arbeitern gestanden hatte, musste von allen Anwesenden den weitesten Weg zurücklegen. Schwer atmend, stellte sie sich, mit in die Hüften gestemmten Händen vor den Uniformierten und fixierte ihn lässig, dabei war bei ihr keine Angst zu spüren.

„Was soll das, können Sie sich erklären?"

„Madam Gustafsson, halten Sie sich bitte zurück, das ist eine militärische Aktion. Treten Sie bitte an die Seite, von Ihnen wollen wir nichts."

„Was heißt hier, von Ihnen wollen wir nichts? Sie stören hier Ausgrabungen, die für die Nachwelt von enormer Wichtigkeit sind, außerdem sind sie vom Parlament abgesegnet und die Genehmigungen habe ich auch."

Dabei griff sie in ihre Brusttasche und holte ein Dokument hervor.

„Madam, wenn ich Ihnen sage, Sie sollen sich zurückhalten, dann halten Sie sich zurück."

Dabei lächelte er gütig, wie ein Vater, der sein Kind zurechtwies. Er holte mit der linken Hand aus, die schloss sich zur Faust und hämmerte sie der jungen Frau an die Schläfe. Die auf der Stelle umfiel und ihr Bewusstsein verlor.

„Noch jemand, der etwas zu sagen hat? Gut, dann nicht. Alle in einer Reihe aufstellen. Jeder, der sich wehrt, wird erschossen."

Seine tonlose Stimme ließ keine Zweifel aufkommen. Die Männer standen mit dem Gewehr im Anschlag und trieben die Menschen so weit zusammen, dass sie eine Reihe bilden mussten. Aus der Reihe scherte die junge Frau aus, die einsam an der Stele gestanden hatte. Sie kniete nieder und beugte sich über die junge Schwangere, die immer noch ohnmächtig dalag.

„Musste das sein, Señor?"

„Capitano Gomez, Señora oder Senhorita?"

„Die Frau muss sofort in ein Krankenhaus, sonst stirbt sie, und das Kind stirbt auch."

„Hier verlässt keiner den Platz."

„Was machen Sie mit den Touristen, die jetzt auf den Platz wollen?"

„Hier kommen heute keine Touristen mehr auf den Platz. Die Attraktion ist für heute gesperrt. So, und jetzt verschwinden Sie in der Reihe. Sonst geht es Ihnen so wie ihr."

Capitano Gomez drehte sich um, um weitere Anweisungen zu geben. Als er ganz leise die messerscharfe Stimme der jungen Frau hörte: „Versuchen Sie es, Señor Gomez. Es könnte ihr Tod sein und ich glaube, dass ist das letzte, was sie wollen."

Ohne sich dann die Mühe des Umdrehens zu machen, zeigte er nur kurz mit seinem Daumen nach hinten: „Erschießt die amerikanische Hure, oder besser; nehmt sie euch vor, ihr sollt ja schließlich etwas Spaß haben."

Tiefes Lachen schüttelte seinen Körper. Dann hörte er die Verschlüsse der Gewehre einrasten.

„Ihr Idioten, ich habe gesagt, nicht erschießen."

Mit diesen Worten drehte er sich um und erstarrte. Die junge Amerikanerin stand mit verschränkten Armen vor ihm und lächelte tiefgründig. Alle Gewehre seiner Soldaten waren auf ihn gerichtet, während die fünf jungen Männer Rücken an Rücken im Kreis standen und konzentriert auf die Soldaten schauten.

„So, Mister Gomez, sie sind am Zug. Oder? Sie wollten mich vergewaltigen lassen."

Dabei legte sich ihre Stirn in Falten. Sie schnalzte ein paarmal mit der Zunge.

„Sie sind ein böser Junge."

Dabei wurde ihre Stimme seidenweich. Gomez sah den Schuh nicht kommen, der ihn plötzlich im Gesicht traf. Der Capitano hörte nur das hässliche Knacken des Jochbeines und das schmatzende Geräusch der gebrochenen Nase. Die Hände vor das Gesicht schlagend, schossen ihm die Tränen in die Augen. Dann spürte er nur noch kurz den scharfen und intensiven Schmerz zwischen seinen Beinen, bevor er endgültig die Besinnung verlor.

Zu den Indianern gewandt, sagte die junge Frau: „Fesselt die Soldaten und den Möchtegern Capitano und schmeißt sie in irgendein Loch. Baut eine Trage, legt die Frau darauf. Bringt die Touristen weg, schnell."

Die Indianer, die es gewohnt waren, Befehle zu befolgen, setzten sich schnell und ohne zu fragen in Bewegung. Die junge blonde Frau bewegte sich stöhnend und schaute mit ihrem schmerzverzerrtem Gesicht auf die andere Frau, die sie lächelnd ansah.

„Was ist passiert?"

Dabei stöhnte sie herzzerreißend und hielt sich den Bauch.

„Wie heißen Sie? Ich bin Molke, bleiben Sie ganz ruhig liegen."

„Molke, ich bin Eina. Ist das nicht witzig, zwei nordische Namen, und dass hier im tiefen Dschungel von Guatemala. Was ist passiert?"
Dabei drehte Sie sich schmerzverzerrt, und hielt sich wieder ihren Bauch.
„Drehen Sie sich bitte auf den Rücken, ich muss Sie kurz untersuchen."
„Sind sie Arzt?"
„So etwas Ähnliches. Bei uns sagt man, des Heilens kundig."
Dann holte sie ein kleines ovales Gerät aus der Manteltasche, schaltete es ein und hielt es über den Bauch der Schwangeren. Mit einem leisen Piepton beendete das Gerät die Untersuchung. Molke las auf dem Display das Ergebnis ab.
„In spätestens einer Stunde platzt bei Dir die Fruchtblase, Eina. Du bleibst jetzt ganz ruhig liegen, und bewegst dich nicht mehr. Alles, was Du jetzt siehst und hörst, wirst Du nie in deinem Leben benutzen oder weitergeben. Wenn nicht, werden wir das Erfahren und dich töten. Versprichst Du es mir?"
„Du gehst mit dem Wort töten sehr leichtsinnig um, Molke. Was ist es, dass hier so wichtig ist, dass Du dafür töten würdest? Seid ihr Verbrecher?"
„Wir sind keine Verbrecher. Es geht hier um unsere und die Zukunft der Menschheit, also ist auch Deine Zukunft und die Zukunft Deiner Tochter betroffen, die Du doch Freya nennen willst, oder habe ich das jetzt falsch verstanden?"
Die Worte von Molke waren mit einer derartigen Eindringlichkeit gesprochen, dass Eina nur erstaunt nickte.

„Ja, ich verspreche Dir alles. Aber woher weißt Du, dass ich eine Tochter bekomme?"
Molke ging nicht auf die Frage ein.
„Du wirst auch deine Ausgrabungen hier einstellen."
„Aber das ist mein Leben."
„Dein Leben hat sich gerade geändert, und es wird auch ohne Ausgrabungen in Tikal weitergehen. Aber Du wirst es gleich begreifen."
Die Indianer waren mittlerweile mit allem fertig. Molke ging zu ihnen und sprach eindringlich auf sie ein. Bis auf die Schwangere, ihren Mann und einen Alten mit Federschmuck auf dem Kopf. Eina, die mit schmerzverzerrtem Gesicht, aber durchaus interessiert, diese Situation beobachtete, nahm an, dass es der Medizinmann war. Nach der intensiven Ansprache von Molke, drehten sich die Eingeborenen um und verschwanden im tiefen Grün des Dschungels, ohne einen weiteren Laut zu verursachen.
Molke gab ihren Leuten einen Wink. Einige nahmen die erschreckten Touristen an der Hand und führten sie zu anderen Sehenswürdigkeiten der Stadt, dabei schärften sie ihnen ein, in den nächsten 30 Minuten nicht in die Nähe der ersten Pyramide zu kommen. Die anderen nahmen die Trage und führten die kleine Gruppe in Richtung der östlichen Spitze der Pyramide. An dem Eckstein angekommen, fühlte Molke mit den Fingern die Seite des Steines ab, bis sie mit der Spitze ihres Zeigefingers eine Vertiefung ertastete. Molke nahm ein Messer und stieß die Spitze solange in die Vertiefung, bis ein Loch entstand, dann gab sie dem nächststehenden Mantelträger ein Zeichen.
„Los, Miguel, leg den Kompressor an."

Eina, die alles beobachtete, konnte sich auf die Tätigkeiten der Fremden keinen Reim machen.

Miguel drückte zwischenzeitlich einen langen Schlauch in das Loch und verband es mit einer kleinen Metallflasche, steckte den Kopf der Metallflasche in das Loch und hielt mit aller Kraft die Flasche auf der Öffnung, dabei bewegte er rhythmisch einen Knopf. Mit einem leisen Zischen entlud sich der Inhalt der Flasche in dem Hohlraum. Der Überdruck, der entstand, bewirkte, dass sich mit einem leichten Plopp ein rundes Etwas auf der oberen geraden Fläche des Steines löste und wie ein Korken nach oben sprang. Als das runde Etwas den höchsten Punkt erreicht hatte, griff Molke geschickt zu und hielt es hoch.

„Chicle, der Kaugummi der Mayas, klebt und hält dicht."

Dabei leuchteten ihre Augen wie die eines kleinen Mädchens, das eine wichtige Entdeckung gemacht hatte. Sie gab das Teil Eina.

„Circa dreitausend Jahre alt."

Miguel holte den Schlauch aus dem Loch, steckte ihn in den oberen Teil und blies das Loch mit Druckluft sauber. Dabei bemerkte er trocken: „Der Staub von Jahrtausenden."

Dann trat er zur Seite und ließ Molke wieder an den Stein. Wieder griff die junge Frau in ihre Manteltasche und beförderte eine Schnur mit vielen Enden hervor. Bei Eina kam nun die Archäologin durch. Sie quälte sich von der Holztrage hoch, stellte sich neben Molke und nahm ihr andächtig die Schnur aus der Hand.

„Ein Quipu, wo hast du die her? Die hat hier in diesem Bereich der Mayas nichts zu suchen, die gehört mehr in das Inka-Territorium. Außerdem ist sie nicht aus dem normalen Fasermaterial, das ist Carbon oder so etwas Ähnliches."

„Meinst Du nicht, dass die indianischen Kulturen untereinander in Verbindung standen? Aber pass auf und tritt etwas zurück."

Molke nahm die Schnur mit den vielen Enden und ordnete sie auf dem Stein. Jetzt sah man erst, dass an der Hauptschnur acht weitere Schnüre mit Knoten hingen. Sie nahm sie hoch, steckte die erste Schnur bis zum Ende in das Loch, ein leises Klacken ertönte. Zu ihren Kameraden gewandt, konnte sie nur glücklich bemerken: „Es funktioniert, es funktioniert noch nach über 3000 Jahren."

Dann steckte sie jeweils in bestimmter Reihenfolge die Schnüre in das Loch. Jedesmal erfolgte ein leises Klacken. Bei der letzten Schnur hörte man dann ein leises Zischen, und der Ost Stein schwang nach innen und gab eine Treppe frei, die kein Zeichen von Verwitterung aufwies.

Molke wandte sich an Eina: „Ich kann mich auf Dein Versprechen verlassen, Eina, das ist keine Frage, sondern eine reine Feststellung."

Eina, die durch ihre Unterleibschmerzen immer gebückter ging, bemerkte in dem Ton die Drohung, die in der Bemerkung von Molke mitschwang. Trotzdem konnte sie nicht anders, als gereizt zu antworten: „Fragen sind aber doch durchaus erlaubt, oder? Aber wichtiger ist, ich halte die Schmerzen kaum noch aus. Wäre es nicht besser, in ein Hospital zu gehen?"

„Wo ist das nächste Hospital, das Dich angemessen behandeln kann? Bevor Du da bist, hast Du dein Mädchen bestimmt schon zweimal geboren. Außerdem warst Du doch dabei, als ich diesen Capitano

niedergeschlagen habe. Wie willst Du das erklären? Sie lassen Dich das Kind bekommen und dann ab in den Knast, das Gör kommt dann zu Pflegeeltern, wenn überhaupt. Glaube mir, die scheißen darauf, ob Du Isländerin bist, oder nicht. Fragen?"
Eina erwiderte kleinlaut: „Nein."
„Mach Dir keine Gedanken, Liebes. Das ist nicht das erste Kind, was ich auf die Welt hole. Du legst dich auf die Liege, es ist entspannter als stehen. Mit deiner Fruchtblase kann es nicht mehr so lange dauern. Im wievielten Monat bist Du denn, Eina?"
Trotz des dringlichen und harten Tonfalls bemerkte Eina den warmen Unterton in Molkes Stimme, wofür sie ihr sehr dankbar war.
„So ziemlich Ende achter Monat."
„Dann krauchst du noch in irgendwelchen alten Tempeln herum? Die Dame ist wohl etwas extrem."
Sie drehte sich zu der schwangeren Indianerin: „Wie heißt Du denn?"
Die junge Frau antwortete leise: „Marta, Senhorita Molke. Meine Wehen haben angefangen, schaffen wir es?"
„Mach dir keine Sorgen, Marta, ich bin Spezialistin für Massengeburten."
Sie drehte sich zu dem Ehemann und dem Medizinmann.
„Ihr achtet auf die Kleine, wenn die Wehen den fünf Minuten Abstand erreichen, will ich Bescheid wissen."
„Si, Senhorita."
Beide nickten heftig. Martas Ehemann hielt die Hand der Schwangeren und lächelte seiner Frau aufmunternd zu. Molke schaute die anderen an.
„Los, Männer, schnappt die Mädels und ab ins Schwarze Loch."

Ein gähnender Schlund erwartete die Gruppe. Nebelschwaden leckten wie Totenfinger nach den Eintretenden. Die kalte Luft ließ die Feuchtigkeit kondensieren, und alle Anwesenden erschauderten. Molke ging vor und ertastete an der Wand eine Erhöhung. Sie machte sie sauber und presste den ersten Knoten der Quipa auf die Stelle. Sofort flammte Licht auf und gab einen langen gewundenen Gang frei, fünf Stufen ging es hinunter. Bevor alle auf dem Gang standen, dauerte es einen kleinen Moment.

Molke nahm den Knoten weg, und die Tür schloss sich mit einem leisen Pfeifen.

„Andale."

Die Ärztin lief an der Spitze, es ging immer tiefer in das Bauwerk. Die Luft war frisch, aber nicht kalt. Wenn die kleine Gruppe einen Moment stehen blieb, bemerkte sie einen leichten Luftzug, der um ihre Haare spielte. Der Gang lief spiralförmig nach unten. Je tiefer sie kamen, umso enger wurden die Kurven, trotz der Trage hatten sie genug Platz, es konnten zwei erwachsene Männer nebeneinander gehen.

Was Eina am meisten verwirrte, war, dass keine Verzierungen die Wände schmückten. Fußboden und Wände waren einfach nur glatt. Die junge Isländerin konnte es nicht lassen, ein paarmal ihre Finger an den Wänden entlang gleiten zu lassen. Sie stellte fest, dass die dunklen Wände keine Nässe speicherten und äußerst glatt waren.

Sie waren schon eine Zeit lang gegangen, als Eina Molke, die vor ihr ging, ansprach: „Hey, Molke, kann ich dich etwas fragen?"

„Immerzu."

„Mein Interesse ist von archäologischer Natur. Ist das die mysteriöse Schwarze Pyramide, die auf dem Kopf steht und Mutter Erde geweiht war?"

„Bingo, Eina, gut versteckt und sie war doch vor euren Augen."

„Na ja, wenn etwas als Fundament für die Pyramide dient, ist es auch schwer zu finden."

„Es kommt noch besser, Eina. Wenn Du diese Pyramide von der Seite sehen könntest, würdest du feststellen, dass sie einem ägyptischen Bauwerk ähnelt. Nur mit dem Unterschied, dass in der Mitte ein Schacht ist. Außerdem stellen die beiden Pyramiden die Achse zwischen Himmel und Erde dar."

„Warten noch weitere Überraschungen auf uns?"

„Dann wären es ja keine Überraschungen mehr. Oder siehst Du das anders?"

Sie lachte dabei hell auf und ging weiter. Die Gruppe musste schon ziemlich tief in dem Bauwerk sein, als Molke die Hand hob.

„Stopp."

Vor ihnen erhob sich eine Wand aus schwarzem Metall, mit einer kleinen Nische. Kam man nahe an die Einbuchtung heran, konnte man acht Löcher erkennen, die senkrecht in der Tür verschwanden. Diese acht Löcher waren mit einer Rinne verbunden.

Molke nahm die Quipa aus ihrer Tasche und steckte die einzelnen Bänder in die dafür vorgesehenen Löcher. Es legte sich sofort eine Metallplatte über die tiefe Einbuchtung, und eine Tastatur erschien.

Die Ärztin drückte achtmal die verschiedensten Tasten. Eina, die einen Blick auf die Tastatur werfen konnte, identifizierte eine sumerische Keilschrift.

„Sag mal, Molke, was haben sumerische Schriftzeichen hier im Indianerland zu suchen?"

„Ich denke, du bist auf indianische Kultur spezialisiert?" Kam die verwunderte Frage, und Molke schaute Eina fragend an.

„Mein Vater war auf die Sumerer spezialisiert, da habe ich ihm ab und zu über die Schultern geschaut."

Molke, die sich zum Gespräch mit Eina umgedreht hatte, bemerkte einen leichten Luftzug im Rücken. Sie drehte sich wieder zurück und schaute in eine Art Vorraum, dabei beantwortete sie die Frage.

„Du weißt, dass die erste Hochkultur der Menschheit, die der Sumerer war. Aber bevor die Sumerer da waren, gab es die Annanukis, die diesen Planeten schon zu Zeiten von Pangäa besiedelten. Besiedelten ist vielleicht nicht das richtige Wort, zwangsbesiedelten trifft da eher zu. Die Erde war zu der Zeit eine Gefangenenkolonie, so wie Australien bei den Engländern. Mit der Zeit wurden es so viele, dass wir uns organisieren mussten. Dann wurden die Gefangenentransporte immer weniger. Das, was wir hier betreten, ist das letzte Raumschiff, das vor dreitausend Jahren hier gelandet ist. Unsere Vorfahren mussten es verschwinden lassen, weil wir geschworen hatten, keine direkte Beeinflussung auf die Menschheit auszuüben. Sie sollte sich so entwickeln, wie die Natur es ihr vorgegeben hatte. Aber ich sehe, deine Fruchtblase ist geplatzt. Was machen deine Wehen?"

„Sie kommen immer häufiger und härter. Aber noch eine allerletzte Frage. Ich weiß, dass die Quipa auf den Dezimalbereich aufgebaut ist. Was für Zahlen standen auf der Schnur?"

„Was für ein Datum haben wir heute?"

„21.12.1990. Ja, was bedeutet das denn?"

„Heute werden die sechs Krieger des Regenbogens geboren, irgendwo auf dieser Welt. Sie sollen uns und die gesamte Menschheit zu einer neuen, besseren Zeit führen. So, jetzt ist aber keine Zeit mehr für irgendwelche Unterhaltung."

Mit diesen Worten zeigte Molke an, dass sie nicht gewillt war, weitere Informationen preiszugeben. Sie schritt in den Vorraum und stellte sich auf einen Kreis, der im Boden eingelassen war.

„Hier werde ich noch einmal gescannt. Wir sind gleich da. Wenn ihr durch die Tür geht, etwas langsamer bitte. Ihr werdet desinfiziert, auch noch gescannt, und dabei wird eure DNA aufgenommen."

Nachdem Molke fertig war, glitt die vor ihr liegende Wand auf die Seite und gab allen den Blick in einen großen Raum frei, von dem einige weitere Öffnungen und andere Wege in weitere Räumlichkeiten frei gaben. Ohne sich noch einmal umzudrehen, befahl Molke allen: „Einfach nur folgen und bitte nichts anfassen."

Gehorsam folgte ihr die kleine Gruppe. Eina stand mittlerweile wieder auf ihren eigenen Beinen, wurde aber von zwei Mantelträgern gestützt. Das Raumschiff, jedenfalls war es Einas Meinung, dass es ein Raumschiff war, war erstaunlich groß. Sie kamen in einen Raum, der nur die Krankenstation sein konnte. Mehrere Liegen waren im Raum verteilt. Die beiden Schwangeren wurden zu den beiden Liegen dirigiert und mussten sich darauflegen.

„So, alle raus hier, außer dem Medizinmann und Sven. Die anderen können sich verteilen und nochmal an alle, nichts wird angefasst."

Als alle den Raum verlassen hatten, drückte Molke auf einen verborgenen Knopf, und eine Konsole fuhr aus der Wand.

„Bist du mit diesem Ding schon mal geflogen, Molke?"

„Wir dürfen nicht mit Raumfahrzeugen fliegen, ich bin nur für die Geburt darauf geschult worden."

„Wer seid ihr, dass ihr über so eine Technik verfügt?"

Molke hatte inzwischen den Monitor eingeschaltet und sich die Bilder und Auswertung der Scans geben lassen. Sie wertete die Daten aus. Zuerst waren Martas Daten dran. Sie drehte sich zu der jungen Indianerin um.

„Alles in den normalen Parametern, meine Liebe, das wird eine schnelle und leichte Geburt für dich werden."

Zu dem Medizinmann gewandt: „Du achtest auf sie, zuerst ist die junge Frau dran."

Der Medizinmann, der bis dahin noch kein Wort gesprochen hatte, nickte nur.

„So, jetzt zu dir, Eina."

Molke drehte sich wieder zu dem Monitor und bewegte mit dem Zeigefinger einige Bilder. Dann hörte Eina sie nur leise flüstern: „Das gibt es nicht."

„Was ist mit meinem Kind, Molke?"

Eina, war überaus beunruhigt und stützte sich auf den Ellbogen auf dann schrie die jungen Frau an: „Molke, was ist mit meinem Kind?"

„Bleib ganz ruhig, Eina. Dir und deinem Kind geht es sehr gut, auch du wirst eine leichte Geburt haben."

„Sven, überprüfe die Daten noch einmal."

Sven ging zum Monitor und ließ die Daten noch einmal durchlaufen.

„Die Daten sind korrekt, wenn das stimmt, was hier angezeigt wird, ist sie eine Annanuki."

„Scheiße, die Wehen werden immer kürzer. Wieso kannst du feststellen, dass ich eine Annanuki bin?"

„So, meine Liebe, Ende mit deiner Fragerei. Jetzt wirst du dich erst einmal auf deine Geburt konzentrieren, alles andere kann warten."

Die Anweisung von Molke kam so direkt und hart gesprochen, dass Eina weitere Fragen hinunterschluckte. Es entsprach aber nicht ihrem Naturell, irgendwelche Fragen, die sie stellen wollte, im Raum stehen zu lassen. Sie nahm sich erst einmal vor, die Geburt hinter sich zu bringen und dann alles auf sich zukommen zu lassen. Die Fremden machten nicht den Eindruck, als wären es Verbrecher, und sie war nur durch dumme Umstände zwischen zwei Fronten geraten. Eina konnte aber nicht wissen, dass durch die Geburt ihres Kindes, sie sich für eine Front entscheiden musste. Genauer betrachtet, war es nicht mehr ihre Entscheidung, sondern das Schicksal hatte sich ihrer angenommen.

„Abstand der Wehen?"

„Circa zwanzig Sekunden", antwortete Sven prompt, indem er seinen Blick von der Uhr nahm.

Molke griff in ihre Tasche, die sie mit dabeihatte, und beförderte ein paar sterile Handschuhe hervor, nahm sie aus der Hülle und streifte sie sich über. Mit einem schnellen Blick über die Schulter, vergewisserte sie sich, wie die junge Frau lag.

„So, Eina, Beine breit und anwinkeln."

Sie nahm den Mittelfinger, steckte ihn in die Scheide und tastete den Muttermund ab.

„Perfekt, der Muttermund hat sich schon geöffnet. Jetzt machst du es so, wie du es im Schwangerschaftskurs gelernt hast."

„Was für ein Schwangerschaftskurs? Ich habe Ausgrabungen geleitet", presste sie zwischen zwei Wehen hervor.

„Abstand?"

„Zehn Sekunden, sinkend."

Ungerührt antwortete die junge Frau: „So, jetzt arbeitest du so mit deinem Körper, wie dir dein Instinkt es vorgibt."

„Das fühlt sich ja an, wie ein Korken in der Flasche."

„Ja, und du bist die Flasche. Dann bist du auch Flasche und Korkenzieher in einem."

Eina konnte nicht anders, trotz der Schmerzen musste sie lachen. Der Medizinmann tippte Sven an und nickte nur zu der kleinen Indianerin. Ohne einen Laut von sich zu geben, hatte sie sich in die richtige Position gesetzt und begann zu pressen. Molke, die es aus dem Augenwinkel mitbekommen hatte, nickte Sven nur zu. Der kümmerte sich sofort um die Indianerin und begann dann schnell und routiniert mit den Geburtsvorbereitungen.

„Na, dann werden das ja Zwillinge. Der Kopf ist zu sehen. Wie sieht es bei dir aus, Sven?"

„Wie bei dir. Du weißt doch, Syncrongeburten sind unsere Spezialität."

„Ok, Eina, noch zwei bis drei Presswehen, dann bist du durch."

„Marta, wie sieht es bei dir aus?"

„Es geht schon, Senhorita."

„Gut, Eina, noch einmal, dann ist sie da."

Molke legte beide Hände wie eine Schale unter die Scheide und half dem Mädchen mit einem leichten Zug ans Tageslicht, das bei der letzten Presswehe wie von selbst aus seiner gewohnten Umgebung gezwungen wurde. Sie

befreite Mund und Nase von dem Schleim, und schon krähte das Mädel sich ins neue Leben. Ein warmes Lächeln umspielte die Mundwinkel der jungen Ärztin, als sie hinter sich das Schreien des anderen Neugeborenen hörte. Sie drehte sich kurz um und sagte: „Zwei auf einen Streich, das habe ich auch noch nicht so oft gehabt."
Dann legte sie die Kleine in den Arm ihrer Mutter.

„Der Name soll Freya sein?"
„Ja, Freya."
„Ein schöner Name, wie soll deine Kleine heißen, Marta?"
„Kuntur, wie der Kondor. Mein Vater und meine Mutter stammen aus Peru."
Beide Mütter lagen erschöpft und glücklich auf ihren Liegen.

„Sven, mach die Kinder sauber. Medizinmann, du bist nun dran, mach den Test."
Der Alte öffnete seinen Medizinbeutel, entnahm ihm eine goldene Kette mit einem durchsichtigen Anhänger und legte sie dem kleinen Indianermädchen um. Dann öffnete er vorsichtig die beiden kleinen Händchen und hielt sie in das Licht. Alle, die sich in dem Raum aufhielten, hielten den Atem an, links erschien die Erdkugel, rechts eine kleine umgekehrte Pyramide. Als erstes sagte der Medizinmann: „Die Prophezeiung unseres Stammes wird sich erfüllen."
Dabei nahm er die Kleine in den Arm und übergab sie Marta liebevoll in ihre Arme.

„So, Tochter, jetzt müssen wir für eure Sicherheit sorgen. Sagt Allskerjargdi, wir werden zu dem rechten Zeitpunkt an dem Ort sein, den wir vereinbart haben."
Molke nickte: „Ich werde es so weitergeben."

Sie drehte sich zu den beiden Müttern: „Wartet, nehmt das."
Sie reichte Marta und Eina eine kleine Phiole mit einer hellen Flüssigkeit.

„Trinkt, das wird eure Widerstandskraft zu dem jetzigen Zeitpunkt erheblich stärken."

Marta nahm voller Vertrauen die kleine Phiole, öffnete sie und trank. Eina, immer noch voller Misstrauen, öffnete die kleine Flasche und roch daran. Molke reagierte leicht genervt.

„Langsam nervst du alle, du kannst uns vertrauen, Eina. Wir haben euch doch bewiesen, dass wir es gut meinen."
Eina, noch erschöpft von der Geburt, konnte Molke keine Widerstandskraft mehr entgegenbringen, sie nahm die Phiole und leerte sie mit einem Zug. Fast augenblicklich fühlte sie einen Energieschub in sich, der ihr die alte Kraft wiedergab. Sie setzte sich vorsichtig auf, das Kind im Arm haltend.

„Was war das denn?"
Molke antwortete verschmitzt: „Hier würdet ihr sagen, ein gutes Stöffchen."
Zum Medizinmann gewandt, gab sie die nächsten Anweisungen: „Meine Leute zeigen euch den anderen Ausgang, verschließt ihn wieder gut."
Der Medizinmann nickte nur, drehte sich um, nahm die junge Mutter mit dem Kind und folgte Sven. Als sich die Tür hinter ihnen geschlossen hatte, wandte sich Molke Eina mit ernstem Gesicht zu.

„Jetzt zu dir, junge Frau, bevor wir hier verschwinden, müssen wir über deine Zukunft nachdenken. Auf normalem Weg kannst du nicht aus Guatemala raus. Mittlerweile werden die Soldaten um Capitano Gomez

dafür gesorgt haben, dass alle bekannten Möglichkeiten, aus Guatemala herauszukommen, unterbunden werden. Der Mann ist mit seinen Möglichkeiten nicht zu unterschätzen. Ich werde mich kurz mit meinem Meister Allskerjargdi kurzschließen und beraten."
Sie setzte sich auf den Boden und schloss die Augen. Eina schaute sie ungläubig an, konnte sich aber nicht weiter auf Molke konzentrieren, ihre Kleine schrie plötzlich fordernd. Die junge Isländerin, die keine Ahnung hatte, wie sie weiter verfahren sollte, besann sich der Worte von Molke und ließ ihrem Instinkt freien Lauf. Sie legte die Kleine an die Brust und gab ihr das, was ein kleiner Mensch in dem Stadium am nötigsten brauchte: Essen und Liebe. Verträumt betrachtete sie dabei das kleine Wunder. Sie wusste nicht, wie viel Zeit vergangen war. Die Kleine war wieder eingeschlafen, als die Worte Molkes sie aus ihrer Träumerei rissen.

„Es war auch immer mein Traum, ein Kind zu bekommen."
Eina merkte die Wärme und die Traurigkeit in der Stimme der jungen Frau.

„Ja, warum hast du dann nicht?"

„Nicht jede unserer Art ist fruchtbar."

„Warum nicht?"

„Wir sind im Begriff auszusterben, das liegt daran, dass nur wenige von uns fruchtbar sind. Das wollte ich dir aber nicht sagen. Gib mir mal die Kleine, bitte. Leg dich dann hin, schließe einfach deine Augen. Allskerjargdi wird sich mit dir in Verbindung setzen."
Eina, die meinte, nichts könnte sie noch überraschen, legte sich hin, und schon vernahm sie eine weiche Stimme in ihrem Gehirn. Sofort kam sie wieder hoch und schaute

erschreckt um sich.

„Was war das?"

„Beruhige dich bitte, das ist Allskerjargdi. Viele von uns beherrschen die Telepathie. Wir verständigen uns über sehr große Entfernungen damit und das ist absolut abhörsicher."

Besänftigt legte sich Eina wieder hin.

„Hallo, Eina, ich bin Allskerjargdi, einer der führenden Annanuki. Ich bin erfreut, dich kennenzulernen. Wenn du dich mit mir verständigen willst, kannst du sprechen oder einfach nur denken. Mach dir keine Gedanken, dass ich in deinem Gehirn etwas ausspioniere. Das würdest du merken. Denke einfach, ob du mich verstanden hast."

„Ja, Allskerjargdi, oder wie soll ich dich sonst nennen?"

„Du kannst mich nennen, wie du willst, bei uns ist die Geläufigkeit, Bruder oder Schwester. Da wir alle gleichberechtigt sind. Es steht keiner über dem anderen. Wir zeichnen uns nur durch unser Wissen aus, nicht wie unsere Gegenspieler durch Masse."

„Was wird jetzt weiter mit mir passieren?

„Ich habe mich mit Molke beraten. Es ist anzunehmen, dass deine kleine Tochter ein Annanuki ist. Die Merkmale eines Annanuki sind auf jeden Fall vorhanden. Auch du bist eine von uns. Du musst auch mit einem Annanuki das Kind gezeugt haben. Das wäre absolut ungewöhnlich, da die Überlieferung nur von einem reinen Regenbogenkrieger spricht. Molke wird euch beide in dem Raumschiff noch einmal gründlich untersuchen. Sollte die Untersuchung positiv sein und einem hohen Anspruch gerecht werden, kann es sein, dass sie die verlorene Tochter ist."

„Was heißt verlorene Tochter?"

„In unserer Weissagung heißt es, dass es sechs Krieger des Regenbogens sein müssen, wir haben aber bis jetzt nur Kenntnis von fünf Regenbogenkriegern. Wobei aber in der Weissagung von der verlorenen Tochter gesprochen wird."

„Na, dann meint ihr, dass es meine Tochter sein könnte?"

„Die ersten Untersuchungen zeigen uns, dass es in hohem Maße möglich wäre. Wir sind aber nicht in der Lage, die restlichen Untersuchungen hier auf der Erde zu machen, weil die nötigen Geräte nicht hier sind. Damit wären wir beim Gordischen Knoten."

„Den ich jetzt zerschlagen soll?"

„Wir haben mehrere Möglichkeiten. Du lehnst uns ab, dann müssen wir damit leben. Du willst erst einmal in deine Heimat, deine Eltern informieren und das Kind dann untersuchen lassen. Das birgt aber das Problem, dass dich unser Gegner ausfindig macht. Auch dabei hast du jede Unterstützung von uns. Die letzte Möglichkeit, und es ist die Sicherste, du gehst mit Molke auf unseren Planeten, lässt dich und dein Kind untersuchen. Wenn es nicht die verlorene Tochter ist, dann geht ihr wieder nach Hause. Wenn es die verlorene Tochter ist, könnt ihr auf dem Planeten bleiben und eine fundierte Ausbildung genießen, oder wieder auf die Erde zurückgehen und da eine Ausbildung durchführen. Das sind deine Möglichkeiten. Aber du musst jetzt entscheiden, und du stehst unter unserem Schutz."

„Könnt ihr mir Sicherheiten geben?"

„Wir können dir nur die Sicherheit geben, dich zu schützen."

„Das ist ja nicht so toll."

„Wenn es um dein Leben und das Leben deines Kindes geht, finde ich, ist es annehmbar."
Eina überlegte nur kurz.
„Du hast mich überzeugt. Ich habe da noch ein paar Fragen, die ihr mir aber später beantworten könnt."
„Molke sagte schon, dass du sehr neugierig bist. Wir sehen uns später."
Während Eina sich mit Allskerjargdi unterhalten hatte, wurde die Kleine von Molke untersucht.
„Wie es aussieht, bestätigt sich mein Verdacht. Wie hast du dich entschieden?"
„Ich komme mit dir. Wie funktioniert das mit der Reise?"
„Wir springen durch ein Wurmloch, das sich zwischen zwei Paralelluniversen gebildet hat. Zwischen zwei Paralelluniversen gibt es einen Energieaustausch, der Energieaustausch ist nur dafür da, dass eine Symmetrie zwischen den beiden Welten entsteht und das geht über Wurmlöcher. Wir suchen uns eins aus, verstärken es, natürlich nur für einen Moment und peng wir sind drüben."
„Was heißt hier peng? Erkläre mir das etwas genauer."
„Es ist ganz einfach. Viele Paralelluniversen expandieren nach dem Urknall. So beginnt die Zeitrechnung, also nach dem Urknall. Als unser Universum noch keins war, also das Aussehen einer Extremkugel hatte, in der sich alles komprimierte, stand die Zeit. Das ist der wichtigste Punkt. Der zweite Punkt ist, dass sich eine zweite Erde, eine dritte, eine vierte, eine fünfte Erde, parallel zu der Unseren entwickelt hat, aber zu einer anderen Zeit."
„Und wieso?"

„Weil die Zeit eine Dimension ist, und wenn alles steht, also in einer Symmetrie ist, die Zeit keine Relevanz hat."

„Und was bedeutet das?"

„Dass es einen interessanten Nebeneffekt hat."

Molke lächelte dabei hintergründig.

„Der da wäre?"

„Wir werden langsamer älter, im Verhältnis zum Menschen. Es geht von hier aus in die Vergangenheit. Wenn wir in der Vergangenheit der zweiten Erde sind, fängt für uns das Altern erst wieder an, wenn wir die Koordinaten der alten Erde erreicht haben, oder wir in das alte Universum zurückkehren."

„Das heißt, ihr könnt unendlich alt werden."

„So kann man es wohl sagen, wenn sich die Zellen auf Dauer betrügen lassen würden."

„Zur Reise habe ich noch eine Frage, auch wenn ich es nicht ganz verstehen kann. Was heißt peng?"

„Du kannst natürlich nicht so durch ein Wurmloch und dann mit Überlichtgeschwindigkeit verreisen. Es würde dich zerreißen. Wir packen dich und dein Kind in ein variables Magnetfeld."

„Variables Magnetfeld?"

„Ein Magnetfeld, das sich deinen Bedürfnissen während der Reise anpasst. Jeder Mensch oder Annanuki ist verschieden, und jedes Wurmloch ist anders, also müssen die Parameter stimmen."

„Mir raucht schon die Birne."

„Learning for doing. Das einzige Problem bei dieser Art zu reisen, war das Energieproblem."

„Ihr musstet doch dahin kommen. Wo habt ihr die Energie hergenommen?"

„Aus der Sonne."

„Aus der Sonne?"

„Das hängt damit zusammen, dass die Energieentwicklung einer Spezies in 3 Faktoren eingeteilt wird. 1. Terrestrische Energie, 2. Planetare Energie, 3. Energie des Universums."

„Dann würde die Menschheit noch unter eins stehen."

„Weit unter eins, Eina, aber mehr kann ich dir auch nicht sagen. Ich bin Arzt. Was mich aber noch mehr interessiert. Wer ist der Vater deines Kindes?"

Eina errötete leicht.

„Treffer."

„Na ja, wie das so ist. Eine laue Nacht in Cancún, gutes Essen, feiner Rotwein, etwas Tequila und ein charmanter Mann in den mittleren Jahren. Solltest du auch einmal probieren, mehr braucht man dafür nicht", meinte Molke trocken, mit einem diebischen Grinsen im Gesicht. Wobei Eina sich in ihrem eigenen Traumuniversum befand.

„Ein one nigth stand und eine zehn." Dabei schnalzte sie anerkennend mit der Zunge.

„So kann man es wohl nennen."

„Ich dachte die ganze Zeit, du wärst eine kleine vertrocknete Labormaus."

„Sehe ich etwa so aus?"

„Kann man eigentlich nicht sagen. Kanntest du den Kerl?"

„Nein, den habe ich erst an dem Abend kennengelernt. Er sprach nur immer davon, dass wir uns auf diesem Planeten wiedersehen. Jetzt verstehe ich auch seine Andeutung, und ich dachte, der Tequila hätte sein Gehirn vernebelt. Der hat sich mit Bedacht an mich rangemacht."

Molke ging nicht weiter darauf ein.

„Fiel dir was an ihm auf?"

„Na, er sah gut aus und hatte ein hervorragendes Benehmen."

„Mit Tequila im Blut wird selbst Quasimodo schön."

Eina schaute Molke ärgerlich an, doch die lachte nur. Eina überlegte kurz.

„Wenn du mich so direkt fragst, in den Innenhandflächen hatte er Tätowierungen, aber ich weiß nicht mehr was."

„Sah es etwa so aus?"

Molke zeigte Eina ihre rechte Hand. Eina, war ganz überrascht.

„Ja, genau so einen Kreis hatte er."

„Das ist kein Kreis, sondern es stellt die Erde dar, unser Erkennungszeichen."

Dabei hielt sie Eina die rechte Hand vor die Augen.

„Hast du die andere Hand auch gesehen?"

„Ja, das Bild war aber mehr rechteckig."

Molke malte ein Rechteck auf die Konsole, dieses Rechteck war durch einen Strich unterbrochen: „Sah es etwa so aus?"

„Genau so. Was bedeutet das?"

„Das ist ein Buch, Mädel, du bist auf den größten Charmeur der letzten vierhundert Jahre hereingefallen. Dagegen war Casanova ein Dilettant."

„Und woher kennst du ihn?"

„Er ist einer von uns. Vor 150 Jahren hat er sich einfach verabschiedet und wollte die Bräuche und Länder der Erde kennenlernen und Forschungen anstellen. Wir haben seitdem nichts mehr mit ihm zu tun gehabt. Ab und zu konnten wir ein paar Nachrichten empfangen, aber nichts Wichtiges. Hat er dir auch seinen Namen gesagt?"

„Bragi."

„Sieh an, er hat seinen richtigen Namen benutzt."
Die beiden wurden bei ihrem Gespräch von Sven, der mittlerweile wiedergekommen war, unterbrochen.

„Wir bekommen Besuch, schau dir das mal an, Molke." Dabei stellte er einen kleinen Würfel vor die beiden auf die Konsole und fuhr mit der offenen Hand darüber. Sofort erschien eine holographische Aufnahme. Sie zeigte den Ballplatz vor der Pyramide. Ein Mann ging mit sicherem Schritt auf die Polizisten zu, die sich mittlerweile befreit hatten und ratlos auf dem Platz standen.

Eina wurde ganz aufgeregt: „Das ist er, das ist Bragi, der Vater meines Kindes."
Dabei zeigte sie auf das Bild, das der kleine Würfel in den Raum warf.

„Ich weiß, Eina, und er ist einer der fähigsten Männer der Annanuki. Mal sehen, was er will. Sven gib mal etwas Ton rein."
Sven drückte mit dem Zeigefinger auf einen verborgenen Sensor. Sofort konnten die Anwesenden das Gespräch, das draußen geführt wurde, verfolgen.

„Hallo, Capitano, was ist mit Ihren Männern am Eingang dieser historischen Stätte von Tikal? Sie liegen alle betäubt da. Ich bin nur ein Besucher dieser Anlage, und die Anwohner der Straße haben gesagt, dass Sie hier zu finden sind."

„Wie ist Ihr Name?"

„Bragi, Capitano, ganz einfach Bragi." Dabei schaute er etwas dümmlich drein.

„Sind Ihnen vor einiger Zeit zwei schwangere Frauen entgegengekommen?"

„Ja, sie hatten es ziemlich eilig. Es waren noch ein paar Indianer bei ihnen und Männer mit langen Mänteln."

„Das sind sie, ihnen nach. Sorgt dafür, dass alle Straßen gesperrt werden, Flughäfen und Zugverbindungen müssen überprüft werden. Ich will sie haben, koste es, was es wolle, und Sie, Sie können sich die Anlage anschauen und dann verschwinden."

Ohne Worte des Dankes drehte sich der Capitano um und verschwand in der Richtung des Ausganges.

Bragi lächelte entspannt. „Dann lauf mal ganz schnell hinterher, du Idiot."

Dann drehte er sich zu der Pyramide um, griff in die Tasche, holte eine Quipa heraus und öffnete im Handumdrehen den Eingang der Pyramide.

„Das Schlitzohr hat eine Kopie angefertigt. Lasst ihn rein."

Kurz darauf stand Bragi vor ihnen.

„Molke, ich habe dich lange nicht gesehen. Na, Eina, ist unsere Tochter schon geboren?"

Die Ohrfeige, die er bekam, sah er nicht kommen. Danach machte er ein betroffenes Gesicht.

„Markiere mal nicht den Überlegenen, mein Freund. Wegen einer Nacht, mir ein Kind anzudrehen."

„Das ist nicht nur ein Kind, Eina, das ist doch die verlorene Tochter. Die Weissagung beginnt sich zu erfüllen. Alle Krieger des Regenbogens sind geboren. Was sollte ich dir in den neun Monaten helfen? Eine selbstständige junge Frau. Du hattest doch nur das Projekt Tikal im Kopf. Für alle anderen Einwendungen hattest du kein Ohr. Oder kannst du dich noch an meine Worte beim gemeinsamen Frühstück erinnern?"

Eina schaute ein wenig konsterniert drein.

„Ja, sicher, wir sehen uns auf diesem Planeten wieder."

„Falsch, meine Liebe, wir sehen uns in Tikal wieder, das mit dem Planeten hatte eine andere Beziehung. Aber ist ja egal, alle sind gesund, und nun gib mir mal meine kleine Tochter."

„Warum gerade ich, Bragi?"

„Weil ich dich liebe."

„Versuch nicht, mir Honig, um den Bart zu schmieren und zweifle nicht an meiner angeborenen Intelligenz. Ich bin Wissenschaftlerin. Wie viel Frauen hast du in deinem langen Leben schon flachgelegt und hast ihnen gesagt, dass du sie liebst?

„Bevor du geboren wurdest, war ich schon eine ganze Weile auf der Erde, hätte ich abstinent leben sollen, bis ich dich kennengelernt hätte? Das mit der Weissagung brauche ich dir dann auch nicht zu erzählen, das würdest du auch nicht glauben."

„Da bin ich aber mal gespannt, versuche es einfach einmal."

Dabei schaute sie ihn auffordernd und gespannt an.

„Molke, wie viel Zeit haben wir noch?"

„Alle Zeit der Welt, ich habe mit Allskerjargdi gesprochen, dass wir sie mitnehmen, und sie hat sich dafür entschieden."

„Eine sehr gute Entscheidung. Um noch einmal auf unser Gespräch zurückzukommen, Eina. Ich entstamme einer Familie von Sehern ab, und so wusste ich, was passiert. Dass mit der Weissagung hatten meine Vorfahren vor einigen Tausend Jahren schon gesehen. Als ich dich dann getroffen habe, wusste ich, dass du uns die verlorene Tochter schenkst."

„Du kannst mir doch nicht sagen, dass deine Vorfahren vor tausend Jahren vorhersehen konnten, was passiert."

„Glaubst du denn, dass wir in ein anderes Universum reisen können?"

„Mittlerweile glaube ich alles oder auch nichts. Ich bin Wissenschaftlerin, ich lebe von Beweisen und von nichts anderem. Ob du mich liebst, musst du erst noch mal beweisen, Bragi."

„Ich glaube, das waren die Zehn Gebote", kommentierte Molke trocken.

„Ich würde sagen, wir machen uns bereit zur Reise. Eina, dieses kleine Gerät steckst du einfach in deine Tasche, es gibt ein Signal ab für deine Ortung. Die Kleine behältst du in deinem Arm. Es tut nicht weh, am Ende kribbelt es etwas. Wir haben ein Implantat im Körper, dadurch werden wir geortet. So, sind alle bereit?"

Jeder einzelne antwortete: „Bereit."

Als letzter antwortete Eina zögerlich: „Bereit."

Von der einen auf die andere Sekunde war das Raumschiff leer. Keiner wusste, wie lange es diesmal im Schlaf der Geschichte liegen würde, dem es entgegensah.

**Die Erde in einem Paralelluniversum,
in einer anderen Zeit**

Die Plattform, auf der die Gruppe landete, bestand aus glattem Granit. Eine Mauer schützte die Reisenden vor dem nicht enden wollenden Abgrund. In der Tiefe leuchtete ihnen das frische Grün eines Urwaldes entgegen. Azurblauer Himmel erstreckte sich bis zum Horizont, der sich am Ende mit einem urzeitlichen Meer traf. Die Plattform hatte in der Mitte das Abbild der Erde. Der Felsen, der die Plattform nach hinten abgrenzte, ragte noch einige Stockwerke gegen den Himmel und wurde von mehreren Eingängen unterbrochen. Einige dieser Eingänge waren so groß, dass gigantische Geräte hindurchpassten. In der Luft kreisten riesige Vögel, die neugierig in die Tiefe schauten. Vereinzelt konnte man ihre Stimmen wahrnehmen, wenn sie sich untereinander verständigten, ansonsten zogen sie ihre ruhigen immer wiederkehrenden Kreise.
Eina, die das Kribbeln kaum wahrnahm, trat aus dem Abbild der Erde heraus und ging vorsichtig zu der Absperrung, die die Tiefe von der Plattform trennte. Sie schaute neugierig nach unten und trat erschreckt einen Schritt zurück. Die Tiefe, die sich ihr darbot, wurde nur noch von der tosenden See, die am Ende des Dschungels Welle um Welle gegen die Gestade schleuderte, übertroffen, leise übertönte das Rauschen der Brandung den Wind, der aus der Tiefe des Grüns nach oben schoss. Sie hielt ihr Kind krampfhaft fest, als hätte sie Angst, in den Abgrund zu rutschen.
Bragi, der Eina beobachtete, trat hinter sie und legte seine Hand beschützend auf ihre Schulter. Auf einmal rollten

Tränen über die Wangen der jungen Frau, und sie schluchzte herzzerreißend, als er zu ihr sagte: „Meine liebe starke Eina, das war wohl wirklich alles ein bisschen zu viel."
Er nahm sie in den Arm und drückte sie leicht an seine breite Brust. Eina legte erleichtert den Kopf an seine Schulter.
„Es ist wunderschön hier."
„Warte erst einmal, bis Du alles gesehen hast. Es ist unser Herd der Ruhe."
„Was sind das für Vögel, die da oben kreisen? Müssen ja mächtige Tiere sein."
„Vögel kann man nicht direkt sagen, es sind Quetzalcoatlus, fliegende Dinos."
Eina starrte Bragi verständnislos an.
„Jetzt willst Du mich verarschen. Das würde heißen, wir ständen hier in der Kreidezeit."
„Gut in der Schule aufgepasst. Denk immer daran, diese Erde ist im Entwicklungszeitraum noch weit hinter deiner Erde. Wir sind im Endeffekt in der Zeit zurückgereist."
„Dann müssen diese Viecher eine Spannweite von fünf bis sechs Meter haben."
„Leg lieber noch vier drauf. Soll ich mal einen rufen?"
„Bist Du verrückt, die kann man mit Sicherheit nicht zähmen."
Bragi lachte.
„Das sind unsere Pferde, manchmal etwas störrisch, aber sehr schnelle und gute Flieger."
Molke trat zu den beiden und fragte vorsichtig: „Darf ich Dir jemanden vorstellen?" Dabei legte sie ihre Hand freundschaftlich auf Einas Schulter. Die junge Isländerin drehte sich um und sah eine kleine rundliche Frau vor sich

drehte sich um und sah eine kleine rundliche Frau vor sich stehen. Ihre gütigen Augen musterten Eina intensiv.

„Ehrwürdige Mutter, das ist Eina, die Mutter des verlorenen Kindes."

„Das wollen wir erst noch einmal sehen. Hallo, Eina, hast Du gehört? Man nennt mich hier die ehrwürdige Mutter. Ich bin so etwas wie die Älteste von den Alten. So lange Du nicht bei mir in der Ausbildung bist, darfst Du mich Mutter Bertrun nennen. Weißt Du, was Bertrun heißt?"

„Die Runenkundige, ehrwürdige Mutter."

„Sehr gut."

Dabei lachte sie glockenhell, reichte Eina die Hand und führte den Handrücken der jungen Frau mit einer schnellen Bewegung an ihre Stirn. Eina durchfuhr es wie ein Blitz, sie war nicht mehr in der Lage, sich zu bewegen. Ihr Leben, das Leben ihrer Mutter und ihrer Großmutter rauschte an ihr vorbei. Widerstand machte sich in ihrem Gehirn breit und sendete unbewusst einen Elektroimpuls zu der Hand der ehrwürdigen Mutter, die zuckte erschreckt zurück.

An Molke gewandt, schimpfte sie: „Warum hast Du nicht gesagt, dass sie eine Annanuki ist?"

„Auf dem Scan hat es sich gezeigt. Auch bei dem Kind. Allskerjargdi sagte, Du würdest die physische Prüfung noch durchführen."

„Du, Bragi, Du wusstest es. Warum habe ich nichts erfahren?"

„Du hast mich nicht gefragt, ehrwürdige Mutter."

„Aha, immer noch derselbe aufmüpfige Bursche von früher. Ich habe genug gesehen, sie ist sehr stark, ich glaube nicht, dass wir einen Stärkeren hier haben. Ihre

Kraft muss in die richtigen Bahnen gelenkt werden, und sie muss sich dessen bewusst sein."

Mit diesen Worten drehte sie sich um und rauschte ab.

„Sie mag dich", flüsterte Bragi mit einem Lächeln in Einas Ohr.

„Was war das denn gerade?"

„Sie hat geprüft und dich für gut befunden."

„Das beruhigt mich wirklich ungemein", antwortete Eina lapidar, aber nicht ohne einen sarkastischen Unterton mitschwingen zu lassen. Sofort stellte sie die nächste Frage: „Wie geht es jetzt weiter? Ich habe Hunger, und die Kleine braucht endlich Ruhe."

Im selben Moment traten zwei Frauen auf Eina zu.

„Schwester, dürfen wir Dir das Kind abnehmen? Wir versorgen es. Bragi wird dich in Deine Räume führen."

Eina schaute Bragi fragend an.

„Mach Dir keine Gedanken, die Kleine ist in den besten Händen und wird rund um die Uhr betreut."

Eina gab den Frauen die Kleine.

„Wenn Du zu deiner Tochter willst, brauchst Du nur durch die Tür zu gehen, dann bist du bei der Kleinen."

„Danke."

Bragi nahm Eina an der Hand, und sie folgten der kleinen Gruppe in den Felsen. Die Isländerin war erstaunt, wie hell und klimatisiert es war. Dann kamen sie in einen großen Raum, der von einem Oberlicht erhellt wurde. An der gegenüberliegenden Wand waren drei weitere Hohlräume, die anscheinend endlos in die Tiefe führten. Jeder Teilnehmer der Gruppe hielt seine Hand über der Öffnung und eine metallene Scheibe, die so groß wie die Öffnung war, materialisierte dort. Dann wurde ein Panel an der Wand sichtbar, auf dem viele Zahlen, in

Reihenfolge absteigend, geordnet waren. Die einzelnen Teilnehmer der Gruppe fixierten eine Zahl mit den Augen, und sofort setzte sich die Scheibe nach unten in Bewegung.

„Komm, wir nehmen den Familienaufzug. Halte mal Deine Hand über den Abgrund."

Eina tat, wie ihr Bragi es sagte, sofort erschien eine Scheibe. Ihr Freund betrat die Scheibe und hielt Eina die Hand hin und bat sie, den entscheidenden Schritt zu machen.

„Komm, Du brauchst keine Angst haben. Gut so. So, und jetzt fixiere mit deinen Gedanken und den Augen die Drei."

Wieder befolgte die Isländerin die Anweisungen, und sofort setzte sich der Aufzug nach unten in Bewegung.

„Was ist, wenn ich versuche, die Wand zu greifen?"

„Versuch es einfach. Wir haben hier nichts, woran Du dich verletzen kannst."

Eina streckte vorsichtig ihre Hand zur Wand aus, und sie traf kurz vor der Wand auf etwas Hartes.

„Stille Energie."

„Was heißt stille Energie?"

„Wir haben ein Verfahren entwickelt. Indem man die Atome zum Stillstand bringen kann, ohne Zuhilfenahme von Kälte, so wie die Natur es macht. Nimm einen Stein, Metalle oder alle festen Stoffe, die es gibt. Bei uns ist es Luft. Etwas, was sich in seinen Atomen nicht bewegt, ist hart. Du brauchst den Aufzug auch nicht unbedingt mit den Augen zu fixieren, wenn Du hier drin bist, funktionieren beide Verfahren."

Die Scheibe hielt an.

„Wir sind da."

Sie traten aus dem Aufzug und kamen in eine Art Vorraum, von dem drei Türen abgingen und ein langer Gang mit etlichen anderen Türen.

„Das ist unser Gästetrakt."

„Rechts für mich, links für dich, und die Mitte ist für unsere Tochter. So, dass die Kinderfrau es wickeln kann, ohne uns zu stören."

„Ich will mich aber um unsere Tochter kümmern."

„Dann sieh die Hilfe nur als Unterstützung."

„Es werden keine Untersuchungen oder Tests durchgeführt werden, ohne dass ich nicht dabei bin, oder ich es erfahre."

„Hallo, Eina, hast Du immer noch kein Vertrauen?"

„Vertrauen ist gut. Aber Kontrolle ist besser. Hat mich mein Beruf gelehrt. Hättest Du Vertrauen, wenn Du auf einmal in einem anderen Universum aufwachst, von so viel Technik überrannt wirst, und dich dann noch von jemandem zusammengeschlagen lässt, der hinter irgendwelchen Aliens her ist?"

„Wir sind keine Aliens, sondern Annanukis, und die Erde ist genauso unsere Heimat wie eure", kam der schwache Protest von ihm. Sie schaute ihn dabei streng an.

„Ich habe es verstanden, Eina. Ich lass das Bettchen für die Kleine in Dein Zimmer stellen."

„Siehst Du, so verstehen wir uns. Ich habe von meiner Mutter beigebracht bekommen, so viel wie möglich selbst zu machen, und nicht immer andere in Anspruch zu nehmen."

„Okay, ich stelle dir das Bettchen um. Ich bin ja ein gelehriger Schüler."

„Wie öffne ich die Türen?"

„Leg die rechte Hand auf den Punkt, konzentriere dich und
denke daran, die Tür zu öffnen. Es haben nicht viele Zugang zu dem Zimmer."

„Wer?"

„Du, ich, die Kinderfrauen und das Sicherheitspersonal, das Du nur zu rufen brauchst. Ansonsten betreten sie die Räume nicht. Es ist immer dafür gesorgt, dass jeder einen privateren Bereich hat und ihn auch nutzen kann."

„Wie rufe ich den Sicherheitsdienst, und wieso braucht man hier einen Sicherheitsdienst?"

„Einfach Sicherheit rufen, egal in welcher Sprache. Normal braucht man keinen."

„Eine perfekte Welt?"

„So siehst Du es aus deiner jetzigen Sichtweise. Wir wollen aber nicht perfekt sein, sondern konstruktiv und effizient. Das, was bei euch abgeht, ist die Sucht nach Perfektion, und die gibt es nicht. Das haben wir in unserer langen, schon viele Jahrtausende dauernden Geschichte alles schon durchgemacht. Bei uns ist es so, Konstruktivität für die Gemeinschaft steht im Vordergrund. Jeder steht für den anderen ein. Es wird keiner zum Egomahnen erzogen, wie bei euch, und ist dann im Alter alleine, weil er nicht mehr funktioniert und nicht mehr kommunizieren kann. Wir sind ein Organismus, da hat jedes Organ seine Bestimmung."

„Aha, weil ihr das über die Jahrtausende hingekriegt habt, steht ihr jetzt da und wollt euch mit uns verbinden."

„Bevor Du dich an solche Diskussionen heranwagst, solltest Du eure eigene Geschichte sehen. Mord, Totschlag, Macht, das hat euch nach vorne gebracht, und jetzt steht ihr kurz vor dem Abgrund und seht ihn nicht.

Lies in unseren Geschichte, und Du wirst es dann begreifen. Es gibt nämlich durchaus Parallelen."

„Also treffen sich zwei, die am Abgrund stehen und verbünden sich."

Eina schüttelte unwirsch mit dem Kopf.

„Genug der Diskussion, ich bin müde."

Eina legte die Hand an die Tür, und mit einem leisen Rauschen öffnete sie sich. Einen leisen Pfiff ausstoßend, trat sie über die Schwelle.

„Wow, da kann man sich dran gewöhnen."

Das Apartment, das sie betraten, hatte eine angenehme Größe. Ausgestattet mit einem großen Doppelbett, einer Sitzecke und einer kleinen Küchenzeile mit Essecke. Alles war aus edlen Hölzern, der Boden bestand aus wunderbarem Parkett. Helligkeit durchfluteten die Räumlichkeiten. Wenn man im Bett lag, konnte man durch die Balkontür den Himmel beobachten. Absolute Ruhe beherrschte diesen Bereich.

„An die Ruhe muss man sich erst einmal gewöhnen."

Der Balkon war in den Felsen geschlagen und groß genug, dass er für vier Personen Platz bot. Der Blick in die Tiefe war atemberaubend. Eina ging mit Bragi nach draußen und genoss die Abendsonne.

„Wenn Du selbst kochen willst, haben wir einen kleinen Markt, wo Du alle nötigen Lebensmittel bekommst. Du kannst aber auch einen Wunsch äußern, dann kommt wenig später Dein Essen. Eine Liste liegt auf dem Schreibtisch."

„Du bist lustig, wie soll ich das denn bezahlen?"

Bragi lachte laut auf, als er ihr Gesicht sah.

„Geld. Geld gibt es schon lange nicht mehr. Wissen und Fleiß ist unsere Währung, nicht Geld, Macht, Gier und den
Hunger nach mehr."

„Wann kommt meine Kleine?"

Eina hatte noch nicht ausgesprochen, als die Kinderfrau zur Tür hereinkam und die Kleine auf dem Arm hielt.

„Sie wurde frisch gewaschen und schläft."

„Bragi, hol mir bitte schnell das Bett."

Bragi befolgte sofort die Anordnung und schaute die Kinderfrau dabei entschuldigend an. Eina legte die Kleine hinein, gab ihr noch einen Kuss, gähnte herzhaft und legte sich auf ihr Bett.

„Sag mal, Bragi, ich habe eben am Horizont Rauch gesehen. Was ist da?"

„Da ist eine große Insel, dort lebt in den Sümpfen eine Alte, wir nennen sie die Unsterbliche. Sie will mit keinem etwas zu tun haben. Ein riesenhafter Sohn hilft ihr wohl zu überleben."

„Wieso die Unsterbliche?"

„Sie lebt schon sehr lange hier, solange wie wir hier sind."

Die letzten Worte bekam Eina schon nicht mehr mit, weil sie bereits eingeschlafen war. Ihr Unterbewusstsein hatte die Worte aber aufgenommen, und sie sollte sich zur gegebenen Zeit wieder daran erinnern.

Bragi deckte sie zu und wies die Kinderfrau an, in den Räumen zu bleiben.

22.12.1990

Die Burg lag versteckt am Eingang eines kleinen Fjordes, an den windigen Küsten der Highlands. Der Nordweststurm trieb Wolken und Schneegraupel über die an der Küste sich auftürmenden Klippen, die sich wie mahnende Finger in den Himmel reckten. Die Gischt des Atlantiks, die durch sich brechende Wellen entstand, vernebelte den Eingang des Fjordes so, dass von außen vorbeifahrende Schiffe den Eindruck hatten, eine durchgehende Küste vor sich zu haben. Das satte Grün der Berghänge, das nur von den braunen Tupfern, der aus dem Boden ragenden Felsen unterbrochen wurde, brachte eine gewisse Ruhe über die garstige Landschaft. Trotzdem verhehlte diese Ecke der Einsamkeit nicht, dass sie gefährlich war. Grasende Schafe, die sich wie weiße Tupfen auf der Landschaft bewegten, interessierte das ekelhafte Wetter nicht. Trotzdem lockerten sie die Macht und die Gewalt, die dieses Stück Land ausstrahlte, auf. Die Windbraut trieb die Wolken mit solch wilder Autorität über das Firmament, dass ihr Bruder, die Gewalt und ihre Schwester, die Brutalität, keine Schwierigkeiten hatten, sie an den rauen Berghängen zerschellen zu lassen. Die Nässe hinterließ einen glänzenden Film auf dem blanken Karst, in der sich die Helligkeit des Tages widerspiegelte, um als Schatten das Land zu belegen.

Wenn man um die Ecke des Felsens kam, sah man die Straße, die wie die urwüchsige Form der Midgardschlange, sich schlängelnd an den Felsen schmiegte und so am Rande des Fjords entlang in das Innere der Highlands führte, wo sie sich in den Bergen verlor.

Den Blick nach Nordwest gerichtet, konnte man die Burg

nicht auf den ersten Blick wahrnehmen, weil die Felswand im Hintergrund, das Gemäuer perfekt zu verschlucken schien. Perfekt an die Natur angepasst, überkam dem Betrachter ein Frösteln, wenn er den Nordwestwind im Gesicht, das dunkle Gemäuer, das nur Kälte und Tod ausstrahlte, erkannte. Das Schicksal dieses alten Bauwerkes lag nicht im dunklen Mittelalter, sondern sollte seine Erfüllung in der Neuzeit finden. Es war schon seit seinem Bau im Besitz von Brandolf. Die Einheimischen mieden diesen Platz. Die ganz Alten behaupteten sogar, dass Loki hier den Fenriswolf gezeugt haben soll. Kein Baum zierte diese karge Landschaft, trotzdem konnte der Betrachter eine gewisse Symmetrie mit diesem Landstrich und seiner Wildheit nicht leugnen.

Die Burg, die landseitig an die Klippen angebaut war, wurde von ihnen so geschützt, als hätte Loki seinen weiten Mantel darüber geworfen. Jeglicher Sturm war nicht in der Lage, diesem alten Gemäuer etwas anzutun. Sie widerstand jeder Art von Natureinflüssen, die das Land vom Wasser her erreichten. Selbst die Brandung zerbarst mit lautem Knall, ohne dass man es in der Burg hörte, an den schroffen Steinen der Westseite, wo Felsen und Untiefen ihren Weg nach Westen zierten. Trotzdem gab es eine kleine Furt, in die Segelboote und kleine Motorjachten einfahren konnten, um in dem Natur-Hafen nahe der Burg sicher zu ankern. Größere Schiffe mussten im Fjord bleiben. Die Besucher wurden mit kleinen Beibooten zu der baufälligen Hafenanlage der Burg gebracht, von wo sie dann mit großen Limousinen abgeholt wurden.

Die Burg selbst überragte ein Turm, der nur kurz über dem Felsen zu sehen war, so dass ein Beobachter jedes

Schiff, das sich diesem Fjord näherte, sah und melden konnte.

Aus der Ferne gesehen, wurde die Anlage eher als klein empfunden. Je mehr man sich diesem Gemäuer aus dem vierzehnten Jahrhundert näherte, umso eindrucksvoller sah es aus. Es war in die Tiefe gebaut. Auch die Sichtweise des einen Turmes relativierte sich. Der Erbauer hatte Öffnungen in den Felsen getrieben und soweit ausgehöhlt, dass Wohnungen und Ställe darin Platz hatten. Viele Gebäude, die nur von kleinen Gassen unterbrochen waren, gaben dem Besucher das Gefühl, in einem Labyrinth zu stecken.

Das größte Gebäude, das sich hinter dem Turm befand, hatte nicht mehr den Charakter des Mittelalters, sondern ähnelte mehr einem Langhaus der Wikinger, das aber modern gestaltet war. Es passte dabei perfekt zu der tiefdüsteren Aura dieses Ortes.

Würden nicht hochmoderne Boote im Hafen liegen, Antennen und Richtfunk die Gemäuer schmücken, Parabolantennen in den Himmel starren, könnte man das Trampeln beschlagener Pferdehufe hören, die Männer mit Rüstungen in die Schlacht begleiteten.

Es war früher Morgen, die Dämmerung wich langsam dem Tag. Der starke Nordwest pfiff um die Ecken; und die vielen Menschen, die die Burg verließen, fröstelten in der nasskalten Luft. Sie strömten zu ihren Luxuskarossen, Helis oder zu den wenigen Jachten, die auf Reede lagen.

Es musste eine Versammlung von äußerster Wichtigkeit sein, dass die Hochfinanz, Politiker aus allen Lagern, Wissenschaftler, Adel sowie hochdotierte Manager sich vor Weihnachten an einem so entlegenen Ort trafen. Es war eine Versammlung, die die Richtung der Politik in der ganzen Welt für die nächsten Jahre richtungsweisend festlegen sollte. Rohstoffe kauften, gekaufte Politiker manipulierten, Beamte bestachen, Patente besprachen und Macht ausübten. Es waren genau die Leute, die durch ihre Gier die Welt an den Abgrund ihrer Existenz brachte. Genau die, die in keinster Weise die soziale Intelligenz des Menschen verkörperten, die nötig war, um eine Stabilität zu erreichen.

Die Landeplätze der Helis waren fast leer, und die letzten Autos, mit ihren Insassen, fuhren an dem einsamen Fjord entlang, um sich endlich mit ihren Familien zu treffen, damit sie zusammen Weihnachten feiern konnten. Es kehrte wieder Ruhe ein, in dem alten Gemäuer und seiner Umgebung. Eine Ruhe, die trügerisch war. Denn der Besitzer der Burg, der auch der Vorsitzende der Versammlung war, war äußerst erbost über das Versagen seiner Leute am heutigen Tag, dem 21.12.1990. Er hatte sich bessere Ergebnisse erhofft.

Lautes Knattern ertönte, und aus dem Schatten des Fjordes löste sich ein Hubschrauber der Marke Sikorsky, um auf dem Landeplatz aufzusetzen. Vier Männer und eine Frau stiegen aus dem Helikopter aus. Sie wurden von einem Diener der Burg in Empfang genommen, der mit einem offenen Elektrocar zu ihrer Ankunft bereitstand.

„Gnädige Frau, sehr geehrte Herren, Herr Brandolf erwartet Sie sofort im Langhaus."

Mit diesen Worten drehte er sich um und ging zurück zu seinem Elektroauto.

„Hallo, Rufus, womit sollen wir fahren? Es regnet und ist kalt."

„Der Herr Brandolf sagt, Sie sollen laufen, das regt die Gemüter an."

Rufus setzte sich in seinen Caddy und startete. Die vier Männer und die junge Frau standen zuerst ratlos da. Die Eurasierin, es war Wu Cheng, fasste sich als Erste.

„Da ist der alte Herr wohl ganz schön sauer, na ja, auch mit recht. Oder wie seht ihr das? Da können wir uns auf etwas gefasst machen."

Gomez betrachtete sie von oben bis unten.

„Er soll mal nicht den Wilden spielen. Ich für meine Seite habe alles erdenklich möglich gemacht, um das Unternehmen zu einem Erfolg zu gestalten. Ich weiß nicht, wie es bei euch aussieht."

Katsumi, der entspannt hinter Gomez stand, klopfte ihm leicht auf die Schulter: „Wu hat wohl recht. Du mit deiner Arroganz wirst nicht alt werden. Wenn ich an meine Aktion in Grönland denke, muss ich sagen, ich bin ganz schön vorgeführt worden, und euch wird es nicht anders ergangen sein. Arroganz ist eben ein schlechter Ratgeber."

Wu übernahm das Kommando, und selbst Gomez zierte sich nicht mehr.

„Los, lasst uns losstiefeln, hier stehen bleiben können wir auch nicht. Ich nehme stark an, dass Brandolf uns beobachtet, um zu sehen, wie wir reagieren. Wir sollten ihm keine weiteren Anhaltspunkte für irgendwelche Beschuldigungen geben."

Sie stampften dem Nordwind entgegen, der in den letzten Minuten an Heftigkeit zugenommen hatte. Der Caddy war bereits hinter dem Burgtor verschwunden. Die Gruppe beeilte sich und erreichte die Burg schnell. Sie waren zwar alle bis auf die Haut durchnässt, aber sie kümmerten sich nicht darum.

Nachdem sie das Tor durchschritten hatten, kamen sie auf einen großen Platz, von dem einige Gassen abzweigten.

Es war keine Menschenseele zu sehen, selbst der Nordwestwind erreichte die kleine Gruppe nicht mehr. Nur der Regen traf sie mit der Beständigkeit eines Uhrwerks.
Wu wandte sich nach rechts und verschwand in einer der dunklen Gassen, die Männer folgten ihr widerstrebend. Da der Turm mit seinem Langhaus höher lag als der restliche Teil der Hütten, musste die kleine Gruppe bergauf gehen. Die Gassen waren so angeordnet wie das Gehäuse einer Schnecke. Am Ende trafen sich alle Wege dann aber am Turm.
Die große zweiflügelige Tür öffnete sich mit einem Knarren und gab den Blick in das Innere des Turms frei. Eine Treppe führte nach oben, es war der Zugang zu der Spitze des alten Gemäuers. Brandolf hatte darauf verzichtet, einen Aufzug einzubauen. Unter der Treppe befand sich eine zweite große Holztür, die mit starken Eisenbeschlägen im Mauerwerk gehalten wurde. Die Wände waren mit Waffen aus dem Mittelalter verkleidet. Einen Teil der Wand zierte einen alten verblassten Gobelin, auf den mittelalterliche Jagdszenen gestickt waren. Die Szene zeigte, wie eine Gruppe von Männern mit einer Saufeder einen riesigen Auerochsen erlegte.
Das besondere an dem Raum waren die Schilde, die neben der großen Tür in langer Reihe aufgehängt waren. Verschiedene Zeichnungen schmückten sie, aber eines hatten alle gemeinsam, sie zeigten die Zinnen der Burg, und an der rechten oberen Ecke war eine Hand abgebildet, daneben das Emblem der Erdkugel.
Die Tür schloss sich leise knarrend hinter den fünf jungen Leuten. Dafür öffnete sich die andere Tür, auch sie knarrte leicht. Diese wiederum gab den Blick in einen

riesigen Versammlungsraum frei, welcher in der Mitte von einem breiten und langen Holztisch ausgefüllt wurde. Am Ende des Tisches stand ein überdimensionaler Stuhl mit dem Rücken zum Tisch. Die fünf Neuankömmlinge sahen nur einen rechten Arm, der zwischen Mittel-, Zeigefinger und Daumen einen halbgefüllten Conacschwenker hielt und leicht, immer wieder dieselbe Bewegung ausführend, drehte.

Die Fenster waren verhangen, und eine wollige Wärme erfüllte den Raum, die nicht nur von dem offenen Kamin herstammen konnte. Unter dem Abzug der Feuerstelle lagen dicke ausgetrocknete Buchenstämme und nährten das Feuer im Kamin.

„Es ist recht ungewöhnlich, dass ich schon so früh morgens einen Cognac trinke, aber die Verhandlungen waren erfolgreich aber auch sehr anstrengend. Wisst Ihr eigentlich, dass ich es mag, wenn alte Türen knarren? Das Holz beider Türen habe ich vor dreihundert Jahren selbst geschlagen. Es stammt nicht von hier, ich habe es vom Kontinent mitgebracht und selber verarbeitet. Solche Stämme gibt es heute gar nicht mehr."

Die Worte waren mit knorriger Stimmlage gesprochen. Vollkommen leidenschaftslos, aber kontrolliert fauchte er sie ins Feuer. Mit jedem Wort, das er sprach, verstärkte sich die Glut und fachte die Flammen im Kamin an, als würden sie in ihnen die Nahrung finden, um zu brennen. Obwohl Brandolf leise sprach, waren seine Worte so akzentuiert, dass sie wie Wellen über den riesigen Tisch sprangen und die fünf Zuhörer einhüllten wie in Watte.

Mit dem alten Ohrensessel, in dem Brandolf saß, hatte er die Möglichkeit, verschiedene Sitzpositionen einzustellen. So drückte er auf einen kleinen Sensor, und der Sessel schwenkte herum. Jetzt konnten ihn die fünf direkt ins Gesicht sehen.

Brandolf war ein Riese von Mensch. Knochig wie seine Sprache, füllte trotz des hohen Alters noch volles schwarzes Haar sein Haupt. Sein Körper war sportlich durchtrainiert, und man merkte an seinem Bewegungsablauf, dass ihn nichts plagte. Das Bemerkenswerteste waren aber seine Augen. Ein blaues Auge, wie das Blau des geschmolzenen Wassers eines Gletschers und ein schwarzes Auge. So schwarz wie der Schlund der Hölle, selbst bei genauerem Hinsehen konnte man in der Iris keine Abstufungen der schwarzen Farbe sehen. Die fünf konnten sich der Magie seines Gesichtes nicht entziehen. Man musste ihn ansehen, um festzustellen, dass bei Brandolf seine Hässlichkeit nur durch Schönheit zu beschreiben war. Sich seiner Ausstrahlung bewusst, musterte der Riese die fünf jungen Leute.

Gomez, der recht unbeeindruckt schien, meinte: „Großvater, was hast Du uns vorzuwerfen, dass wir bei dem schlechten Wetter zu Fuß gehen müssen?"

Brandolf fixierte lange seinen Enkel und beantwortete dann die Frage geradeheraus: „Was ich euch hier und heute vorzuwerfen habe?"

Seine Worte klirrten wie Eis in einem Glas, als er mit dem Zeigefinger seiner rechten Hand auf Gomez zeigte und ihn mit einem bösen Blick fixierte.

„Rufus, hör Dir das an. Er fragt, was ich ihm vorzuwerfen habe. Was bildest Du dir eigentlich ein, du kleiner Kreatin? Trotz meiner Warnung warst Du es doch, der locker die Chance verpasste, die Bande ein für alle Mal schachmatt zu setzen."

„Wieso?"
„Ach, halt einfach Dein vorlautes Maul, Gomez. Rufus, Film ab."
Rufus, der sich mittlerweile seinem Herren bis auf zwei Schritte genähert hatte, bediente eine Fernbedienung, und der kleine Block, der einsam auf dem Tisch stand, spielte in dreidimensionaler Form, als holographische Aufnahme, die Ereignisse in Australien bis Guatemala ab. Die fünf jungen Leute schauten entsetzt auf den holographischen Film, der sich vor ihren Augen abspielte. Keiner von ihnen hatte sich bis jetzt von der Stelle bewegt, während die Geschehnisse im Film abliefen, schaute der Alte die junge Gruppe genüsslich an.

„Ich habe mir schon überlegt, diesen Film in YouTube einzustellen. Die Überschrift könnte lauten „Versager des Jahres". Ihr seht: Einen Auftrag ausgeben und kontrollieren, ist eine ganz wichtige Seite im Leben von Befehlshabern. Wenn man versagt hat, neigt man dazu, den Fall geschönt darzustellen. Ein guter Freund von mir hatte noch ein kleines Plätzchen im Satelliten frei.
Die Satellitenaufnahmen sind primitiv, aber sehr effektiv."
Wu Chang, die sich wieder mal als Erste gefangen hatte, schaute den alten Mann auffordernd in die Augen.

„Dürfen wir uns auch setzen, damit wir deine Häme im Sitzen ertragen können?"
Ein leichtes Lächeln huschte über das Gesicht von Brandolf. Er mochte Wus burschikose Art.
„Ja, setzt Euch. Rufus bring den jungen Leuten ein Frühstück."
Er schaute Wu an, und seine Stimme wurde weich.
„Du hast gute Arbeit geleistet, Wu. Es konnte wirklich keiner ahnen, wie es Allskerjargdi hat schaffen können, so

schnell von Skovlund nach Bhutan zu kommen."

„Hast Du schon einmal darüber nachgedacht, dass sie ein neues Transportsystem haben könnten?"

„Ja, auch in der Angelegenheit sind wir weiter. Naskur, unser Chefwissenschaftler, hat hohe Energiespitzen beim Verschwinden in Skovlund sowie beim Ankommen in Bhutan feststellen können. Dieselben Energiespitzen hatten wir aber auch in Frazier Eiland, und in Tikal waren sie besonders heftig."

Rufus, der mittlerweile das Frühstück hat auftischen lassen, schaute seinen Herren fragend an: „Ja, Rufus, ich nehme noch einen Cognac. Ach ja. Flagari, wo warst Du in Skovlund, Du bist gar nicht in Erscheinung getreten?"

Die Frage war so hinterhältig gestellt, dass Flagari, ein kleiner Mann mit intelligenten Augen, der Bissen merklich im Halse stecken blieb.

„Du brauchst nicht zu antworten, Du warst im Puff, konntest deine Triebe nicht in den Griff bekommen. Ihr habt anscheinend immer noch nicht begriffen, worum es geht, und mit was für einem Gegner wir es zu tun haben. Ich muss zugeben, dass Allskerjargdi alles exzellent durchgeplant hatte. Die Einzige, die ihm etwas Paroli bieten konnte, war Wu Cheng. Was macht Deine Wunde, Wu?"

„Es war ein glatter Durchschuss, nur mein Stolz hat dabei doch eine ganze Menge abbekommen."

„Die Wunde wird sich wieder schließen. Jarl, was war in Frazier Eiland los?"

„Ihr habt ja die Aufnahmen gesehen. Der Alte hat uns eine saubere Falle gestellt. Als Traumfänger dürfte das für ihn kein großes Problem darstellen. Nur, woher wusste er, dass wir einen Spion in seiner Bande hatten?"

„Ihr dürft nicht vergessen, sie haben die Besten aufgeboten, um euch zu debütieren. Aber genau da sind wir beim Thema. Jetzt ist das Kind in den Brunnen gefallen, und wir haben erst einmal sechs Jahre Zeit, uns auf das Kommende vorzubereiten. Ihr werdet von Meili, unserem Kommandeur der Ausbildungseinheit, in den nächsten Jahren ausgebildet. Dann werdet Ihr auch noch von unserem Wissenschaftsteam unter Professor Naskur, einem alten Weggefährten von mir, auf das Kommende vorbereitet."

Katsumi, der still zugehört hatte, hob die Hand: „Auf was werden wir wissenschaftlich vorbereitet?"

„Rufus, stell den Ton an und spule die bestimmte Stelle ab."

„Ja, Sir."

Das Bild erschien wieder. Es war eine Szene aus Bhutan. Allskerjargdi sprach mit dem Mönch und das Wort Quantendenker fiel.

„Wer ist ein Quantendenker?"

Flagari antwortete: „Wir sind doch alle Quantendenker."

„Richtig, aber ohne die nötige Ausbildung und Talent gehört auch dazu. Wie ihr die Geschichte kennt, haben sich die Annanuki

gespalten, und die andere Seite hatte seitdem Zeit, sich geistig fortzuentwickeln und zu trainieren. Sie sind uns also fünftausend und mehr Jahre voraus. Diese Zeit müssen wir aufholen. Im Endeffekt muss die Vorbereitung bis zum 21.12.2012 abgeschlossen sein. Ihr habt also genauso viel Zeit zu lernen wie die Neugeborenen, bevor sie in die Schule kommen."

Gomez, der die ganze Zeit konzentriert zugehört hatte, meldete sich zu Wort: „Was heißt hier Ausbildung?"

„Ich habe da eine alte verlassene Ölplattform in der Nordsee gekauft, da werdet Ihr die nächsten sechs Jahre körperlich und mental auf den Tag X vorbereitet. Nach den sechs Jahren werdet Ihr gegen die Regenbogenkrieger eingesetzt. In der Zwischenzeit planen wir hier die Einsätze für den 21.12.2012. Wir werden mit Sicherheit viel improvisieren müssen, da die Möglichkeiten des Gegners nicht zu unterschätzen sind. Ziel ist es, die Zellen, um Allskerjargdi, zu vernichten."

„Warum dieser ganze Aufwand?"

„Macht, Fortbestehen, ich habe mir schon gedacht, dass die Frage von Dir kommt, Flagari."

„Ich verstehe die Logik nicht, Großvater."

„Wenn ein System auf Macht aufgebaut ist, muss man sich immer nach vorne orientieren. Es bedeutet in der Art der Entwicklung, dass man sich aufbauende Gegner zerstört. Sobald man aber zu gierig wird, fällt man. Manchmal ist es auch wichtig, dass man einen riesigen Schritt macht, wie wir zum 21.12.2012. Es gibt genug Beispiele in der Geschichte der Erde und der der Annanuki, wie Reiche sich verhalten haben und dann am Ende gestürzt wurden. Das soll uns nicht passieren. Deshalb hatten wir auch die Versammlung. Es ist die Planung in die Zukunft. Lass Politiker, Manager und Banker sich nach außen darstellen, das Rad drehen allein wir. Außerdem haben wir diese Art der Entwicklung schon hinter uns gelassen. Wir sind die Puppenspieler."

„Für die nächsten sechs Jahre wird es keine Kontakte nach draußen geben?"

„Nein, Flagari, keine Kontakte. Fangt nicht an zu verzweifeln, Ihr seid Annanuki und keine normalen Menschen."

Die Fünf waren fertig mit ihrem Frühstück, und eine geraume Zeit sprachen sie auch nicht miteinander, alle spielten mit ihren Gedanken, bis der Alte die Stille unterbrach.

„Rufus, deck ab."

„Ja, Sir."

Mit einem leichten Kopfnicken gab Rufus den Bediensteten ein Zeichen. Als der Tisch wieder leer war, winkte Brandolf seinen Diener zu sich und flüsterte ihm etwas ins Ohr. Der Diener ging daraufhin zu den Wachen und gab ihnen das Zeichen zu verschwinden. Kurze Zeit später waren sie alleine, nur Rufus, die rechte Hand Brandolfs, stand in gebührendem Abstand hinter seinem Herrn und vor ihnen die fünf jungen Leute.

„Wisst Ihr, was Anomie ist?"

Schweigen im Raum, bis sich wieder mal Wu Cheng zu Wort meldete: „Wegfall aller sozialen Hemmnisse."

„Fast richtig. Nicht Wegfall, sondern es ist die Unterdrückung aller sozialen Strukturen. Es tritt häufig in Gruppen auf, oder wenn ein Mob tobt. Es hat nichts mit sozial Schwachen zu tun, es kommt in allen Schichten vor, es kann aber der Auslöser sein, etwas Elementares zu bewirken."

„Was hat das mit uns zu tun?"

„In erster Linie nicht, aber mit der Weissagung der Mayas."

Ratlose Gesichter schauten Brandolf an.

„Wir haben jetzt 22 Jahre Zeit, ein Netz von sehr reich und arm zu stricken. Von viel Bildung und zu wenig Bildung. Die sozialen Strukturen müssen fallen. Die Börse wird der Schlüssel sein. Gier wird der Ratgeber werden. Wir werden zur Weissagung hinarbeiten, und bevor es dann zum Umdenken kommt, die Zügel anziehen. Das Ziel heißt Diktatur."

„Diktatur ist out, Großvater."

„Dann hast du die Energielehre nicht verstanden, Sohn. Zu schwarz gehört weiß, zur Demokratie gehört die Diktatur. Keiner kann ohne das andere bestehen. Stellt euch vor, wir hätten keinen Gegenspieler, dann hätten wir keinen Spaß und keine Ziele. Nun, was die Weissagung der Mayas bedeutet? Die Welt soll eine Gesellschaft, in der es kein Arm und kein Reich geben kann, werden. Arbeit gibt es nur für das Kollektiv, den Geist und den Fortschritt. Viele haben es versucht, keinem ist es bisher gelungen."

„Reiner Sozialismus, das geht gar nicht, das hat uns die Geschichte diverse Male bewiesen."

„Falsch, Katsumi, geht nicht gibt es nicht. Stell dir nur vor, es gibt kein Geld mehr, es wird alles bezahlt mit Fleiß und Wissenschaften. Alle arbeiten nur für das Kollektiv. Wobei der, der fleißig seiner Arbeit nachgeht, dieselben Privilegien genießt wie ein Wissenschaftler."

Betretenes Schweigen.

„Dann wäre unser Aufenthalt auf der Erde auch überflüssig?"

„Korrekt, aber wir sind als Machtmenschen geboren, und bei Machtmenschen herrscht die Diktatur und die Diktatur ist der einzige Weg, die Menschenmasse hinter sich zu bringen."

Während Brandolf mit seinen Enkeln redete, war er aufgestanden. Jetzt sah man erst seine wahre Größe. Er überragte alle anderen im Raum um fast eine Kopflänge. Dabei war er in seinen Bewegungen wie zum Sprung bereit.

„Rufus, hol ihn rein. So, Kinder, genug der Politisierung, gehen wir wieder zum Tagesgeschäft über. Ich habe eine Überraschung für Euch. Besonders für Dich, Jarl."

Rufus ging zu einem Nebeneingang und öffnete die Tür. Auch diese Tür knarrte leicht. Ein einfaches Kopfnicken, und vier Wächter brachten einen riesigen jungen Aborigine herein. Seine dunklen Hände waren mit Handschellen fest auf seinem Rücken gebunden. Der Aborigine stand locker da, ohne eine Miene zu verziehen. Genauso groß wie Brandolf, aber gertenschlank. Es war Gor.

Brandolf an Jarl gewandt: „Kennst Du ihn?"

„Nie gesehen."

„Wir haben ihn in der Nähe von Frazier Eiland geschnappt. Einen halben Tag, nachdem Ihr die Aborigines überfallen habt. Da kein anderer in der Nähe war, kamen wir zu dem Schluss, dass er etwas mit dem Überfall zu tun hatte."

„Frazier Eiland ist eine Insel", bemerkte Jarl trocken.

„Du sagtest es. Er wurde in der Nähe von Frazier Eiland gefasst, das heißt auf dem Festland. Wir haben die Insel noch einen Tag weiter beobachtet, da ist keiner rübergekommen. Es gibt also eine unterirdische Verbindung zwischen Insel und Festland, Rufus."

Der Diener nickte und drückte einen Knopf an der Fernbedienung. Über dem Würfel, der auf dem riesigen Tisch stand, wurde eine Satellitenaufnahme von Frazier Eiland sichtbar.

„Zweites Bild."

Rufus bewegte unmerklich den Zeigefinger, und ein anderes Bild erschien in der Mitte des Raumes. Im

Hintergrund konnte man die Insel erkennen und auf der Insel schwarze Punkte und eine in Wellen gewundene schwarze Linie, die zum Festland führte.

„Alles, was schwarz ist, ist hohl oder mit Wasser gefüllt. Eine
Satellittenaufnahme von einem befreundeten Geologen. Ihr seht, wo der Gang ist. Da hast Du deine Verbindung mit dem Festland, Jarl. Der Gang ist schon uralt und sehr wahrscheinlich nur wenigen Aborigines bekannt."

Der Diener schaltete die Holographie aus, und Brandolf drehte sich zu Gor.

„Wie heißt Du?"

„Gor."

„Hast Du etwas mit den Geschehnissen auf Frazier Eiland zu tun?"

Anstatt zu antworten, stellte Gor eine Gegenfrage: „Sind Sie Brandolf?"

„Wer will das wissen?" antwortete der große Mann barsch.

„Allskerjargdi."

Brandolf reagierte überrascht.

„Ja, ich bin Brandolf."

„Ich habe eine Nachricht von Allskerjargdi für euch."

„Sprich."

„Sie sollen sich der Weissagung nicht entgegenstellen. Es hat schon genug Tote gegeben. Sie wird sich erfüllen, ob 2012 oder später. Zeit ist kein Faktor. Sie sollen sich telepathisch bei ihm melden. Sie haben noch vierundzwanzig Stunden, dann ist er erst in sechs Jahren wieder zu erreichen."

Brandolf schaute Gor interessiert an, konnte in dem Aborigine aber keine Unsicherheit erkennen.

„Was bildet sich dieser Emporkömmling überhaupt ein, mir ein Ultimatum zu stellen?"

Dabei ging er noch näher an den schlanken Aborigine heran und versuchte telepathisch sich mit dem Gehirn von Gor zu vereinen. Trotz seiner immensen Kräfte empfing er nur Leere. Er trat langsam auf den Aborigine zu und wollte ihn anfassen, um dadurch besseren Kontakt zu bekommen. Gor schaute ihn nur unbeteiligt an und wich keinen Millimeter zurück.

„Allskerjargdi hat mich davor gewarnt."

Mit diesen Worten fiel er in sich zusammen und rührte sich nicht mehr.

„Holt den Doktor, schnell."

Brandolf bückte sich, fasste ihn an und wollte noch einmal versuchen, Kontakt aufzunehmen.

„Leere, einfach nur vollständige Leere in seinem Gehirn. Es ist kein Kontakt möglich. Das ist mir noch nie passiert."

Der Arzt kam angerannt, fasste als Erstes an den Hals des Mannes, um den Herzschlag zu überprüfen.

„Kein Herzschlag."

„Machen Sie Wiederbelebungsversuche, ich brauche den Kerl noch."

In dem Moment kamen noch zwei Helfer mit einem Notfallkoffer. Ohne ein Wort zu sagen, wurde dem Arzt das Reanimationsgerät gereicht. Mit einem schnellen Griff riss er Gor das T-Shirt vom Körper und setzte Anode und Kathode an.

„Reanimation, Finger weg, jetzt."

Der Körper bäumte sich auf, und an der Stelle, an der die beiden Kontakte gesessen hatten, entstanden zwei dunkle, kreisförmige Flecken. Der Arzt schaute ungläubig auf den

Patienten und dann auf sein Reanimationsgerät. Brandolf, der gespannt zuschaute, meinte: „Was ist?"

„Anderes Reanimationsgerät, schnell", orderte der Arzt an den anderen Helfer gewandt. Sofort lief der zweite Helfer davon, um das Gerät zu holen.

„Intrakardiale Injektion und sofort mit Handreanimation beginnen."

Der Helfer zog die Flüssigkeit auf die Spritze, reichte sie dem Arzt. Der Doktor setzte an, stach durch den Thorax ins Herz und leerte die Injektion. Dann begann er mit der Reanimation. Er legte die Hände auf den Brustkorb, zählte und drückte. Der Brustkorb bewegte sich nach unten, und die Flüssigkeit, die er zuvor in das Herz des Probanden gespritzt hatte, schoss im mit einem leisen Pfeifen ins Gesicht.

„Verdammte Scheiße, was war das denn? Der Brustkorb hebt sich nicht mehr. Wir beginnen mit Mund-zu-Mund-Beatmung."

Der Arzt hielt die Nase des Aborigine zu, legte seinen Mund auf den Mund des Mannes und blies Sauerstoff in die Lungen des Patienten. Jedenfalls versuchte er es.

„Was für eine verdammte Scheiße ist das denn?"

„Was ist los?" mischte sich Brandolf ein.

„Ich brauche ein Messer, das ist kein Mensch."

Brandolf langte hinter seinen Nacken, und eine halbe Sekunde später steckte die Klinge wippend zwischen den Beinen des Arztes im Holzboden des Saales. Der Doktor nahm seelenruhig die Klinge, drehte den Arm des Aborigine so, dass die Handfläche nach oben schaute, und rammte die Klinge fast durch den Arm, um dann einen langen Schnitt Richtung des Handgelenkes zu machen. Die Haut teilte sich unter der scharfen Klinge und wurde getränkt durch eine braune Flüssigkeit, die aus der Wunde quoll. Der Arzt legte die Klinge zur Seite und riss die Wunde mit der Hand weiter auf. Zum Vorschein kamen verschiedene dunkle Stränge. Der Doktor nahm einen der Stränge und zog daran, sofort stellte sich der Mittelfinger des Toten noch weiter nach oben.

Gomez, der mittlerweile nähergekommen war, witzelte: „Eine klare Botschaft."

Dann drehte er sich um und konnte ein Grinsen nicht unterdrücken. Brandolf, der noch nähergekommen war, stemmte die Hände in die Hüften: „Ein Klon?"

„Kein Klon, Sir, eine Puppe, oder besser gesagt ein Roboter. Nichts anderes als ein stinknormaler Roboter. Aber genial gebaut."

Er gab Brandolf die Klinge zurück.

„Ein scharfes Messerchen, Sir. Was passiert mit dem Wrack?"

Der Riese nahm das Messer wieder entgegen, betrachtete es versonnen. Mit einem leichten Zischen verdampfte der Rest der Flüssigkeit auf dem Stahl. Ein scharfer Geruch breitete sich aus. Die kleine, aber schnelle Bewegung war kaum auszumachen, mit der Brandolf die Klinge wieder hinter seinem Nacken verschwinden ließ.

„Gute Arbeit, Doc. Bringt den Torso raus und analysiert ihn. Holt mir alles an Wissenschaft raus, was ihr bekommen könnt. So schnell wie möglich."

Zu seinen Enkeln gewandt, resümierte er: „Ihr seht, wir haben einiges aufzuholen."

Brandolf setzte sich wieder in seinen Sessel, das Glas in der linken Hand, und bediente mit der rechten Hand einen Knopf. Der Sessel schwang herum, und der Alte starrte versonnen auf das Feuer.

Rufus gab den jungen Leuten ein Zeichen, dass sie den Saal verlassen sollten. Als der Raum leer war, erfüllte nur noch ein leises Knistern die Stille.

Der Diener, der wieder in den Raum gehuscht kam, verhielt sich still in einer Ecke des Saales und beobachtete den riesigen Mann. Er wusste anscheinend, was jetzt kam. Es dauerte eine geraume Zeit, und der Diener vernahm ein leichtes Stöhnen aus dem Mund seines Herren. Er ging mit ruhigen Schritten hin und nahm ihm das Glas aus der Hand, stellte es hinter sich auf den Tisch und zog sich wieder ein paar Schritte zurück.

Das Stöhnen wurde lauter. Mit einmal schlug sich Brandolf die Hände vor den Kopf.

„Majorana, es ist so schwer, die Verbindung ist sehr schwach."

„Streng dich mehr an, erinnere dich, Du weißt doch, was ich Dir beigebracht habe. Der zweite Mond geht gerade auf. Die elektromagnetischen Wellen werden stärker, beeile dich und sag, was Du willst. Ich weiß immer noch nicht, wo ich bin."

„Hast Du sonst noch etwas herausgefunden?"

„Es ist eine andere Welt und eine andere Zeit."

„Hast Du noch Kontakt zu Allskerjargdis Schergen?"

„Kaum, sie haben mich auf eine Insel mit deinem Bastard ausgesetzt. Zu ihren Unterkünften gibt es eine energetische Sperre, die sich nur dann öffnet, wenn es eine Energiespitze gibt. Sie haben uns Lebensmittel für ein paar Monate mitgegeben und eine kleine Unterkunft gebaut, jetzt leben wir von der Jagd."

„Ist in der letzten Zeit etwas geschehen?"

„Vor zwei Tagen, da gab es einen Energieblitz, und ich konnte kurz an den Gedanken eines kleinen Kindes und seiner Mutter teilhaben."

„Was hat sie gedacht?"

„Die Mutter dachte nur über ihr Kind nach. Sie nannte es das verlorene Kind. Das Kind selbst ist ein Annanuki, sie ist sehr stark."

„Dann bewahrheitet sich doch die Legende vom verlorenen Kind."

„Was für eine Legende?"

„Wir haben alte Schriften der Sumerer gefunden, darin soll sie ein direkter Nachkomme Marduks sein. Die Mayaweissagung hat dadurch einen viel älteren Ursprung."

„Der Mond steigt weiter, die Verbindung wird gleich abreißen, das Magnetfeld wird zu stark."

„Wie geht es meinem Sohn?"

„Wie es einem Bastard gehen kann. Geistig nur noch ein Schatten seiner selbst. Aber körperlich baut er auf."

„Gut, Majorana, halte weiter Deine Augen auf. Sobald wir wissen, wo Du bist, holen wir euch raus."

Brandolf hörte die Worte der Alten schon nicht mehr. Die Verbindung war unterbrochen. Tief im Unterbewusstsein spürte er die Bestätigung, dass der Gegner in den letzten Jahrhunderten sehr mächtig geworden war. Er war froh, dass ihm noch Zeit blieb, um sich auf den 21.12.2012, der Wintersonnenwende vorzubereiten. Der Krieg, der schon ein paar Jahrtausende schwelte, begann auf einen weiteren Höhepunkt zuzusteuern.

„Rufus."

Sein Diener, der nur auf diese Aufforderung gewartet hatte, antwortete: „Herr."

Brandolf erzählte seinem Vertrauten, was die alte Hexe ihm verraten hatte: „Was hältst Du davon?"

„Ich glaube, Allskerjargdi hat eine andere Welt gefunden, und das muss schon vor längere Zeit passiert sein."

„Ich glaube es auch. Das Bestreben der Denker war ja immer, eine andere Welt zu finden. Sollten sie es geschafft haben?"

„Es ist anzunehmen, Herr, diese Energiespitzen gibt es schon seit ein paar Jahrhunderten, und die Unsterbliche ist seit dem letzten großen Kampf verschwunden, was auch vor ein paar Jahrhunderten geschah."

„Sag den Wissenschaftlern, sie sollen sich nicht nur auf die Messung der Energiespitzen konzentrieren, sondern ich will wissen, woher sie kommen und wohin sie gehen. Allskerjargdi muss eine Möglichkeit des Reisens entwickelt haben, die Unmengen von Energie verbraucht."

„Diese Energie verschwindet aber nicht in der Luft, Sir."

„Was hast du da gesagt, Rufus?"

Rufus wiederholte den Satz und schaute seinen Herren erwartungsvoll an.

„Das ist die Lösung, Rufus", dabei klopfte er seinem Diener gönnerhaft auf die Schulter. „Das ist es."

„Was, Sir, bitte?"

„Die Leute sollen anfangen und das mit Hochdruck, einen Leitstrahl zu entwickeln, der die Energiespitzen verfolgen kann, dann wissen wir, wohin die Bande verschwindet."

„Die Idee hatten wir schon einmal, und wir hatten auch schon darüber nachgedacht. Aber die Energie kündigt sich nicht an, sondern sie ist einfach da. Und in welchem Bandbereich können wir nicht vorhersagen."

Rufus Einwand ließ den Riesen einen Moment nachdenken, bevor er dann antwortete.

„Wie lange hält sich die Spitze?"

„Je nach Stärke. Je stärker, desto länger. Das Kürzeste sind ganze zehn Sekunden. Dabei steht er nicht, sondern sucht nach etwas."

Brandolfs Miene hellte sich auf, als er aufstand und mit einem bösen Lächeln auf seinen Diener zuging.

„Das ist der Schwachpunkt in ihrem System. Wir brauchen also ein weltumspannendes Frequenznetz, wobei wir eine Aufschaltgeschwindigkeit von höchstens zwei Sekunden haben dürfen, dann haben wir mindestens acht Sekunden, um Maßnahmen zu ergreifen. Naskur soll mit seinem Team eine Frequenz entwickeln, die wie ein Parasit arbeitet. Sie soll sich wie eine Drohne an diese ankommende Frequenz andocken."

In diesem Moment klopfte es an der Tür.

„Herein."

Naskur, der Wissenschaftler erschien.

„Sir, wir haben den Aborigine aufgemacht."

„Und?"

„Das sollten Sie sich besser selbst ansehen."

Die drei gingen durch eine Nebentür, kamen dann zu einem langen Gang, an dem links und rechts mehrere Türen abgingen. Die letzte Tür am Ende des Ganges öffnete sich leise, sie standen in einem Vorraum. Übergangslos legte der Wissenschaftler sein Kinn in eine dafür vorgesehene Halbschale und öffnete seine Augen, dabei fixierte er einen bestimmten Punkt. Ein rotes Licht scannte seine Augen und wieder öffnete sich, ohne einen Ton zu verursachen, eine Tür vor ihnen. Helles Licht schlug den Männern entgegen, und ein großes Labor tauchte vor ihnen auf, vollgestopft mit allerlei Gerätschaften und Messinstrumenten.

„Hier entlang, bitte."

Am Ende des Raumes, es war schon mehr eine Halle, da lag auf einer Liege der Torso des Australiers. Brustraum und Kopf Raum waren geöffnet.

„Ein Roboter", stellte Brandolf ungläubig fest.

„Mitnichten, Sir. Es ist ein Zwischending zwischen Roboter und Klon."

„Wie das?"

„Was wir auf dem ersten Blick sehen können. Die Haut ist eine Replik einer Menschenhaut, sie haben sie also nachwachsen lassen. Heute ist das kein Problem mehr. Es wird sehr wahrscheinlich in zehn bis fünfzehn Jahren möglich sein, alle Teile des Körpers mit körpereigener DNA nachwachsen zu lassen. Für einen Annanuki also schon gar kein Problem mehr. Aber das Gehirn ist bemerkenswert. Auch da ist es erst ein vorläufiger Überblick, den ich geben kann."

Naskur machte hier eine kleine Pause.

„Das Gehirn ist bei diesem Exemplar ein bioenergetischer Chip aus Algen mit einer Abhörsperre. Als sie ihn aushorchen wollten, beging er Selbstmord, und das Gehirn löste sich auf. Clever. Das nachzubauen, wird einige Jahre dauern."

Brandolf hatte das Kinn nachdenklich in seine Hand gestützt.

„Naskur, was brauchst Du?"

„Da wir an vielen Fronten kämpfen und zeitlich einen Rahmen haben, sprich zwanzig Jahre, brauche ich mehr Leute. Alles, was wir an Quantendenkern bekommen können. Nur so sind wir in der Lage, in den zwanzig

Jahren unsere Entwicklung schnell nach vorne zu bringen. Einholen werden wir sie nicht können."

Brandolf nickte.

„Geld ist genug vorhanden. Rufus, Du sorgst dafür, dass Naskur alles für seine wissenschaftlichen Experimente bekommt, es ist egal, was es kostet. Wir müssen also noch mehr Truppen aktivieren und so versuchen, damit unser großes Defizit auszugleichen."

„Naskur, vordringlich ist, wir müssen wissen, wo sich die unsterbliche Majorana aufhält. Mit ihr an unserer Seite, werden die Karten neu gemischt."

„Also, die Entwicklung einer Frequenzdrohne. Wir sind da schon auf dem besten Weg. Es dürfte kein Problem sein, ein Frequenzvirus in ihre Spitzen einzuschleusen. Dann kommen aber die Verfolgung und das schnelle Aufschalten. In der Entwicklung der Quantencomputer sind wir ziemlich am Anfang."

„Dann forciere es, Naskur. Ihr wisst, worauf es ankommt. Wir brauchen Talente, Rufus, und zwar schnell. Grase die Internate in der Welt ab, geh in die Slums, holt alles raus, was machbar ist."

Rufus und Naskur nickten beide im Takt. Brandolf wandte sich ab und ging aus dem Labor.

„Rufus, komm mit. Was machen unsere fünf jungen Leute?"

„Sie sind schon auf dem Weg zur Ölplattform. Zwei Kilometer vor ihrem Ziel beginnt ihre Ausbildung. Sie werden abgeworfen und müssen den Rest schwimmen."

„Gut so. Beobachtet sie genau. Ich will alle 3 Monate einen Bericht, wie ihre Entwicklung voranschreitet. Jeden Annanuki, den du auf dieser Welt finden kannst, der kein Wissenschaftler ist, wird den Truppen zugeführt. Ich will,

dass ihr die Leute einstuft und nach ihren Talenten ausbildet. Geht alte Stammbäume durch und findet das Material. Wir können uns keine weiteren Fehler erlauben. Die Organisation steht hinter uns."
Mittlerweile waren beide im großen Saal angekommen. Brandolf setzte sich wieder vor seinen Kamin und verfiel in düsteres Grübeln. Rufus verschwand, um alles Nötige zu organisieren.

19. Dezember 1996
Skovlund

Wer die Vergangenheit kontrolliert,
kontrolliert die Zukunft,
wer die Gegenwart kontrolliert,
kontrolliert die Vergangenheit.

Orwell

Der Herbst hatte das dänische Tiefland verlassen. Die Blätter der Bäume waren schon längst zu Boden gefallen und vermoderten langsam auf dem fetten Boden der schon winterfertig gemachten Ackerkrume. Intensive Gerüche der Fäulnis krochen über das Land, die, wenn die Strahlen der Sonne den Boden erreichten, sich um das Vielfache intensivierten. Was nicht im Kompost landete, verfaulte unter den Bäumen oder in den Wäldern und trieb auf den klaren Bächen des Tieflandes. Erst wenn der kalte Nordwestwind über das Land drängte und die Wolken aus Grönland über das europäische Festland fegen ließ, war der Geruch des Todes schlagartig verschwunden. Betrachtete man die Wolken, stellte man fest, dass sie immer wieder andere Gesichter und Gestalten bildeten, die in ihrer Vielfalt ein Kaleidoskop überboten. Auch die Wolken brachten in der Jahreszeit Variationen von Farben ans Licht, die man von anderen Jahreszeiten nicht kannte.
Die letzten Tage hatte es stark geregnet, und der Boden war wie ein Schwamm, mit Wasser vollgesogen. So voll, dass sich auf den Feldern und Wiesen kleine Seen bildeten. Beim Gang über den Rasen schmatze es satt, und man musste aufpassen, dass das Wasser einem nicht in die

Schuhe lief. Vereinzelte Schneeflocken trieben schon durch die Luft, waren aber noch in sich so nass, dass sie, obwohl durch ihre Nässe schwer geworden, nur durch den starken Wind in der Luft gehalten wurden. Die Menschen merkten, dass der Winter seine kalten Finger nach ihnen ausstreckte und die Spaziergänger, die nach draußen mussten, zogen ihre Schultern hoch, als könnten sie vermeiden, vom Wind getroffen zu werden.
Vereinzelte Schornsteine rauchten, und die Nacht hüllte die wenigen Lichter ein, die aus den Häusern strahlten. So auch bei den Johannsens. Im Gegensatz zu den anderen Häusern herrschte hier aber rege Betriebsamkeit. Viele der Häuser waren mit Lichtern geschmückt, Figuren erstrahlten im hellen Glanz. Man merkte, die Menschen fieberten Weihnachten entgegen, um ein paar Tage Ruhe von der Arbeit zu haben. Das Leben war beschaulich hier in Dänemark, und die Uhren schlugen einen anderen Takt als in den Großstädten im Süden des Festlandes.
Keiner der Anwohner achtete auf die Männer, die mit langen Mänteln angezogen, sich aufmerksam, aber trotzdem im Verborgenen bleibend, um die Ecken drückten. Die Kragen der Mäntel hochgeschlagen, um sich vor dem starken Wind zu schützen, konnte man ihre Gesichter nicht erkennen. Es kam einem vor, als wäre man Beobachter in einem alten Schwarz-Weis-Film, wo es um Mord und Totschlag ging. Es waren Wächter, Aufpasser, damit den jungen Kriegern des Regenbogens nichts passierte.
Es klingelte an Johannsens Tür. Dieser einfühlsame Doppelton war nicht übermäßig laut gestellt, aber so, dass man ihn trotz des jaulenden Nordwestwindes hören konnte. Erk Johannsen Senior stürmte zur Tür, bevor sein

Sohn Erk, der um die Ecke geschossen kam, die Tür erreichte.

„Manno, Papa, ich wollte doch als Erster."

„Ich habe Dir doch gesagt, du sollst in der Dunkelheit nicht an alleine an die Tür gehen. Außerdem, mein Sohn, werde erst einmal etwas schneller."

„Da ist doch nichts, was uns gefährlich werden könnte." Der Senior hob die linke Hand und streckte den Zeigefinger nach oben. Mit der rechten Hand öffnete er die Tür.

„Vorsichtig ist die Mutter der Porzellankiste."

„Versteh ich nicht."

Erk stand mit leicht gesenktem Blick vor seinem großen Vater, als sich etwas Schwarzes auf vier Beinen durch die Tür in den Flur drängte.

„Papa, schau!"

Schon hatte er den schwarzen Panther am Halsband und streichelte ihn. Dieser schmiegte sich sofort an den Jungen und schnurrte laut, als würden sie sich schon ein Leben lang kennen.

Erk Senior schaute irritiert zu seinem Sohn, dann zur Tür, dabei war er unschlüssig, was er tun sollte. Allskerjargdi, der lachend an der Tür stand, gab Erk die Hand.

„Mach Dir keine Gedanken, Erk, die beiden wurden schon Freunde bei der Geburt deines Sohnes. Dieser Panther ist sein persönlicher Beschützer."

„Na, wenn Du das sagst, Allskerjargdi. Wie geht es Dir und Deinem Sohn?"

„Blendend. Willst Du mich nicht rein lassen, hier draußen ist es saukalt?"

„Oh, Entschuldigung, dein Panther hat mich etwas aus der Fassung gebracht."

„Nicht mein Panther, der Panther deines Sohnes. Es gehört jetzt schon zu seiner Ausbildung, mit dem Tier umzugehen."

„Ich glaube, das macht er ganz gut, oder?"

„Es ist nicht zu verkennen, er ist ein Naturtalent."

Beide lachten wieder, und Erk öffnete die Tür ein Stück weiter, damit Allskerjargdi eintreten konnte.

„Schatz, unser Besuch ist da."

Trine kam aus dem Büro und gab Allskerjargdi herzlich die Hand.

„Ich freue mich, Dich zu sehen, Allskerjargdi. Meine beiden Männer hast du ja schon begrüßt. Erk, biete unserem Gast doch etwas zu trinken an."

„Tee?"

„Ja, gerne."

Während Erk in die Küche eilte, um den Tee fertig zu machen, bückte sich der Hohe Priester zu dem kleinen Erk Johannsen.

„Hallo, Erk Pentragon Johannsen, Du weißt, wer ich bin?"

„Ja sicher, Hoher Priester, wir sind uns doch schon einmal begegnet."

„Ja, bei deiner Geburt. Du hast alles behalten?"

Trine schaute erstaunt von einem zu anderen.

„Ihr beide sprecht miteinander, als würdet ihr euch schon Jahre kennen."

„Wir kennen uns jetzt schon sechs Jahre. Jedes Annanuki-Kind, das ein Quantendenker ist, kann sich an die Geburt erinnern. Für so ein Kind ist es kein Trauma, sondern ein Erlebnis."

„Das würde heißen, nicht alle Kinder, die bei euch geboren werden, haben Quantenqualität?"

„Richtig, das Gen ist wohl vorhanden, überspringt aber manchmal Generationen und ist dann plötzlich wieder da. Circa zwanzig Prozent der Annanuki sind Quantendenker. Die anderen achtzig Prozent erkennen wir an ihrer Denkstruktur. Das Blockdenken ist ihnen vorgegeben."

„Wenn ich es dann richtig verstehe, übernehmt ihr die Führung der Annanuki wegen eures höheren Intelligenzanteils?"

„Natürlich nicht, wir haben Annanuki in gehobenen Positionen, die keine Quantendenker sind. Auch bei uns im Rat sind Normaldenker. Intelligenz hat nichts mit einer höheren Entscheidungsfähigkeit zu tun. Wir können genauso emotional falsch entscheiden wie ihr Menschen. Außerdem gibt es bei uns in dem Sinne keine Einzelentscheidungen. Alle wichtigen Entscheidungen werden fast immer gemeinsam besprochen."

„Also seid ihr Sozis. Wie bei uns in der Politik. Viele haben das Sagen, alle ziehen den Schwanz ein, keiner weiß am Ende, worum es geht."

Trine betrat den Raum wieder, ein Tablett mit den Getränken in der Hand.

„Hier, Dein Tee. Du auch ein Getränk, Schatz?"

„Gerne, ich nehme einen kleinen Martini."

„Erk und der Panther scheinen die dicksten Freunde zu sein. Wie alt ist er jetzt?"

„Vor acht Jahren habe ich ihn aus dem Dschungel geholt. Es ist ein gutes Tier."

„Ich habe mal gehört, Panther kann man nicht zähmen."

„Amitola ist auch nicht zahm. Wir haben ihn nicht gebrochen. Die Persönlichkeit des Tieres wird akzeptiert, und er akzeptiert uns. Außerdem können wir ihn mental etwas beeinflussen."

„Also besteht keine Gefahr für unseren Sohn?"

„Keineswegs, die beiden haben eine Wellenlänge. Erk bekommt auch noch einen Bewacher mehr, wie die anderen fünf Krieger."

„Wen, wenn ich fragen darf?"

„Horatius, einer von unseren älteren Männern. Er hat mich selbst ausgebildet."

„Wo ist er?"

„Noch draußen."

„So hol ihn doch rein."

„Wir brauchen momentan jeden Mann, ihr werdet ihn noch kennenlernen."

„Wie geht es jetzt weiter?"

„Meine Nachricht habt ihr bekommen?"

„Ja, wir haben uns entschlossen mitzukommen und haben alle Brücken hinter uns abgerissen."

„Gut, dann werdet ihr eine Vollmacht unterschreiben, und einer unserer Vertreter wird euer Haus vermieten. Alle Wertsachen kommen in ein Schließfach in einer Schweizer Bank. Miete und andere Einkünfte werden auf ein Konto überwiesen. Finanzamt, Versicherungen et cetera werden wir erledigen. Wenn ihr wieder zurückkommt, wird euch alles automatisch überstellt. Alles wird wieder so eingerichtet, wie ihr es verlassen habt."

„Die Ausbildung unseres Sohnes wird die ganze Zeit auf dem neuen Planeten stattfinden?"

„Trine, nicht neuer Planet. Es ist die Erde in einer anderen Entstehungsebene. Natürlich nicht. Wir können ihn nicht auf dem Planeten nur beschützt halten, er muss aus dem Leben lernen. Ihr könnt dann jederzeit mit ihm zusammen sein."

„Was machen wir dann solange in der Zeit bei euch?"

„Ihr werdet auch zur Schule gehen und einige Sachen gelehrt bekommen. Bei älteren Annanukis, wie ihr es seid, kann man die Talente nicht mehr so fördern wie bei den Jungen. Wir verfügen auch über eine sehr umfangreiche Bibliothek, ihr werdet begeistert sein."

„Wir können nichts mitnehmen?"

„Außer das, was ihr anhabt. Euer Ausweis ist die Kette, Geld braucht ihr nicht."

Der Kleine, Erk Johannsen, war mit seinem neuen Freund nähergekommen und hörte den Erwachsenen aufmerksam zu.

„Darf Amitola mit?"

„Natürlich, er hat die Reise schon öfters gemacht."

In diesem Moment klingelte es an der Eingangstür, und Horatius stand in der Tür.

„Brandolf hat unsere Energiespitze nachmessen lassen und sie sind jetzt hier."

„Wo stehen sie?"

„Außerhalb der Ortschaft und bauen Messgeräte auf."

„Da bin ich aber gespannt, was Brandolf sich hat einfallen lassen. Lasst sie in Ruhe, keine Aggressionen."

„Wir nehmen jeden einzelnen auf und überprüfen ihn in unserer Kartei, neue setzen wir dazu."

„Die Anwohner?"

„Da kommt keiner aus dem Haus, bei dem Wetter."

„Wie sieht es mit unseren Reisenden aus?"

„Unsere Fracht aus Grönland ist in Billund gelandet und auf dem Weg zu uns. Aus Australien in Frankfurt und unser Abt aus Bhutan mit Kind und Mutter in Hamburg."

„Aus Frankfurt wurde der Anschlussflug nach Hamburg erreicht?"

„Alles, wie geplant, Allskerjargdi. Die Wächter passen auf, Du musst dir keine Gedanken machen. Sobald etwas ungewöhnlich ist, bekommst Du Meldung."

„Ok, beobachtet Brandolfs Männer, da ist etwas im Busch."

Horatius nickte nur und verschwand wieder nach draußen.

„Probleme?" fragte Erk Johannsen.

„Nicht direkt. Brandolf war in den letzten sechs Jahren nicht untätig. Er hat alles an Annanukis aus den Völkern geholt, was er bekommen konnte, und bildet sie, irgendwo auf dem Planeten aus. Dabei selektiert er sie vorher nach ihren Talenten. Ich habe das Gefühl, dass er die Zeit des Nichtlernens unbedingt aufholen will, indem er viele Leute ausbildet."

„Vom Denken seid ihr ihm doch einige Jahrhunderte voraus und Masse macht ja keine Klasse, oder?"

„Das mag sein, Erk. Brandolf denkt anders, deshalb ist er schwer einzuschätzen. Er hat ein wahnsinniges Potenzial aus der Bevölkerung gezogen. Potenzial, was bisher geschlummert hat. Den Fehler, den wir begangen haben, war, dass wir nach dem Untergang Atlantis uns nicht mit den Menschen vereinigen wollten. Da nicht jede Frau bei uns fruchtbar ist und sich nicht jeder Mann fortpflanzen kann, kannst du dir ja vorstellen, wie es sich über Jahrtausende ausgewirkt hat."

„Habt ihr das denn jetzt gelockert?"

„Wenn es nach mir ginge, würden wir. Aber ich kann solche elementaren Entscheidungen nicht alleine treffen. Wir sind da nicht anders als die Menschen, was über

Jahrhunderte gut war, muss auch weitere Jahrhunderte gut sein."

„Noch seid ihr ihnen aber überlegen?", fragte Erk in einem lauernden Ton.

„Von der Technik ja, und von dem Mentalen wie auch der Ausbildung der Talente auch. Brandolf ist aber ein findiger Gegner, und durch die Menge der Leute bekommt er nun eine Zeitgutschrift. Diese Art der Zeitgutschrift könnte uns zu schaffen machen."

„Als ihr gemerkt habt, wie Brandolf reagiert, warum habt ihr ihm nicht das Potenzial weggenommen, welches ihn jetzt ernährt, indem ihr genauso reagiert, wie er. Das ist ein Zeichen von Wettbewerb?"

„Uralte und alte Strukturen kannst du nicht in sechs Jahren ändern, Erk. Das wissen sogar wir. Es muss in der Form, in die wir es haben wollen, wachsen und es muss langsam wachsen, sonst hat es keinen Bestand."

„Okay, dann sollten wir uns erst einmal auf unser jetziges Problem konzentrieren. Aber trotzdem noch eins, Allskerjargdi, dann ist euer System doch nicht so vollendet, wie Du uns vor sechs Jahren gesagt hast, oder?"

„Das System ist gut, aber nicht vollkommen und nicht dazu ausgelegt, Krieg zu führen. Es ist ein wieder zum Leben erwachter Organismus und dieser Organismus will lernen."

Erk überlegte kurz.

„Mein Freund, bei uns auf der Erde gibt es ein Sprichwort: Hast du viele Feinde, brauchst du keine Freunde. Bei euch ist es so, ihr hattet nie Freunde, habt euch auch nicht drum gekümmert, und die Feindschaft habt ihr eingemottet. Jetzt erweckt ihr ein Monstrum zum Leben, dass ihr Organismus nennt, weil euch das Wasser bis zum Hals steht. Ihr habt aber keinen blassen Schimmer davon, wie ihr ihn kontrollieren wollt. Trotz eurer hohen Intelligenz, die ihr über Jahrtausende eingeschlossen habt, habt ihr keine Ahnung wie Wettbewerb funktioniert. Um es noch einmal festzuhalten, ihr habt keinen Wettbewerb, aber der Wettbewerb ist das Elixier des Überlebens. Brandolf hat das über die Jahrtausende begriffen und gelebt. Er ist, was das Überleben betrifft, euch meilenweit voraus."

„Da hast du nicht Unrecht, aber was sollen wir tun?"

„Lerne von Brandolf und geh mit Deinen Talenten hausieren und verlasse Dich nicht nur auf Weissagungen und Mythen."

„Du meinst, wir sollen aggressiver vorgehen und uns auf Brandolfs Ebene auseinandersetzen."

„Genauso meine ich es, sonst ist eure Zivilisation dem Untergang geweiht, und alle eure Erkenntnisse, die ihr über Jahrtausende gesammelt habt, werden in der Zeitlosigkeit des Universums verschwinden oder eurem Feind in die Hände fallen."

„Ich werde es dem Rat vortragen. Es ist eine interessante These."

Allskerjargdi wandte sich zur Tür und wollte gehen.

„Allskerjargdi, hast du eigentlich mal darüber nachgedacht, dass unsere Gegner die Ankunft vielleicht nur verzögern wollen, um in das Zeitfenster des 21.12.1996 zu kommen?"

Der Hohe Priester schaute Erk nachdenklich an.

„Nein, haben wir nicht."

„Dann würde ich aber die Beine in die Hand nehmen, mein Freund, und Brandolf nicht die Initiative überlassen."

Allskerjargdi ließ die Türklinke los und drehte sich wieder vollends zu Erk Johannsen um.

„Wie würdest du reagieren?"

„Ihr wisst, wo die Reisenden sind?"

„Ja."

„Könnt ihr die Koordinaten feststellen?"

„Kein Problem."

„Okay, dann lass mich mal telefonieren. Ich habe da bei der NATO, aus meiner aktiven Zeit, noch ein paar gute Freunde."

Sie gingen beide wieder ins Wohnzimmer, wo Erk Junior mit seinem Panther auf dem Sofa lag. Gleichmäßiges Atmen verriet, dass beide schliefen. Erk grinste zu Allskerjargdi hinüber und deutete auf die beiden.

„Guter Wachhund."

„Liebe auf den ersten Blick."

Erk nahm das mobile Telefon, und beide gingen zu Trine in die Küche. Er wählte eine Nummer, Trine, die nur einen kurzen Blick auf das Display warf, fragte: „Was willst du denn in Brüssel?"

„Territorialkommando Nord."

„Ah, unser Freund General Dexter."

„Genau, mein Schatz."

„Grüß ihn bitte von mir."

Auf der anderen Seite klingelte es nur kurz, dann wurde der Hörer abgehoben.

„NATO-Hauptquartier, was kann ich für Sie tun?"

„Ich hätte gerne General Dexter."

„Kleinen Moment, ich verbinde."

Das andere Telefon klingelte zweimal, bevor es abgehoben wurde.

„Büro General Dexter, was kann ich für Sie tun?"

„Oberst Johannsen, ich hätte gerne General Dexter gesprochen."

„In welcher Angelegenheit, Sir?"

„Innere Sicherheit."

„Kleinen Moment, Sir."

Erk Johannsen hörte ein leises Knacken und dann die sonore Stimme seines Freundes Karl Dexter.

„Hallo, Erk, lange nichts von Dir gehört."

„Hey, Karl, ruf mich auf einer sicheren Leitung an, und nicht mitschneiden."

„Fünf Minuten."

Beide legten auf. Erk drehte sich zu Allskerjargdi und sagte in einem erklärenden Ton: „Wenn die Menschheit etwas vollkommen beherrscht, dann ist es die Organisation einer Kriegsmaschinerie."

„Ich bin erstaunt, Du warst bei der NATO?"

„Ja, sogar beim Geheimdienst, oberste Etage. Hat sich so ergeben."

Und schon meldete sich das Telefon. Erk ließ es zweimal klingeln, dann hob er ab.

„Keine Namen."

„Was gibt es?"

„Ich brauche drei Transporte, von Dänemark nach Dänemark. Zweimal von Deutschland nach Dänemark. Hier sind die Koordinaten. Ziele stoppen in zehn Minuten. Zielkoordinaten sind meine. Lass es als Übung ablaufen, aber mit allen bestehenden Sicherheitsstandards, und sag den Leuten: Absolute Wachsamkeit. Gib scharfe Munition aus. Dann noch eine Überprüfung über einen Brandolf, in einer Burg in Schottland. Könnte für die internationale Sicherheit wichtig sein. Geldverkehr, du weißt schon was, und grabe etwas tiefer. Es scheint ein ganz dicker Hund zu sein."

„Gib mir die jetzigen Koordinaten, wir belegen sie mit einer Zielfrequenz, dann brauchen sie nicht anzuhalten und auf uns zu warten."

„Zieh einige Neotiker dazu, könnte hilfreich sein."

„Wen soll ich hinzuziehen, Spezialisten der Neotik. Was ist das denn?"

„Frag in meiner Dienststelle nach, ich gebe dir jetzt die Koordinaten."

Erk gab seinem Freund die Standorte.

„Codename, Morgengrauen."

„Ok, grüß Mutter. Ich bin ab 21.12.1996 für ein paar Jahre weg."

„Zielfahndung?"

„Archäologische Ausgrabungen."

„Wohin sollen die Informationen?"

„Einlagern, bis ich sie anfordere. Top-Secret."

Beide trennten wie auf Kommando die Verbindung. Es war alles gesagt.

„Was war das für ein komisches Gespräch, Erk?"

Trine lachte nur im Hintergrund.

„Militär, das ist für Männer ein großes Spielzeug."

Sie erntete von ihrem Mann einen etwas genervten Blick.

„Militärsprache, kurz, ohne Sinn, aber trotzdem inhaltsvoll."

Dabei schlug er Allskerjargdi auf die Schultern und lachte laut los.

„Ihr habt wirklich keine Ahnung von militärischer Organisation, und dem jeweiligen Einsatz von militärischen Komponenten?"

„Ich bin lernbereit, Erk."

„Also, der Weg für unsere Leute muss sehr schnell zu

überbrücken sein. Schick bitte einige deiner Männer oder Frauen zum Sportplatz, da können sie unsere Probanden abholen. Sie werden jetzt nach und nach eintreffen, und das sehr schnell."

„Was sollte das mit Brandolf? Wir wissen alles über ihn."

„Ihr wisst alles über ihn? Ich glaube nicht, dass ihr seine finanziellen Komponenten kennt. Wo ist er überall geschäftlich involviert? Welche Konten hat er, wohin fließt das Geld, geht Geld am Fiskus vorbei, was und wen bezahlt er mit dem Geld? Das Material, das er kauft, lässt Rückschlüsse zu, wofür er es braucht.

Siehe zum Beispiel, seltene Erden, die man für Elektronikbauteile braucht, Geld ist für ihn der dritte Mann. Wir wollen gewinnen, also ziehen wir alle Register, solange wir das können."

„Du hast recht, Geld wird bei uns als Zahlungsmittel nicht mehr benutzt, deswegen interessiert es uns auch nicht. Ich glaube, wir haben beide noch eine Menge zu lernen. Und wieso bist du im Geheimdienst?"

„Das ist geheim."

Dabei zwinkerte Erk seinem Gegenüber an.

„Nein. Als Archäologe komme ich überall fast problemlos rein. Eine bessere Tarnung gibt es nicht."

„Ich sage meinen Leuten Bescheid."

„Denk bitte daran, sie sollen den Piloten das Codewort Morgengrauen nennen."

Die Tür schloss sich langsam hinter dem Annanuki, und er liess einen nachdenklichen Erk Johannsen zurück. Seine Frau schaute ihren Mann lange an, bevor sie ihm die Hände auf die Schultern legte.

„Na, mein Schatz, was grübelst Du?"

„Ich weiß immer noch nicht, ob wir den richtigen Weg eingeschlagen haben, und das macht mich fürchterlich nervös. Du weißt, dass wir Geheimdienstler auf Analyse stehen. Hier kann ich keine Analyse durchführen, weil ich keine Fakten habe. Ich reagiere einfach nach dem Gefühl."

„Mach Dir keine Gedanken, ich glaube, es ist der richtige Weg, den wir gehen."

Es klingelte wieder, und Horatius stand an der Tür.

„Hallo, wie ich mitbekommen habe, sind Sie Horatius, der zweite Wächter meines Sohnes. Ich darf mich kurz vorstellen, Erk Johannsen, das ist meine Frau Trine."

Horatius ergriff die ausgestreckte Hand und schüttelte sie kräftig. Horatius war ein großer und kräftiger Mann, dem man die Jahrhunderte nicht ansah. Gütige und wache Augen musterten die beiden Johannsens.

„Kommen Sie herein, hier drin ist es angenehmer und sie können sich ausruhen und einen Tee trinken."

Trine schloss die Tür hinter dem Mann.

„Lasst uns in die Küche gehen, der Kleine ist im Wohnzimmer und schläft."

„Gerne, Sie haben doch mit Sicherheit einen Tee für mich?"

Diese selbstverständliche Art nahm die beiden Johannsens gleich für den Annanuki ein.

„Kein Problem, wird sofort erledigt."

„Schatz, unterhalte unseren Gast, ich muss einmal kurz in den Keller."

Damit wandte sich Trine ab und schwebte aus der Küche.

„Sie haben eine selbstbewusste Frau, Herr Johannsen."

„Sag Erk zu mir, ich glaube, in der nächsten Zeit werden wir uns öfters sehen."

Der Satz war kaum ausgesprochen, als die beiden Männer einen spitzen Schrei hörten und es gleichzeitig an der Haustür klingelte. Beide stürmten in den Flur, von dem eine Tür in den Keller führte und eine zweite ins Wohnzimmer. Vor der Wohnzimmertür stand eine kleine Gestalt. Ein dunkles Tuch bedeckte das Gesicht und den Kopf und ließ nur einen Spalt für die Augen frei. Leichte dunkle Laufschuhe und eine Pluderhose vervollständigten das Bild, einer im Sprung bereiten Katze. Trine, die sich als erste fasste, schrie die kleine Gestalt an.

„Was wollen Sie hier?"

Die angstgeweiteten Augen fixierten den Fremden.

Mit einer schnellen gleitenden Bewegung stand die Gestalt neben Trine und griff ihr mit der linken Hand an den Hals und drückte zu. Die junge Frau ging sofort in die Knie und lief blau an.

„Keiner bewegt sich."

Die dunkle Stimme passte nicht zu dem fast zierlichen Körper des Eindringlings. Dabei hielt er Trine eine Pistole mit Schalldämpfer an die Schläfe.

„Eine Bewegung und sie ist tot."

An der Tür klingelte es mittlerweile Sturm. Die beiden Männer standen derweil in der Küchentür und behinderten sich gegenseitig. Aus dem Wohnzimmer glitt ein schwarzer Schatten, der sofort zum Sprung ansetzte. Die vier Pfoten hatten den Boden gerade verlassen, als die Pistole mit einem hässlichen Plopp zweimal aufbellte. Der Panther krümmte sich in der Luft, ein kurzes Fauchen war zu hören. Der dumpfe Schlag, als das Tier mit seinem Körper kurz vor dem Killer aufschlug, ging in der nächsten Aktion unter. Horatius, der bemerkte, dass der Täter abgelenkt war schnellte nach vorne, und wieder plopte es zweimal, und der große Mann fiel ächzend zu Boden. Der Mann hatte in der Zeit nur seine Augen und seinen Arm bewegt. Wieder hörten Trine und Erk Johannsen die angenehme Stimme des Killers, die alleine den Raum füllte.

„Wo ist der Junge?"

Die Stimme war kalt und bestimmend und ließ keinen Wiederspruch zu. Erk erfasste die Situation mit der Ruhe eines Routiniers und spielte auf Zeitgewinn, indem er eine weitere Frage stellte.

„Was wollen Sie von meinem Sohn?"

„Ich will gar nichts, Brandolf will. So, wo ist der Junge?"

„Sie können doch sowieso nichts mit ihm anfangen. Die Zeit ist noch nicht verstrichen."

„Das lassen Sie mal meine Sorge sein. Wenn Sie mir jetzt nicht sagen, wo Ihr Sohn ist, bringe ich zuerst Ihre Frau um, dann Sie."

Die Haustür flog wie von Geisterhand auf, und Allskerjargdi und sein Sohn Adfall fielen in den Raum.

„Falls sich nur einer bewegt, hat er ein Loch im Kopf."

Schlagartig war es wieder ruhig geworden, die Parteien schauten sich unschlüssig an, und die Zeit verstrich zäh, wie Sirup, als vom Wohnzimmer eine helle Stimme sich meldete.

„Amitola, wo bist du?"

Der kleine Erk Johannsen kam um die Ecke und erfasste im Bruchteil einer Sekunde die bestehende Situation im Raum. Dann sah er seinen Panther am Boden liegen, nur noch leicht mit dem Schwanz schlagend.

„Sohn, lauf!" Hörte Erk seinen Vater brüllen. Aber anstatt sich umzudrehen und wegzulaufen, ging er langsam auf den Fremden zu, schaute ihn mit weit aufgerissenen Augen an, öffnete den Mund und schrie. Aber kein Ton kam aus seinem Mund. Die rechte Hand gestreckt, und die Handfläche nach außen gewandt, sahen die Anwesenden, wie das Zeichen des Mannes und der Frau sich in der Hand vereinten und anfing zu pulsieren. So stand der kleine Junge da, dieses kleine Wesen, gerade erst am Anfang seines Lebens, und er wurde zur Verkörperung von der Macht der Weissagung und der Mythen, wie es die Alten gesehen hatten. Wie in Zeitlupe löste sich die Hand des Attentäters vom Hals seines Opfers. Dann ließ er die Pistole fallen und riss die Hände hoch, um seinen Kopf zu schützen. Blut quoll aus Augen, Nase und Mund. Allskerjargdi sprang zu Erk.

„Hör auf, Erk, du tötest ihn."

Dabei legte er die Hand über die Augen des Jungen, sofort schloss sich der Mund des Jungen. Der Fremde lag auf dem Boden und rührte sich nicht mehr. Trine kniete noch wie erstarrt da, wo der Fremde sie losgelassen hatte, und Erk Johannsen kniete neben Horatius.

„Mama, schau nur, was er gemacht hat."

Dabei zeigte er mit dem Zeigefinger auf den wie leblos daliegenden Körper des Schwarzen Panthers, aus dem langsam das Leben schwand. Trine löste sich aus ihrer Starre, nahm den Jungen in die Arme und versuchte ihn zu trösten.

„Erk, mein Liebling, es sollte wohl nicht für lange sein."

Der Kleine löst sich aus der Umarmung seiner Mutter und ging zu seinem Panther. Dabei legte er die linke Hand auf den Kopf des Tieres. Der öffnete seine Augen und schaute seinen Herren traurig an.

„Mama, er lebt noch."

Allskerjargdi kümmerte sich inzwischen um Horatius.

„Zwei Steckschüsse in den Schultern. Gott sei Dank hatte er nur ein kleines Kaliber. Adfall, hole Molke, sie soll ihre Tasche mitbringen. Erk, kannst du dich bitte um ihn kümmern, bis Molke da ist?"

„Natürlich."

Trine stand neben ihrem Sohn und merkte als Erste die Veränderung, die in dem Kleinen vorging.

„Schatz, was ist mit dir, antworte mir?"

Fragend sah sie ihren Sohn an. Wie in Trance strich der kleine Erk Johannsen über die Schulterwunden des Panthers. Immer wieder, bis er auf einmal eine Kugel auf den Boden fallen ließ. Dann legte er die andere Hand auf die zweite Schusswunde und wiederholte seine Bewegungen. Auch da hatte er auf einmal die Kugel in der Hand. Er ließ sie fallen und legte beide Hände auf die Wunden des Tieres. Amitola drehte zwischendurch den Kopf zu dem Jungen und leckte liebevoll dessen Hand. Dann wurden die leichten Bewegungen, die er auf der Wunde des Tieres ausführte, immer langsamer. Schließlich schlief er auf dem Rücken der Großkatze ein.

Trine fragte ängstlich: „Was ist jetzt mit ihm?"

Allskerjargdi, der die ganze Szene beobachtet hatte, antwortete gerührt: „Der Kleine ist ganz einfach müde. Er hat uns kurz angedeutet, was für Talente in ihm stecken und wer weiß, was er uns nicht gezeigt hat. Das hat ihm jedenfalls seine ganze Energie gekostet. Er wird jetzt lange schlafen."

„Was für Talente, Allskerjargdi? Lass dir nicht die Würmer aus der Nase ziehen."

„Erst einmal die Heilung. Er hat das Potenzial eines Heilers in sich. Was sagst du dazu, Molke?"

„In dem Alter ist das ein richtiges Phänomen, ich hätte es nicht besser machen können."
Molke hatte mittlerweile Horatius versorgt. Der stand mit nacktem Oberkörper, noch etwas wackelig, neben Erk Johannsen. Beide Einschusslöcher waren nicht mehr zu sehen.
„Und das Zweite?"
„Während der Kleine den Mund aufmachte und die Bewegung des Schreiens imitierte, konntest du deinen Kopf nicht bewegen. Dein Sohn hat dich vor dem Schrei beschützt."
„Ja und?"
„Das heißt, er hat die Anlage der Telekenetik. Nummer drei: er beherrscht den Schrei. Die Abgabe von Ultraschallwellen über das Gehirn, und wie es aussieht, kann er damit schneiden und punktuell hantieren. Ich weiß nur einen, der den Schrei beherrschen könnte, aber ob in der Form, kann ich nicht sagen."
„Wer ist es?"
„Brandolf, unser Gegner. Sonst kenne ich den Schrei nur aus den Geschichtsbüchern."
„Aber du hast zielsicher seine Augen abgedeckt."
„Bei meinen Studien über unsere Geschichte habe ich gelesen, dass der Schrei nur über Sichtkontakt wirksam ist. Also habe ich ihm die Augen zugehalten."
„Wir können uns später darüber unterhalten, lass uns erst einmal um den jungen Kämpfer kümmern", bemerkte Erk Johannsen locker. Allskerjargdi nickte nur, hielt Erk aber mit der Hand zurück.
„Vorsicht, das ist ein Arkadier, er ist speziell ausgebildet im Töten. Die können alles, was das Sterben betrifft."
Allskerjargdi ging zu dem Arkadier hin, kniete sich neben

ihn, nahm seinen Kopf in die Hände und konzentrierte sich.

Der Arkadier, der immer noch ohnmächtig dalag, reagierte nicht auf die Berührung des Annanuki und blieb regungslos liegen.

„Ich hatte recht, ein Arkadier."

„Ist er tot?"

„Nein, nicht direkt. Aber er wird auch nicht mehr der, der er einmal war."

„Wieso?"

„Euer Sohn hat ihn mit seinem Schrei so beschallt, dass sein Gehirn jetzt die Größe eines normalen Menschen hat."

„Das heißt?"

„Die Arkadier waren die Ersten, die im Zweistromland mit uns in Kontakt kamen. Auch die Fortpflanzung klappte untereinander. Dadurch, dass unsere Gehirne mehr Potenzial aufwiesen, vergrößerte sich auch das Potenzial der Arkadier. Das nutzte die Rasse aus, um sich kriegerisch zu aktivieren. Dadurch haben sie sich im Laufe der Geschichte isoliert und sind Söldner des Todes geworden."

„Und was hat er mit ihm gemacht?"

„Er hat ganz einfach den Datenstrang, oder besser gesagt, die Verbindung zu den Synapsen zum zusätzlichen Teil seines Gehirnes unterbrochen. Der Chirurg würde sagen, Skalpell artig getrennt, ohne irgendwelchen weiteren Schaden anzurichten."

„Was passiert jetzt mit ihm? Zur Verantwortung kann man ihn ja nicht ziehen, und die Polizei sollte wohl außen vor bleiben."

„Wir schicken ihn zu unserem Gegner zurück, denn wir

können nichts mehr mit ihm anfangen. Molke, hole bitte ein paar Männer, sie sollen ihn zu den Schergen Brandolfs bringen. Für uns ist er nicht mehr von Nutzen. Warum sollten wir die Polizei verständigen? Es wird nichts nachzuweisen sein."

Erk Junior hatte man mittlerweile ins Schlafzimmer gebracht, wo er tief und fest schlief. Sein Panther war auf wackeligen Beinen hinterhergeschlichen und lag jetzt am Ende des Bettes. Es war wieder Ruhe eingekehrt in diesem alten Gemäuer, das schon Jahrhunderte lang stand, allerdings eine Ruhe, die trügerisch zu sein schien. Alle hingen ihren Gedanken nach, und keiner sagte ein Wort. Die Ereignisse hatten ihre Schatten geworfen, besonders bei Trine und Erk. Lautes Knattern unterbrach die Stille, und alle schreckten fast gleichzeitig hoch.

„Der Helikopter."

„Ich hole sie ab."

Horatius wandte sich schon zum Gehen.

„Du bleibst hier, Horatius. Du und Allskerjargdi seid für meinen Sohn verantwortlich. Also passt ihr auf, bis wir hier weg sind."

Erk Johannsens Stimme ließ keinen Widerspruch zu. Allskerjargdi nickte Horatius nur zu. Erk stand auf, zog sich die Jacke an und wandte sich zur Tür. Dabei drehte er sich noch einmal um.

„Habt ihr Leute am Sportplatz platziert?"

„Ja, das ist organisiert."

„Trine, sorge bitte dafür, dass die Kleine, wenn sie ankommt, etwas zu Essen bekommt. Wie heißt sie überhaupt?"

„Kesuk, wie das Wasser und der Himmel", antwortete Allskerjargdi kurz. Er merkte, dass sich dieser Mann verwandelt hatte, er gab die Befehle und duldete dabei keinen Widerspruch. Er merkte aber auch, dass die Symbiose, die entstand, ihm sehr gut tat. Voller Vertrauen ließ er den Mann gehen.

„Es ist genug für alle da, mein Schatz. Geh und hol die Kleine. Bei dem Wetter wird sie mit Sicherheit froh sein, ein Dach über den Kopf zu bekommen."

Erk nickte allen Anwesenden noch einmal zu und verschwand in der bleiernen Dunkelheit. Das Schneetreiben hatte aufgehört, und die klare Luft belebte seine Geister. Die Schuhe hinterließen einen bleibenden Abdruck im Schnee und das Knirschen der Schritte auf dem Schnee verlor sich in der Dunkelheit, je weiter der Agent sich vom Haus entfernte.

Das Röhren der Düsen, vermischt mit dem Flappen der Rotoren, wurde stärker. Die hellen Positionslichter des Düsenhubschraubers schwebten wie zwei Augen auf den Sportplatz zu. Es war nicht weit bis zum Spielfeld, und Erk ging forsch über den Bürgersteig. Nach zwanzig Schritten gesellte sich eine junge Frau dazu, in einem langen Mantel eingehüllt. Mit einem sicheren Blick zu Erk Johannsen stellte sie sich vor.

„Ich bin Stella. Wir sollen etwas aufpassen."

Dabei huschte ein leichtes Lächeln über ihr feines Gesicht.

„Wer ist wir?"

„Drehen Sie sich mal um."

Erk drehte sich um und erkannte in einiger Entfernung zwei weitere dunkle Gestalten in langen Mänteln. Sie hielten einen gleichbleibenden Abstand.

Er brummte nur.

„Ganz schöner Aufwand."

„Er ist es auch wert."
Nach den Ereignissen der letzten Stunden, konnte er nicht sagen, ob er sich sicher fühlte. Dem Gegner war es gelungen, in das Zentrum vorzustoßen und das anscheinend ohne Mühe. Wäre alles normal vonstattengegangen, könnten sie jetzt seine Frau und Horatius begraben, wie auch den Panther. In vierundzwanzig Stunden war wohl alles gelaufen, oder auch nicht.
Mit weit ausholenden Schritten näherten sie sich immer schneller dem Sportplatz. Er konnte hören, dass die Maschine immer noch in der Luft hing. Sie kamen um die Ecke, da sahen sie den riesigen Hubschrauber, der seine Räder auf dem Erdboden aufsetzten ließ. Ein paar Zuschauer, die direkt am Platz wohnten, hatten sich eingefunden, um dem Spektakel beizuwohnen. Der von den Rotoren erzeugte Sturm hob Jacken und Mäntel so an, dass Erk sehen konnte, dass Stella bewaffnet war. Sie hielt sich, nachdem sie ein paar Metern auf dem Sportplatz gegangen waren, nach einem kurzen Blickkontakt, zurück. Während Erk Johannsen weiter auf den Hubschrauber zuging.
Die Tür ging auf und eine kleine Inuit mit schwarzen Augen sprang auf den Boden. Hinter ihr kam Lee, der auf den Kopiloten wartete, der die Treppe aufbauen sollte. Bevor der die Tür erreichte, drängte sich einer seiner Mackenzie-Wölfe an ihm vorbei, sprang die kleine Höhe herunter und stellte sich vor die kleine Inuit, während der zweite Wolf von oben sicherte. Lee gab ein kurzes Kommando, der zweite Wolf sprang auch aus der Maschine und verharrte regungslos neben dem jungen Mädchen. Mittlerweile hatte der Kopilot die Treppe

heruntergelassen, und Lee kam langsam und vorsichtig zu der Dreiergruppe.

Erk Johannsen stieg die Treppe hoch, kam zu dem Piloten, sagte ihm das Kennwort, der hob den Daumen, hantierte an seinen Instrumenten, drehte sich um, um nach seinen Passagieren zu schauen. Erk war inzwischen wieder ausgestiegen und nahm den Seesack auf, der vom Kopiloten heruntergeworfen worden war, und ging zu der Vierergruppe, die auf ihn wartete. Ohne sich umzudrehen, hob er den Daumen der rechten Hand. Im gleichen Moment beschleunigten die Rotoren, und die Maschine hob langsam ab und flog davon.

Erk ging zu dem Inuit, schaut ihm prüfend in die Augen, dann reichte er ihm die Hand.

„Ich bin Erk Johannsen."

„Ganz einfach, Lee und das ist unser kleines Goldstück Kesuk, mit ihren beiden Freunden."

„Wer solche Freunde hat, hat keine Feinde", konnte sich Erk nicht verkneifen zu sagen, dabei reichte er der Kleinen seine Hand hin. Sofort gaben die beiden Wölfe mit einem tiefen Knurren zu verstehen, dass sie das nicht wollten. Lee lachte nur mit seinem Pfannkuchen-Gesicht und hob die Hand. Sofort hörten die beiden auf. Dabei bemerkte er beiläufig: „Starke Bewachung."

Erk, der sofort zu dem kleinen Mann Vertrauen gefasst hatte, erzählte ihm mit wenigen Worten, was in der kurzen Zeit vorgefallen war.

„Ja, ja, Brandolf war noch nie einer von denen, die lange gewartet haben. Aber lass uns zu dir gehen, Erk. Das schmierige Wetter tut meinen Knochen nicht gut."

Sie drehten sich um, grüßten noch einmal zum Hubschrauber und liefen dann unter Bewachung zurück zum Haus der Johannsens. Vor der Haustür angekommen, steckte Erk den Schlüssel ins Schloss und öffnete die Tür. Die Reisenden traten ein, und Erk schloss die Tür hinter ihnen.

Allskerjargdi kam gerade um die Ecke: „Alles gut gegangen?"

„Alles ruhig im Ort."

Der Hohe Priester begrüßte die beiden Neuankömmlinge herzlich: „Hallo, Lee, wir haben uns lange nicht gesehen. Das ist also die kleine Kesuk. Lass dich anschauen, junges Fräulein."

An Lee gewandt, lobte er: „Du hast anscheinend für die Kleine gut gesorgt."

„Da brauchte ich mich nicht drum zu sorgen. Da sie etwas Besonderes ist, haben sich die Inuit-Frauen gut um sie gekümmert."

„Na, Lee, das kann ich nicht so ganz glauben. Du hast doch mit Sicherheit schon mit der Ausbildung angefangen? Sagen wir mal, Grundlagenwissen?"

„So könnte man es nennen. Ich bin aber schnell an meine Grenzen gestoßen. Sie ist sehr stark."

„Das habe ich bei Erk Johannsen auch schon bemerkt. Ich bin mal gespannt auf die beiden anderen."

Trine kam aus der Küche und blieb abrupt stehen, dabei verzog sie unwillig ihr Gesicht, als sie die beiden Wölfe sah. Sie lächelte aber gleich wieder, als sie die kleine Kesuk zwischen den beiden riesigen Tieren entdeckte.

„So, Liebes, komm mal mit mir, dann bekommst du erst einmal trockene Sachen, und dann kannst du mir in der Küche helfen."

Dabei drängte sich Trine resolut zwischen die beiden Wölfe. Sie nahm Kesuk an die Hand und ging mit ihr in

Richtung Küche. Im Weggehen streichelte sie den beiden Wölfen über die Köpfe.

„Ihr kommt mit und bekommt erst einmal etwas zu saufen und auch etwas für den Magen."

Lee, der die Szene beobachtet hatte, staunte nur.

„So ist mit den beiden noch keiner rumgesprungen. Ich weiß nun, warum mich meine Instinkte vor einer Heirat gewarnt haben."

Seine Augen sprühten dabei wie Feuer.

Erk, der neben Lee stand, pflichtete ihm schmunzelnd bei: „Sei froh, dass du nicht hier wohnst, sonst würde es dir nicht besser gehen. Außerdem geht Liebe durch den Magen."

„Herr Johannsen, das habe ich gehört. Du kannst froh sein, dass ich hier beschäftigt bin."

Erk verzog sein Gesicht zu einer Grimasse, und die Männer lachten leise, dabei gingen sie gemeinsam ins Wohnzimmer und setzten sich. Erk goss jedem einen Cognac ein und sah, dass Lee Richtung Anrichte schaute.

„Nimm dir ruhig eine, Lee, beste Havanna."

Ein leises Grunzen kam aus Lee's Mund.

„Darf ich wirklich?"

„Ja, sicher, mitnehmen können wir ja sowieso nichts. Allskerjargdi, wie soll es jetzt weitergehen?"

„Wir können jetzt nur warten. Über kurz oder lang werden die Maschinen hier eintreffen. Das kann höchstens noch ein oder zwei Stunden dauern. Ich dachte noch, dass wir im Morgengrauen uns aus Skovlund verabschieden. Denn dann sind die wenigsten Leute auf der Straße."

„Wie geht so etwas vor sich?"

„Bei derart vielen Menschen müssen wir die Abreise

draußen vornehmen. Da das Wurmloch hier einiges zerstören würde. Ich habe es so ausgewählt, dass wir von deinem Garten aus starten. Der ist nicht so einsichtig, falls doch einige Nachtschwärmer unterwegs sind. Und nicht, dass du ins Gerede kommst, Erk."
Dabei zwinkerte Allskerjargdi mit den Augen. Erk hatte zwar eine Erwiderung parat, aber durch die Rauchwolken, welche Lee ausstieß, war ihm fast die Sicht genommen. In diesem Augenblick kam Kesuk wie ein Wirbelwind um die Ecke gelaufen.

„Essen ist im Esszimmer fertig. Onkel Lee, du sollst doch nicht rauchen. Du weißt, du verträgst es nicht."
Lee, der die Zigarre in der hohlen Hand versteckt hielt, muffelte nur: „Weiber."
Der Kopf von Trine schaute um die Ecke.

„Erk, geh zu Deinem Sohn und sieh nach, ob er noch schläft."
Erk drehte sich um und schritt zum Schlafzimmer. Der Kleine lag immer noch da, wie ihn die Männer dort gebettet hatten. Der Panther dagegen stand aufrecht und schaute an Erk vorbei zur Tür. Unbemerkt hatte sich Kesuk hinter Erk ins Zimmer geschlichen. Kein Wort sagend, ging sie zu Erk junior und legte ihm die linke Hand auf die Stirn. Fast augenblicklich kam Farbe in sein Gesicht, und er schlug die Augen auf.

„Hallo, Erk, ich bin es, Kesuk."

„Hallo, Kesuk, ich habe schon lange auf dich gewartet."
Erk sein Vater stand dabei und verstand die Welt nicht mehr.

„Sag mal, ihr beiden, ihr kennt euch?"

„Wir sind uns schon oft im Traum begegnet, Papa. Die anderen kenne ich auch. Wir gehören zusammen wie ein

Körper."

„Sohn, du willst mir doch nicht andeuten, dass du jemanden kennst, den du nicht kennst?"

„Papa, glaube es mir einfach, ich kann es Dir nicht erklären, aber Allskerjargdi wird es wissen."

„Okay, wir sollen zum Essen kommen. Was ist mit dem Panther, verträgt er sich mit den Wölfen?"

Die beiden Kleinen lächelten nur.

„Wir werden es sehen, Papa."

„Erk, Du weißt, ich hasse solche Sprüche."

Damit wandte er sich um und ging zum Esszimmer voraus. Trine schaute ihren Mann verwundert an.

„Was ist los, Erk?"

„Wann warst Du das letzte Mal in Grönland, Trine?"

„Was soll die Frage? Noch nie."

„Die beiden kennen sich."

„Wie bitte? Wie das?"

„Frag Allskerjargdi, der hat auf alles eine Antwort."

Der Panther spazierte teilnahmslos an den Wölfen vorbei, und Allskerjargdi lächelte wieder einmal. Bevor er antworten konnte, drehte Trine sich um und wollte gerade etwas sagen, als Erk Junior an Lee vorbeikam und ihm die Hand freundschaftlich auf die Schulter legte.

„Hey, Lee, ich freue mich, dich endlich einmal persönlich kennenzulernen."

„Hallo, Kleiner, Du siehst genauso aus, wie in meinen Träumen."

Trine stand da und bekam den Mund nicht mehr zu und schüttelte dann nur mit dem Kopf.

„Woher kennst Du Lee, Schatz?"

„Aus meinen Träumen, Ma. Ich kenne auch alle anderen."

Allskerjargdi, der den kurzen und intensiven Wortwechsel der beiden unterschiedlichen Menschen aufmerksam verfolgt hatte, beschwichtigte Erks Mutter belustigt: „Mach dir keine Gedanken, Trine. Bei uns Annanukis gehört die Form der Träumerei zur Entwicklung dazu. Auch das Kommunizieren über das Träumen ist ein Bestandteil des Lernens. Du bist doch auch ein Annanuki, nur nicht ausgebildet. Denk mal an deine Kindheit. Hattest du nicht auch versucht, über Träume zu kommunizieren? Je mehr Partner man dafür hat, umso besser wird man trainiert. Das Gehirn ist nichts anderes als ein Muskel, und ein Muskel muss trainiert werden. Wie sagte einst ein französischer Heerführer, ich glaube Napoleon war es: Ein Gehirn ohne Inhalt, ist wie eine Burg ohne Verteidigung."

„Kann ich verstehen, aber er kannte Lee und Kesuk nicht."

„Die Krieger des Regenbogens sind wie ein Diamant, den man in

sechs Teile geteilt hat. Jeder von den sechs hat seinen Platz in dem Diamanten, und so sind dann auch die Verbindungen untereinander entstanden."

„Allskerjargdi, nicht dieses Gesäusel, das mögen wir gar nicht. Du hast uns noch lange nicht alles gesagt? Habe ich recht?"

„Euer Misstrauen ehrt mich, Du hast aber recht. Wenn ich euch alles auf einmal sagen würde, kommt ihr nur durcheinander. Auch das gehört zu eurem Lernprozess dazu. Nicht nur die Kinder werden sich in den nächsten Jahren verändern, sondern auch ihr seid davon betroffen. Es geht nicht, dass man euch da reinstößt, dafür ist alles viel zu komplex. Lasst es uns so halten, wenn ihr eine

Veränderung bemerkt, sei es in Erks Leben, oder in eurem, fragt einfach. Die nächsten Jahre werden zu ereignisreich werden, dass man das nicht an einem Abend erklären könnte. Ihr werdet eine ganz andere Technik kennen lernen. Ihr habt aber auch Zugang zu allem, was ihr wollt, oder braucht."

Erk Junior und Kesuk, die den Ausführungen Allskerjargdis interessiert gefolgt waren, stimmten ihm zu: „Ma, hab keine Angst. Ich weiß schon, wie es drüben ist. Es ist alles so, wie der Hohe Priester es gesagt hat."

„Na, da bin ich aber mal gespannt. Lasst uns erst einmal etwas essen und auf die anderen warten. Zeit zum Diskutieren finden wir immer noch."

Sofort kehrte Ruhe ein, und jeder widmete sich seinem Teller. Die beiden jungen Menschen, die sich auf Anhieb verstanden, saßen nebeneinander und tuschelten leise, während sie aßen. Dann wurden sie ruhig und konzentrierten sich auf einige Gegenstände, die auf dem Tisch standen. Sie fingen per Gedankenkraft an, sie zu verschieben. Lee, der das Treiben belustigt beobachtete, machte einfach mit. Bis es Erk zuviel wurde.

„Mit Essen spielt man nicht."

Allskerjargdi schaute ihn an, und Erk schaute ihm entschuldigend in die Augen: „So geht das seit seiner Geburt, immer und immer wieder. Mal schwebt mal hier was, dann schwebt da was. Es ist besonders interessant, wenn man Gäste hat."

„Ich nenne so etwas unkontrolliertes Training. Das wird sich ändern, wenn wir in der neuen Welt sind."

Dabei versuchte er die beiden Kinder ernst anzuschauen. Trine, die seit dem Gespräch mit Allskerjargdi, in sich gekehrt aß, hatte das Treiben belustigt verfolgt.

„So, wir sind alle fertig mit dem Essen. Die Kinder trollen sich mit ihrem vierbeinigen Spielzeug ins Kinderzimmer. Die Männer können mir beim Abtragen helfen."

Kaum angefangen, den Tisch abzudecken, klingelte das Telefon. Erk nahm den mobilen Hörer in die Hand und hörte aufmerksam zu.

„Vorzimmer General Dexter, spreche ich mit Herrn Johannsen?"

„Am Hörer."

„Ich verbinde."

Nach einem leisen Knacken meldete sich die dunkle Stimme von General Dexter.

„Hallo, Erk. Das ist eine sichere Leitung. Deine restliche Ware kommt mit einem Hubschrauber. Der andere war defekt. So ist der erste noch einmal zurück und hat deine Aborigines aufgenommen. Sie sind schon unterwegs, müssten in dreißig Minuten bei euch sein."

„Danke, Karl. Sonst noch etwas?"

„Wir sollten doch versuchen, etwas Wichtiges über Brandolf herauszubekommen."

„Ja und?"

„Das ist äußerst schwer, bis jetzt kommen die Informationen nur tröpfchenweise an. Außer, dass er einige internationale Zeitungen sein Eigen nennt. Darunter auch ein wichtiges Blatt über die Börse und für die Börse. Außerdem hat er einige Fonds aufgelegt, und einige Broker laufen für ihn. Er ist ein großer Meinungsmacher, hält sich dabei aber immer dezent Hintergrund, und er scheut die Öffentlichkeit, wie die Motte das Licht."

„Okay, Karl, Du versuchst dann noch etwas über seine

Herkunft herauszubekommen. Setz die Besten daran und seid auf alles gefasst. Der Kerl könnte älter sein, wie wir denken. Leg eine Akte an, mit höchster Geheimhaltung, und Karl, er darf keinen Wind davon bekommen."

„In was bist Du da geraten, Erk?"

„Wenn ich das wüsste, wäre ich froh, wenn Du es wüsstest, müsstest du mich erschießen. Ich kann Dir nur so viel sagen, schau bei den Möglichkeiten in die Zukunft. Wir werden uns einige Zeit nicht sehen, Karl."

„Bye."

Zu den anderen gewandt, erklärte Erk: „Er ist absolut vertrauenswürdig; und wenn nur einer etwas über Brandolf herausbekommen kann, dann ist es Karl."

Mittlerweile war der Tisch abgeräumt, und die Männer und Trine begaben sich in das Wohnzimmer. Die beiden Kinder Kesuk und Erk kamen um die Ecke. Erk sah seinen Sohn auffordernd an.

„Pa, sie kommen, können wir mit?"

„Nein, ihr bleibt hier, bei Allskerjargdi, Lee und Horatius. Ich mach das wieder."

„Pa."

„Was ist, Erk?"

„Brandolf ist eingetroffen, mit sechs seiner Leute wartet er auf uns."

„Woher weißt Du das?"

„Papa, ich weiß es nicht. Ich spüre es einfach."

Allskerjargdi bückte sich zu dem Kleinen, legte seine Hände an die Oberarme des Jungen.

„Hab keine Angst, Erk. Zeig mir einfach, was Du siehst."

Kesuk, die bei Erk stand, drängte sich zwischen die beiden.

„Lass mich das machen, Hoher Priester, Erk ist durcheinander, er könnte dich verletzen."
Allskerjargdi schaute die kleine Inuit erstaunt an.
„Ist er so stark?"
„Noch stärker, er kann alles noch nicht ordnen."
Dabei nahm sie die Hände des Mannes und löste sie von den Armen des Jungen, legte die linke Hand auf die Stirn des Freundes und die rechte Hand auf die Stirn Allskerjargdis. Alle drei schlossen die Augen. Es dauerte nicht lange, und Kesuk löste beide Hände von deren Stirn. Lee, der die Prozedur wohl kannte, fragte ungeduldig: „Was ist nun, ist der Dreckskerl da?"
„Ja, und er hat gelernt, schnell und viel gelernt. Ich glaube nicht, dass er eine Auseinandersetzung will, er will uns nur testen."
Trine stand ängstlich bei ihrem Sohn.
„Was bedeutet das für uns, Allskerjargdi?"
„Das kann ich noch nicht sagen, Trine. Wir müssen abwarten. Auf jeden Fall ist das Wurmloch für sechs Uhr gemeldet. Früher bekommen wir das nicht hin. Jetzt haben wir zweiundzwanzig Uhr, circa um dreiundzwanzig Uhr treffen die anderen ein. Dann haben wir noch sieben Stunden."
Erk stand die ganze Zeit besonnen da, die Hand von Kesuk haltend. Trine, die ihre Hände auf der Schulter des Jungen hatte, wirkte auch seltsam konzentriert. Horatius begriff die Situation zuerst.
„Los, fasst euch alle gemeinsam an, der Junge hat Kontakt. Er braucht Verstärker, und das geht nur über uns."
Nach einer Weile löste sich der Junge und schaute Allskerjargdi auffordernd an. Trine stand immer noch da,

wie vom Donner gerührt und wagte sich nicht zu bewegen.

„Ich habe fast alles gesehen, teilweise auch nur bruchstückhaft. Es lief ab wie im Film. Wie ist so etwas möglich?"

Allskerjargdi drehte sich zu ihr, sprach aber alle an: „Habt ihr das mitbekommen?"

Alle nickten.

„Erk, kannst Du uns etwas dazu sagen?"

„Ich habe versucht, in seine Gedanken zu kommen, aber er hat es gemerkt und blockiert."

„Was ist mit seinen Handlangern?"

„Sie sind noch lange nicht soweit und noch voll in der Ausbildung. Die Einzige, die gemerkt hat, dass ich in ihrem Kopf war, ist Wu Cheng. Sie hat gleich versucht zu blockieren."

„Wie schätzt du ihre Stärke ein?"

„Nach Brandolf ist sie wohl die Stärkste, und es sind alles seine Kinder, er ist nicht ihr Großvater."

Erk und Trine merkten, dass Allskerjargdi und die anderen ihren Sohn nicht als Kind behandelten, sondern als gleichberechtigten Partner.

„Was hast Du noch gesehen, was wir nicht gesehen haben?"

„Da war etwas hinter Brandolf, dunkel, stark und sehr furchterregend. Ich konnte es nicht identifizieren. Es war, als würde es über uns einstürzen, und trotzdem kam es nicht durch. Es war, als wären da noch Schranken, die es zurückhalten."

„Wissen die anderen davon?"

„Nein, bei Flagari sah ich nur die Armee, die Brandolf versucht aufzustellen. Da sind Kämpfer dabei, die nicht viel schwächer sind als die sechs."

„Hast du gesehen, wo?"

„Ich konnte nur Wasser und Stahl erkennen, wo es ist, weiß ich nicht."

„Ist gut, Kleiner, ihr müsst jetzt ausruhen. Lee, geh mit ihnen ins Schlafzimmer."

„Okay."

Erk Senior schnappte sich das Telefon und wählte eine Nummer. Es dauerte eine ganze Weile, bis sich am anderen
Ende jemand meldete.

„Dexter."

„Hey, Karl, ich bin es, Erk Johannsen."

„Alter Freund, ich bin gerade ins Bett gegangen. Aber was hast du auf dem Herzen?"

„Ganz kurz nur. Checkt nach, ob Brandolf Öl oder andere Plattformen besitzt, und was er mit denen macht. Sehr wahrscheinlich ist irgendwo auf der Welt ein Ausbildungslager auf hoher See."

„Wofür?"

„5. Kolonne?"

„Scheiße, ich kümmere mich darum, bye."

Erk legte auf, ohne zu antworten.

„Allskerjargdi, sag bitte, was meinte mein Sohn mit dunkel und furchterregend?"

„Ja, Erk, kann ich dir theoretisch nicht beantworten. Aber wir haben Vermutungen. In Annanukikreisen munkelt man, dass Brandolf Versuche anstellt, dunkle Materie und dunkle Energie zu beherrschen."

„Dunkle Materie, dunkle Energie?"

„Die normale bargonische Materie, aus der alle Sterne, Menschen und Planeten bestehen, machen etwa 5% der im gesamten Universum vorhandenen Materie aus. Die restlichen 95% sind dunkle Materie und dunkle Energie. Gelingt es ihm, die Form der Energie zu beherrschen und auf den Energiehaushalt des Universums zurückzugreifen, ist er praktisch unbesiegbar."

„Der Bursche hat wohl tatsächlich einige Eisen im Feuer. Jetzt zahlt es sich für ihn aus, dass ihr über die Jahrtausende kein Konkurrenzdenken entwickelt habt."

Lee, Kesuk und Erk kamen um die Ecke gerannt.

„Ich habe euch doch gesagt, ihr sollt euch ausruhen."

„Papa, hör, der Hubschrauber kommt. Er wird aber von Brandolf gezwungen, außerhalb der Ortschaft zu landen."

Alle hörten gespannt hin. Das leise Wummern der Rotoren erfüllte den Raum. Wie selbstverständlich übernahm Erk das Kommando.

„Lee, du und Horatius bleibt bei den Kindern. Trine du auch. Allskerjargdi, du sagst deinen Leuten, sie sollen das Haus von außen sichern."

Während er seine Kommandos gab, holte er aus der untersten Schublade der Anrichte eine Pistole heraus. Lee, der Erk beobachtete, trat neben ihn und nahm ihm die Waffe aus der Hand. Er entlud sie, zog das Verschlussstück durch und ließ den Daumen über den Abzug gleiten.

Die Waffe reagierte sofort. Er gab sie Erk zurück und nickte anerkennend.

„Keine Waffe für Anfänger, giftig wie eine Kobra. Ich hätte ihnen sonst mit Vergnügen meine zur Verfügung gestellt."

Dabei langte er in seine Schulterholster und beförderte eine 44 er Magnum ans Tageslicht. Er handhabte die schwere Waffe mit einer Leichtigkeit, die nur Profis zu

Eigen war und schaute Erk auffordernd an, sie zu nehmen.

„Danke, nein."

Dabei langte Erk ein zweites Mal in die Schublade und beförderte ein Stabmagazin nach oben.

„Sonderanfertigung, 18 Schuss in einem Magazin, plus eine Patrone im Lauf."

„Profi?"

Erk nickte nur, und Lee ließ ein beifälliges Grunzen hören.

„Vielleicht ist es nur ein Trick, um uns von dem Haus abzulenken. Trine, du weißt, wo deine Waffe liegt. Wie viele Leute hast du denn noch draußen, Allskerjargdi?"

„Fünfzehn Männer und Frauen."

„Alle mit Kampferfahrung?"

„Sie können kämpfen, nicht so gut mit Waffen, dafür aber mit ihren Talenten."

„Sie sollen einen losen Ring um Brandolfs Lager bilden und sich nur auf das Lager konzentrieren. Du und ich, wir führen das Gespräch mit ihm. Trine, du hast die Telefonnummer, wenn wir draußen sind, brauchen wir sieben Minuten, bis wir den Dorfrand erreichen. Kennwort immer noch Morgengrauen."

Allskerjargdi, der aufmerksam zugehört hatte, hob verwundert die Augenbrauen.

„Was weißt du, was ich nicht weiß?"

„Ich habe ein kleines Abkommen mit Dexter, sobald wir die Tür verlassen, werden wir von Awacs-Flugzeugen überwacht."

„Das heißt?"

„Wir haben Luftunterstützung. Ich habe gehofft, dass so etwas passiert, das, was Brandolf gemacht hat. So etwas nennt man Highjacking von Militärmaschinen. Das löst automatisch Code Red aus. Er kann so stark sein, wie er will, er hat einen großen Fehler begangen und stellt damit die NATO auf unsere Seite. Wir können damit alle Ressourcen abgreifen und gewinnen Zeit."

„Was hast du da?"

„Es ist ein kleiner Sender, damit hat die Awacs-Maschine die Möglichkeit, auf uns aufzuschalten. Dann wollen wir es
Mal beginnen."

Erk Johannsen gab seiner Frau noch einen Kuss, grüßte die anderen mit einem kurzen Kopfnicken und verschwand mit seinem Partner Allskerjargdi durch die Haustür. Kaum dass die beiden aus dem Haus waren, wählte Trine eine ihr bekannte Nummer. Auf der anderen Seite wurde der Hörer abgenommen.

„Ja, bitte."

„Morgengrauen."

„Danke, wird erledigt."

Ohne ein weiteres Wort, legten beide Teilnehmer auf, und Trine ging vergnügt wieder in die Küche. Ihr Mann war in seinem Element, zu organisieren und zu führen. So etwas machte ihm Spaß.

Die beiden Männer wandten sich nach links, gingen am Sportplatz vorbei. Das Getöse der Düsen und der Rotoren wies ihnen den Weg. Wie auch beim ersten Mal, hielten die Wachen hinter ihnen Abstand.

Der Platz war hell erleuchtet, und Allskerjargdi und Erk stellten fest, dass der Hubschrauber gerade gelandet war. Das Heulen der Motoren ließ nach, und der kalte Wind blies ihnen nicht mehr ins Gesicht. Die harten Augen der beiden Männer fixierten einen großen Mann, der von seinen Leuten umringt war. Allskerjargdi schnaufte leise, ohne den Kopf zu drehen.

„Der Riese in der Mitte ist unser Mann."

„Habe ich mir fast gedacht. Keine Emotionen, mein Freund. Das muss sich zu einem Geschäft entwickeln, nicht zu einem Kampf."

„Ich überlasse dir die Verhandlung, er kennt dich nicht."

„Was mich interessiert. Seid ihr verwandt?"

Allskerjargdi antwortete nicht auf die ihm gestellte Frage. Erk dachte sich seinen Teil dabei. Brandolf sah die beiden schon lange kommen und hatte seine Leute so positioniert, dass Ugyen mit dem Abt Tang und den alten Aborigine mit Ugari nicht aussteigen konnten.

Der alte Aborigine stand im Hubschrauber auf einem Bein und hielt den Stab in der Hand. Seine wachen Augen schauten belustigt in die Runde. Er stand, als würde er nur auf ein Zeichen warten. Erk und Allskerjargdi blieben zehn Schritte vor der Meute stehen. Brandolf drehte sich erstaunt um.

„Allskerjargdi, alter Haudegen, dich hier zu sehen, überrascht mich aber."

Dabei spielte ein maliziöses Lächeln um seine Lippen.

„Ich habe eigentlich alles, was ich haben wollte, ihr könnt also gehen."

Nach diesen Worten lachte er schallend. Erk und sein Partner hatten bis dahin nichts gesagt. Aber Erk merkte, wie sein Partner schäumte.

„Ach, Allskerjargdi, stell mir doch bitte deinen Partner vor."

Allskerjargdi setzte gerade an, als Erk ihn leicht anstieß, ohne ihn anzusehen.

„Sie sind also der berühmte Brandolf? Wissen Sie, was Brandolf überhaupt heißt, Mister?"
Dabei kam das Wort „Mister" mit einer Geringschätzigkeit über die Lippen des Agenten, das den Kopf des Riesen leicht in die Neige brachte, als müsste er dem Wort nachlauschen. Erk Johannsen ließ den Mann nicht zu Wort kommen und gab auf die von ihm gestellte Frage, auch gleich eine Antwort.
„Es kommt aus der altgermanischen Sprache. Nettes Völkchen. Brandschatzer oder Brandstifter, natürlich frei übersetzt. Genauso wie Sie heißen, benehmen Sie sich auch Mr. Brandolf. Ich darf mich vorstellen, Johannsen, Erk Johannsen."
Jetzt wurde seine Stimme schneidend: „Wenn Sie meinem Sohn noch einmal zu nahekommen, sind Sie ein toter Mann."
„Ho, ho, ho. Welch große Worte sie wählen. Hat Ihnen Allskerjargdi nicht gesagt, zu was wir imstande sind, junger Mann?"
„Oh doch, ich bin informiert."
„Dann darf ich Ihnen mitteilen, dass in den letzten sechshundert Jahren viele Männer und Frauen versucht haben, mich aus dem Weg zu räumen."
„Sie haben sich des Highjacking strafbar gemacht, außerdem der Entführung von Kindern und Erwachsenen."
„Wie wollen Sie mir das nachweisen, Herr Johannsen? Wenn wir hier mit ihnen fertig sind, werden keine Spuren mehr von Ihnen und Ihren Leuten zu finden sein. Nicht das geringste."
„Wie wollen Sie das denn anstellen?"
„Sie wissen doch bestimmt, dass die Wissenschaft der

Noetik und Quantenphysik so jungfräulich ist, dass man noch gar nicht weiß, was man damit anfangen kann. Es werden keine Spuren übrigbleiben. Also wird auch nichts zu beweisen sein."

„Wer sagt denn, dass wir nichts beweisen können? Aber nichts destotrotz, Sie lassen jetzt die Piloten starten, und Ihre vier Gefangenen geben Sie in meine Obhut, dann dürfen Sie gehen."

„Nur rein interessehalber, wie wollen Sie mich denn dazu zwingen?"

„Sagen Sie den Piloten, sie sollen die Maschinen ganz abstellen."

Kaum ausgesprochen, erstarben die Aggregate. Im selben Moment flogen von West nach Ost und von Nord nach Süd, jeweils eine A 10 im Tiefst-Flug über die Gruppe. Alle duckten sich, außer Erk Johannsen, wegen des infernalischen Geräuschs, was die Maschinen von sich gaben.

„Kennen Sie diese Maschinen, Herr Brandolf?"

„Nein. Aber meinen Sie, Sie könnten mich damit erschrecken?"

„Zum Ersten: Es ist das berühmte Stachelschwein. Die A 10 mit einem guten Piloten schießt einer Fliege die Scheiße vom Arsch. Zum Zweiten: Ich kann sie damit erschrecken. Licht an."

Sofort erschienen auf jedem Körper der Gegner kleine rote Punkte.

„Wissen Sie, Herr Brandolf, diese kleinen roten Punkte bedeuten zwei Sachen. Sie sind im Visier von Scharfschützen, und frequenzmäßig sind Sie gemarkert worden. Misslingt das eine, sticht die andere Karte. Sie haben doch schon einmal Kriegsfilme gesehen. Die Leute

werden andauernd damit umgebracht. Dafür hat man dann Spezialmunition, die auf die gemarkerte Stellen fliegt. Recht große Kaliber. Das Interessante ist, die Munition braucht noch nicht einmal zu treffen. In zehn Zentimeter Abstand ein Vorbeiflug, und sie zerreißt Ihre Aura. Sie haben doch mit
Sicherheit eine große Aura, nach den von ihnen angegebenen circa sechshundert Lebensjahren."
Die Anwesenden merkten, dass Brandolf verunsichert war. Der Blick von Erk Johannsen war starr auf seine Augen gerichtet, als er das Kommando gab.

„Licht aus. Ach, noch eins. Versuchen Sie nicht, uns mit Ihren übernatürlichen Fähigkeiten zu beeindrucken. Unsere Unterhaltung wird auch überwacht. Sie glauben gar nicht, was Satelliten heute im Überwachungsmodus alles können."

Ohne eine weitere Antwort abzuwarten, schritt Erk zu dem Hubschrauber, drückte die Mauer der Gegner auf die Seite und enterte in die Maschine. Dann deutete Erk mit dem Zeigefinger auf den Piloten und bemerkte, als er Brandolf anschaute, zwei hasserfüllte Augen, die auf ihm ruhten. Allskerjargdi stand teilnahmslos, immer noch an derselben Stelle.

Nachdem Erk bemerkt hatte, dass wieder Leben in die Piloten kam, ging er über den Laderaum in die Hubschrauberkanzel. Die Passagiere waren ausgestiegen und standen unsicher neben der Laderampe. Einzig der Aborigines zeigte immer noch sein selbstsicheres Grinsen.

„Morgengrauen."

„Was ist mit uns passiert, Sir?"

„Denkt nicht darüber nach, Leute. Ich bin Vertreter der NATO. Wir haben die Situation hier im Griff. Ihr startet eure Maschine und haut wieder ab zu eurem Standort. Okay?"

„Okay, Sir. Mit wem haben wir es hier zu tun gehabt?"

„Wenden Sie sich an General Dexter, der ist über alles aufgeklärt und wird die Fragen ihrer Vorgesetzten beantworten."

„Danke, Sir."

Erk stieg aus dem Hubschrauber aus und nahm die vier Fluggäste mit aus dem Rotorbereich und übergab sie Stella, die sich sofort um sie kümmerte.

„Bring sie aus dem Sichtbereich, wir sind hier gleich fertig."

Stella nickte nur. Brandolf der sich inzwischen wieder etwas gefangen hatte, stand wieder entschlossen da. Erk stellte sich neben Allskerjargdi, und alle warteten, bis die Passagiere weg waren.

„So, Brandolf, Sie bleiben hier unter unserer Bewachung, bis Sie abreisen."

„Das glaube ich nicht, Herr Johannsen. Ich muss schon zugeben, die Art und Weise, wie Sie mit uns verfahren sind, hat mich überrascht. Hätten Sie nicht Interesse, bei mir einzusteigen?"

„Da habe ich schon andere Angebote bekommen. So hoch kann der Preis gar nicht sein. So und jetzt verschwinden Sie."

Obwohl immer mehr Menschen durch den Krach der Maschinen herbeigelockt wurden, machte Brandolf keine Anstalten zu gehen.

So lud sich die Situation wieder auf, und Erk überlegte fieberhaft seine nächsten Schritte. Im Hintergrund hörte er das leise Brummen der A 10, die auf Warteposition flogen.

„Na, woran liegt es, Herr Brandolf?"
„Ich warte noch auf jemanden."
„Interessant für mich?"
„Ich denke schon."
„Na, und wer soll es sein?"
„Ihr Sohn."
Allskerjargdi, der die ganze Zeit dastand, flüsterte Erk zu, dem es heiß und kalt über den Rücken lief: „Irgendetwas ist zu Hause los. Warte und werde jetzt nicht nervös."
Bevor Erk reagieren konnte, hörten alle eine Frauenstimme aus der Dunkelheit.

„Sie suchen meinen Sohn und wollen ihn haben, Herr Brandolf? Hier ist er."
Dabei trat Trine Johannsen aus der Dunkelheit. Neben sich hatte sie ihren Sohn Erk.

„Stell dich neben Papa, Erk."
Mit diesen Worten ging sie auf Brandolf zu. Trine war selbst schon eine große Frau, aber gegen Brandolf wirkte sie dennoch klein. Trotzdem stellte sie sich einen halben Meter vor den großen Mann hin und deutete mit dem Zeigefinger auf seine Brust.

„Das ist bereits das zweite Mal, dass Sie meinen Sohn und uns gefährdet haben."
Ohne die Stimme zu heben, schaute sie Brandolf von unten herauf in die Augen. Trotz seiner Ausstrahlung zeigte Trine in keiner Weise Respekt vor dem Hünen. Es ging sogar soweit, dass Brandolf von der wilden Ausstrahlung dieser Frau gefangen wurde, und er sie innerlich ruhig aber fasziniert ansah.

„Passiert so etwas noch einmal, werden wir alle unsere Register ziehen, um Ihnen das Leben schwer zu machen. Und um auch die Nachwelt vor Ihnen zu befreien. Ich könnte mir vorstellen, Sie und Ihre Schergen in verschiedenen Zeitschriften zu enttarnen. Das würde Ihrem guten Ruf sicher nicht gut bekommen. Sehr wahrscheinlich reagiert die Börse auch darauf. Da Sie auch Herausgeber eines Börsenblattes sind, könnte man Sie der Manipulation anklagen. Sie wissen ja, wie die Presse auf Gerüchte reagiert und so etwas ist immer sehr unangenehm."

Brandolf verzog keine Miene. Trine drehte auf dem Absatz um, blieb kurz stehen, drehte den Kopf leicht zur Seite und sagte: „Ihre Bastarde dürfen Sie noch einmal mitnehmen. Lee, Horatius."

Dieser kurze Befehl langte. Lee und Horatius kamen aus der Dunkelheit und führten drei Gestalten mit verbundenen Augen vor sich her. Die Hände mit Kabelbindern auf dem Rücken gesichert, bekamen sie von den Männern einen kleinen Schubs und landeten vor Brandolf im Gras. Die Augen des Tycoons glühten. Bevor er etwas sagen konnte, hörten alle das Fauchen Amitolas und das Knurren der beiden Wölfe hinter dem Riesen und seinen Leuten. Geschickt platziert, kam der Panther aus der Dunkelheit, während die beiden Wölfe in der Nacht blieben. Brandolf drehte sich um und sah dem Panther direkt in die Augen. Dieser stand geduckt da, und sein Schwanz schlug wie eine Peitsche. Unwillkürlich ging Brandolf zwei Schritte zurück und stolperte über die drei auf dem Boden liegenden Gestalten.

Wenn die Situation nicht so ernst gewesen wäre, hätte man lachen können, wie der große Mann der Länge nach hinten kippte. Aber mit seiner ihm eigenen katzenhaften Gewandtheit, konnte er den Sturz verhindern und fing sich mit den Händen ab. Er blickte hoch und sah in die acht vergnügten Augen von Kindern, die sich mittlerweile zusammengefunden hatten. Alle vier standen wie ein Bollwerk vor Allskerjargdi und Erk. Blanke Wut sprühte aus den Augen Brandolfs.

„Ich habe euch alle unterschätzt, das wird mir kein zweites Mal passieren."

Trine unterbrach ihn: „Denken Sie lieber daran, was ich Ihnen gesagt habe, Meister."

Dabei hob sie den Zeigefinger und schwenkte ihn wie eine Lehrerin warnend.

„Auch wir werden uns noch einmal treffen, dann liegen die Karten anders, Lady."

Trine zuckte nur mit den Schultern. Sie drehte sich um und ging. Neben den Kindern blieb sie stehen.

„Ihr kommt alle mit, ein paar Stunden Schlaf braucht ihr noch."

Aus der Dunkelheit trabten die Wölfe an Brandolf vorbei, nicht ohne ihm noch einmal ihren mächtigen Fang zu zeigen. Als die großen Tiere vorbei waren, drehte Brandolf sich um und gab das Zeichen zum Aufbruch.

Der Wissenschaftler Naskur hatte sich die ganze Zeit im Hintergrund gehalten. Brandolf kam bei ihm vorbei, wechselte einige Worte mit ihm. Naskur nickte nur, während Brandolf in der Dunkelheit verschwand. Allskerjargdi und Erk beobachteten den Gegner noch eine Weile, bevor der Hohe Priester den Archäologen anschaute.

„Woher hast du so schnell die vielen Einzelkämpfer herbekommen?"

Erk konnte ein Lachen nicht unterdrücken.

„Einzelkämpfer? Ich habe gute Nachbarn, die haben mal ausgeholfen."

„Ich verstehe nicht."

„Wir haben hier so eine kleine Abmachung hier in diesem Ort. Dem anderen in schwierigen Situationen zu helfen. Als feststand, dass Brandolf da war, habe ich einen Nachbarn informiert und mit Laser-Pointern ausgerüstet."

Erk gab ein Zeichen, und acht Männer mit kleinen Stäben in der Hand kamen aus der Dunkelheit auf die beiden zu. Erk bedankte sich und stellte Allskerjargdi als guten Freund vor. Er versprach den Männern, sie irgendwann mal einzuladen und die Ereignisse des Abends zu erklären. Die Nachbarn nickten nur kurz, gaben den beiden die Hand und verschwanden wieder.

„Jetzt erkläre mir mal, woher hat man so viele Laser-Pointer und wieso warst du dir sicher, dass Brandolf den Bluff nicht auffliegen lässt?"

„Ganz einfach. Ich bin Uni-Professor, und die Firmen werfen mich tot mit den Dingern. Aus unseren Gesprächen habe ich herausgehört, dass ihr nur auf Sicht mit euren Talenten spielen könnt."

„Bist Du dir da sicher?"

Erk stutzte.

„Das glaube ich nicht."

„Dann pass mal auf."

Kurz darauf zuckte Erk Johannsen zusammen, als er die Stimme seines Sohnes in seinem Kopf hörte.

„Na, hat er Dich erreicht?"

„Das weißt Du doch besser als ich."

„Du weißt, dass der Bluff der Beste ist, von dem man nicht weiß, dass es ein Bluff ist."

Erk grummelte etwas vor sich hin, und beide stapften zurück zum Haus der Johannsens. Die Tür öffnete sich, und Erk nahm seine Frau in seine Arme.

„Was war das denn eben?"

„Ihr wart schon eine Weile weg, da wollten die Tiere auch mal raus. Kurze Zeit später hörten wir lautes Jaulen von den Wölfen. Wir raus, Licht an. Da lagen die drei Gestalten auf dem Boden, und die Wölfe und der Panther auf ihnen."

„Das war für die Burschen wohl eine nette Überraschung."

„Karl hat angerufen, er hat gesagt, dass der Marker auf Brandolfs Jacke auf einmal verschwunden war. Er aber selbst kurze Zeit später in Schottland von den Abhörern geortet wurde. Etwas schnell, findest du nicht?"

Allskerjargdi, der alles mit angehört hatte: „Telepathischer Sprung. Einigen wenigen von uns ist er vergönnt."

„Du willst doch nicht sagen, dass Du so reist?"

„Ich reise nur so auf der Erde."

„Unser Sohn, kann er das auch?"

„Ich nehme an. Wir müssen ihn in der Neuen Welt erst prüfen."

„Wie lange haben wir noch?"

„Circa vier Stunden. Die Kinder werden wir wohl nicht mehr zum Schlafen kriegen. Die haben sich jede Menge zu erzählen."

„Die werden einer nach dem anderen gleich in den Schlaf segeln."

„Dann werde ich noch einmal die Wachen kontrollieren."

„Ich komme mit Dir, so können wir uns noch etwas unterhalten. Trine, ich bin noch einmal draußen. Wir laufen kurz die Wachen ab. Leg Dich noch ein paar Minuten aufs Ohr."

„Okay, Schatz."

Die Tür schloss sich hinter den beiden, und sie gingen eine Weile, ohne ein Wort zu sagen, durch die kalte Winterluft.

„Sag mal, alter Freund. Wie geht das mit der Reise in die Neue Welt?"

„Wolltest du jetzt eine detaillierte Ausführung hören oder die für
Anfänger?"
Dabei stahl sich ein breites Grinsen über das Gesicht Allskerjargdis.

„Die für Anfänger."

„Was sagt Dir die Einstein-Rosen-Brücke?"

„Nicht viel. Ich habe mal etwas über die Kruskal-Lösung gehört, aber Genaues weiß ich nicht."

„Einstein hatte mit seiner Theorie recht. Weiße Löcher und schwarze Löcher bilden eine Symbiose. Sie unterliegen nur den Gezeitenkräften, aber die sind immens. Durch diese sogenannten Wurmlöcher kann man reisen, man muss nur die Kräfte bündeln und dann, wenn der richtige Moment gekommen ist, an der Polarisierung drehen. Hat man das geschafft, ist es wie ein Aufzug. Man muss natürlich starke magnetische Kräfte haben, die man aus dem Wurmloch selbst bezieht."

So gingen sie weiter durch die dunkle Nacht. Der Wind hatte auf Ost gedreht, und sie genossen die trockene kalte Luft.

Die neue Welt

Keine Wolke verdeckte den azurblauen Himmel, der sich in Nichts von dem in der neuen Welt unterschied. Nur die hoch in den Lüften, in dieser neuen Welt fliegenden riesigen Flugsaurier zogen ihre Bahnen und hielten Ausschau nach Fressbarem, dass es in der von Annanuki dünn besiedelten Welt im Überfluss gab. In den grünen Tiefen, an dem schmalen Streifen zum werdenden Atlantik hin, leuchtete das Grün des Urwaldes nach oben. Ab und zu kamen fremdartige Geräusche an der Felswand hochgeschnellt, die von den dahintreibenden Wolken, die der immergrüne Urwald spendete, geschluckt wurden, um sich dann im Leeren des Universums zu verlieren.
Erk saß mit Trine auf dem Balkon ihres Apartments. Direkt am Rande der Steilwand, und sie genossen den heraufziehenden Abend. Der Balkon war so gelegen, dass die Bewohner zu jeder Jahreszeit die Sonne spürten und den sich darbietenden Sonnenuntergang genießen konnten. Trine beobachtete schon eine ganze Zeit lang ihren Mann. Sie hatte nicht das Gefühl, dass er in den letzten Jahren gealtert war. Trotzdem kam er ihr am heutigen Tag fremd vor. Im Gegensatz zu den anderen Tagen wirkte er nachdenklich und in sich verschlossen.

„Was hast du, Liebling?"
Dabei schaute sie ihn aufmerksam an. Erk Johannsen druckste herum und gab sich dann einen Ruck.

„Was meinst du? Wir sind jetzt sechs Jahre hier. Hätten wir nicht mal einen Urlaub auf Mutter Erde verdient?"

„Wann reisen wir ab?"
Erk schaute seine Frau erstaunt an.

„Hattest du denselben Gedanken?"

„Ja, schon lange. Ich möchte mal wieder in einem Café in Kopenhagen sitzen oder in Hamburg shoppen gehen. Wir haben hier zwar alles, aber mir fehlen Nachrichten, andere Menschen, unsere Freunde und Nachbarn und vieles mehr. Ich möchte auch sehen, wie es um unser Haus steht."
Erk nahm seine Frau zärtlich in den Arm, küsste sie und beide betrachteten versonnen den Horizont, wo die Sonne in einem glutroten Ball unterging.
„Hast du mit Allskerjargdi darüber gesprochen?"
„Ich hatte es angedeutet und nach dem Ausbildungsplan der jungen Leute gefragt."
„Und?"
„Unser Freund gab mir zu verstehen, dass die Bereitwilligkeit des Lernens in den letzten sechs Jahren so groß war, dass sie zwei Jahre voraus sind und ihre Prüfung machen könnten."
„Wann wäre es dann soweit?"
„In ungefähr sechs Monaten. Wir könnten früher los, um für die Kinder alles zu organisieren."
„Aha, mein Mann organisiert schon wieder. Was hast du mir verschwiegen?"
Die Frage kam wie eine Pistolenkugel auf Erk zu. Aber er kannte seine Frau und ihren scharfen Verstand, sie konnte ihn damit nicht überraschen.
„Ich habe Allskerjargdi gesagt, wenn sie als Krieger für die Erde und die Gesellschaft kämpfen sollen, müssen sie dieses Objekt auch kennen lernen, und wo geht es besser als auf einer Schule oder Universität."
„Klingt vernünftig. Schon mit dem Junior darüber gesprochen?"
„Wann hast du ihn das letzte Mal gesehen?"

„Vor zwei Tagen. Wo ist er jetzt?"

„Auf der Jagd mit Lee und dem alten Aborigine. Ich habe es noch nicht geschafft, mit ihm darüber zu sprechen. Aber, sobald ich ihn sehe, nehme ich das in Angriff."

„Was sagen die anderen?"

„Die Mutter von Kuntur will hierbleiben. Es ist ihr noch nie so gut gegangen wie hier. Lee hat darüber nachgedacht, mit dem alten Mann in Australien zu jagen."

„Freyas Mutter, Eina?"

„Sie hat Heimweh nach Island."

Es wurde langsam frisch, und Erk und Trine hatten sich wieder in ihr Apartment zurückgezogen. So bekamen sie gleich mit, dass ihr Sohn mit Lee und dem alten Aborigines vor der Tür stand.

„Tür auf!" kam das Kommando von Erk Johannsen. Sofort schwang die Tür auf, und ein junger Mann kam hereingestürmt. An beiden Händen hingen tote Enten, die mit dünnen Lederriemen befestigt waren.

„Schau, Mama."

Dabei hielt er voller Stolz die Enten hoch.

„Kannst du für uns alle einen schönen Entenbraten machen?"

„Komm erst mal rein, Junge. Lee, Alter Mann."

Die beiden nickten den Männern zu. Lee hatte die Hände auf die Schultern des Jungen gelegt.

„Ein Talent, was die Jagd betrifft, Erk. Der Alte Mann und ich können ihm nichts mehr beibringen."

„Ja, kann ich mir vorstellen", lachte Erk Senior. Dabei schwang eine Menge Stolz in seiner Stimme mit.

„Zuerst mit Telepathie etwas betäubt und dann mit einem Stein erschlagen."

„Stimmt gar nicht, Papa. Wir hatten die kleine Armbrust, Pfeil und Bogen und die Schleuder. Der alte Mann hat mir versprochen, wenn wir die erste Prüfung geschafft haben, uns den Umgang mit dem Bumerang beizubringen."

„Wollen wir die anderen auch einladen?"

„Natürlich, Papa. Wir haben genug für alle da. Es war eine einträgliche Jagd."

„Und wer rupft die Flugsaurier, junger Mann? Mama macht das bestimmt nicht."

Ein kurzes Schweigen erfüllte den Raum, bis der alte Mann mit gutturaler Stimme einwarf: „Wer jagt, der rupft auch. Also, Erk Johannsen, wir beide und Ugari. Lee muss das Jagen ja noch lernen."

Dabei schauten seine kleinen Schweinsaugen lustig in die Runde, und alle fingen an zu lachen.

„Ma, machst du auch etwas anderes für Ugyen und Tang? Du weißt, sie essen kein Fleisch."

„Kriegen wir auch hin, Kleiner. Wo ist Amitola?"

„Der ist im Zimmer und ruht sich aus. Komm, Alter Mann, damit wir fertig werden."

Trine lächelte verschmitzt, als ihr Sohn das Apartment verließ.

„Ich vermisse ihn jetzt schon."

Am Monitor erschien Allskerjargdi. Er musste Erk noch angetroffen haben. Denn er lächelte, als Trine ihm die Tür öffnete.

„Vielen Dank für die Einladung, die nehme ich natürlich dankend an."

Trine betrachtete den Hohen Priester nachdenklich.

„Allskerjargdi, Erk und ich müssen mit Dir sprechen."

„Okay, um was geht es?"

„Erk hatte es bei Dir schon angedeutet. Wir wollen nach Hause."

„Ja, Erk hatte so etwas schon angedeutet. Wann soll es sein?"

„Wenn wir die Kinder auf ein Leben auf der Ede vorbereiten wollen, brauchen wir etwas Zeit. Papiere besorgen und so weiter. Ich denke, ein halbes Jahr wird es dauern, bis wir die alle Papiere zusammenhaben."
Erk mischte sich ein: „Es würde auch schneller gehen. Aber da müssen die Voraussetzungen stimmen."

„Wie meinst du das, Erk?"

„Mein Freund, du hast am Anfang unserer Bekanntschaft gesagt, wenn wir in die neue Welt kommen, kann ich alle Einrichtungen nutzen, die ihr habt. Also, was ist?"

„Ja, ich erinnere mich."

„Das stimmt nicht ganz. Ihr habt zwar eine wunderbare Bibliothek, in der ich mich in den letzten sechs Jahren ausgetobt habe. Den Fehler, den ihr gemacht habt, sind eure Erfindungen, die ihr irgendwo versteckt habt, zu dokumentieren und in der Bibliothek abzulegen. Nicht nur Artefakte sagen etwas aus, sondern auch schriftlich niedergelegte Erfindungen."

„Worauf willst du hinaus?"

„Ich konnte mich seit sechs Jahren nicht mit meinem Büro in Verbindung setzen. Viele meinen, ich sei tot. Außer Dexter, der weiß es besser. Bringen wir jetzt die Kinder mit, müssen wir etwas vorweisen, was die Gemüter beruhigt, und was die Einbürgerung der Kinder perfekt macht. Bei Nachforschungen müssen ihre Lebensläufe so dicht sein, dass wir bis zu ihrer Geburt jede Stunde nachweisen können. Wobei die Geburt natürlich nicht da stattgefunden hat, wo sie stattgefunden hat."

„An was hast du gedacht?"

„Zuerst einmal muss der Teil der Bibliothek gesichert werden, und zwar der, der die technische Entwicklung betrifft."

„Sie sind doch sicher."

„Sicher? Verzeih mir, alter Freund. Ihr habt es nicht einmal geschafft, die alte Hexe Majorana auszuschalten. Sie ist so einfach mitgeschwebt auf eurer wunderbaren Einstein-Rosen-Brücke. Wären nicht die gewaltigen Kräfte in der Mitte des Wurmloches, wäre ihre Tarnung gar nicht aufgeflogen. Ich wundere mich sowieso, dass es noch nicht versucht wurde, die Daten eurer Erfindungen zu stehlen."

Zerknirscht gab Allskerjargdi Erk recht.

„Wie wollen wir verfahren?"

„Ihr baut einen Raum, in dem ihr alle Erfindungen und deren Papiere unterbringen könnt. Den sichert ihr dann mit Quantentechnik ab und baut eine eigene Stromversorgung. Und das geschieht in den nächsten zwei Wochen."

„Wieso zwei Wochen, und wie groß willst du den Raum haben?"

„In zwei Wochen reisen Trine, unsere Freunde und ich ab. In zwei Wochen findet der Aufnahmeritus zum Erwachsenen werden statt. Da wollen wir noch dabei sein. In den zwei Wochen könnt ihr eine Halle in den Fels brennen, und ich zeige euch, wie man so etwas katalogisiert."

„Halle?"

„Ja, mein Freund, Halle. Wann warst Du das letzte Mal

in eurer Bibliothek?"

Allskerjargdi druckste herum.

„Vor zweihundertfünfzig Jahren sind wir hier gestrandet."

„Gestrandet ist gut", Erk lachte herzhaft.

„Ihr wolltet euch isolieren. So würde ich es ausdrücken. Dann habt ihr gemerkt, dass es so nicht mehr weitergeht, und ihr habt versucht, euch zu integrieren. Da war aber schon einer, und der hieß Brandolf und machte euch einen Strich durch die Rechnung."

„Ja, weil wir verschiedene Lebensansichten hatten."

„Richtig, und ihr eure Ändern müsst, sonst überlebt ihr die nächsten fünfhundert Jahre nicht. Noch mal zu eurer Bibliothek, sie ist riesig. Die Erfindungen machen ungefähr dreißig Prozent des Gesamtvolumens aus. Dann kannst du dir vorstellen, wie groß die zweite Halle sein muss. Ihr wart in der Vergangenheit sehr fleißig. In euren Unterlagen habe ich Schriften gesichtet und gesichert, die ein Sicherheitssystem betreffen. Das übernehmen wir und bauen es ein. Außerdem brauche ich vier Leute zur Einweisung."

„Bis wann willst du Bescheid wissen?"

„Morgen früh fange ich an."

„Wie willst du in zwei Wochen eine riesige Halle in den Fels bauen?"

„Wie habt ihr es vor 250 Jahren gemacht, Allskerjargdi? Der Molekularverdichter ist noch da und auch funktionsbereit."

Allskerjargdi rollte verzweifelt mit den Augen.

„Trine, wie hältst Du das nur aus?"

„Ganz einfach, ich lass ihn machen. Er war immer gut für uns alle."

„Auch das habe ich verstanden. Aber was willst du zur Erde mitnehmen, Erk?"

„Ich dachte dabei natürlich an den Transportmanipulator sowie die Energieschnecke."

Allskerjargdi überlegte kurz.

„Die Energieschnecke oder der Energiewandler, das geht nicht. Die Erde muss selbst den Weg aus dem Energieproblem finden. Sie ist auf dem besten Weg. Aber den Transportmanipulator in der kleinen Form."

„In der kleinen Form?"

„Ja. Die kleine Form könnt ihr mit eurem Energiesystem bewältigen. Für die lebende Form braucht ihr wiederum einen Wandler und ein wahnsinnig hohes Energiefeld, den werdet ihr nicht bekommen. Aber ich gebe euch den Schlüssel dazu."

„Und was?"

„Einen bioenergetischen Chip, in der ersten Generation zum Lernen und in der zweiten Generation zum Nutzen."

„Was zu nutzen?"

„Findet es heraus. Eure Wissenschaftler werden dir die Füße küssen."

„Dann sind wir uns einig?"

„Ja, bis auf eins. Diese Mitbringsel müssen allen Nationen zur Verfügung stehen."

Ein Festtag

Helle Kumuluswolken mit ihrer Eigenart, Gesichter oder Tiere als Figuren am Himmel erscheinen zu lassen, begrenzten den Horizont und wurden durch den Seewind zu anderen Weiten geführt. Ein azurblauer Himmel, der das Festland überdeckte, schmückte einen weiteren Tag in der neuen Welt. Es war kein Tag wie jeder andere. Festlich gekleidete Menschen strömten in das Stadion der Größten, der vier Städte in der neuen Welt, das mit der Technik eines Molekularverdichters in den Felsen gebrannt war. In den letzten 250 Jahren war hier ein Hort der Ruhe entstanden, den die Annanuki suchten, um hier ihren alljährlichen Wettkampf auszutragen, in dem die jungen Leute ihre Kräfte in der Öffentlichkeit zeigten. Gut achtzigtausend Menschen fasste das Oval, das zur Seeseite offen war, damit immer eine kühle Brise vom Atlantik hereinwehen konnte. Die Ähnlichkeit mit dem Kolosseum in Rom war unverkennbar. Auf dem obersten Rund des Ovals standen die Kämpfer in den Uniformen ihrer Clans. An ihrer Seite saßen teilnahmslos die riesigen Flugsaurier und schauten unruhig in die Runde der Arena. Den schwarzen rechteckigen Stein, der in der Mitte des Ovals lag, konnte man über eine Brücke erreichen, die aus Osten kam. Die Akustik in diesem herrlichen Stadion war phänomenal und zweifelsfrei von einem hervorragenden Architekten geplant. Bei Wettkämpfen bestand die Möglichkeit, diesen riesigen Stein zu versenken und die Brücke einzuziehen. So entstand ein barrierefreies Aktionsfeld.
Von der Ehrentribüne aus, die im Norden lag, hatte man den vollen Blick nach Süden, und man konnte den

Atlantik bis zum wolkenverhangenen Horizont überblicken.

Auf den Rängen, die alle besetzt waren, wartete die Menge erwartungsvoll auf das nun folgende Programm. Das leise Gemurmel, erzeugt von den ruhigen Gesprächen der Zuschauer, gab einem das Gefühl, die Ohren in eine Muschel zu halten, um sich das Rauschen der Blutgefäße anzuhören.

Die Ehrentribüne war besetzt mit dem Rat der Annanuki, dem auch Allskerjargdi und die ehrwürdige Mutter angehörten. Für die jeweiligen Eltern der Krieger des Regenbogens oder ihren Mentoren, Lee und Horatius, sowie den einzelnen Führern der Clans war eine Extraloge vorbereitet worden. Erk, der neben Allskerjargdi saß, stieß ihn an.

„Wo hast du den alten Mann gelassen?"

Allskerjargdi deutete hinter sich, an den Rand des Ovals.

„Schau mal hoch."

Erk drehte sich um, und er sah in den luftigen Höhen auf dem höchsten Punkt im Stadion den alten Mann stehen. Ein Lendenschurz kleidete ihn, und eine furchterregende Bemalung verzierte seinen Körper. Der wuchernde Bart und die wulstigen Lippen passten zu seinen listigen Augen. In seiner ihm typischen Art stand er auf einem Bein, das andere Bein angewinkelt, aufgestützt auf seinem Stock. Erk bemerkte, wie sich viele der Besucher umschauten und tuschelten. Manch einer zeigte offen auf den kleinen Aborigines, der andere tat es versteckt. Ohne sich zu bewegen, stand er da, einer Statue gleich, ohne dass eine Bewegung seinen Körper schüttelte.

„Hat wohl keine Lust, bei uns zu sitzen", bemerkte Erk.

„Er mag die Enge nicht."

Trine, die neben Erk saß, drehte sich um, sah den alten Mann und hob die Hand. Sofort kam die Antwort. Auch der Alte hob die Hand, und man meinte ein Lächeln, durch das Gestrüpp seines Bartes, auf seinen Lippen wahrnehmen zu können. Erk schaute Trine irritiert an.

„Er hat wohl einen Narren an Dir gefressen?"

„Sei nicht so blöd, Erk Johannsen. Ich mag ihn, und wenn er hinter mir steht, fühle ich mich sicher. Außerdem mag er meine Ente und im Besonderen, die gebratenen Raptoren."

Trine schaute Erk dabei etwas arrogant an, konnte sich ein Lächeln aber nicht verkneifen. Dann legte sie den Zeigefinger auf ihre Lippen und zischte anschließend leise. Erk drehte sich um und sah, wie die ehrwürdige Mutter aufstand und zu dem Rednerpult ging, das ein paar Meter vor ihr stand. Ohne die Stimme zu heben, grüßte sie ins Oval.

„Liebe Brüder und Schwestern, heute ist der Tag, an dem wir uns hier treffen, um bei der ersten Zeremonie unserer Kinder dabei zu sein, die sie in das Erwachsenenalter trägt. Wir, die Eltern, Verwandten und Freunde, werden sie bei dieser ersten Zeremonie begleiten. Ich bin stolz, euch mitteilen zu können, dass wir mehr Prüflinge haben als in den Jahren zuvor."

Jubel brauste auf. Aber die Regentin deutete mit den flachen Handflächen nach unten. Sofort ebbte der Jubel ab.

„Mit Sicherheit habt ihr gehört, dass wir unser Schicksal gefunden haben. Es sind drei Jungen und Mädchen dabei, die die Krieger des Regenbogens verkörpern. Die Prophezeiung hat begonnen, auch unsere Gegner wissen das. In den letzten sechs Jahren ist viel passiert. Wir haben

Reformen angestoßen, die das Ziel haben, unsere Art zu erhalten. Einigen werden diese Neuerungen nicht passen. Aber wer in die Zukunft schaut, muss aus der Vergangenheit lernen. Diese neue Sichtweise verdanken wir dem Erdling Annanuki. Kampf ist das Zauberwort. Über den Kampf zum Überleben."
Wieder toste donnernder Beifall auf. Trine legte stolz ihrem Mann die Hand auf die Schulter, und die Führer der einzelnen Clans schüttelten ihm die Hände. Allskerjargdi beugte sich zu Erk.

„Denk immer daran, es gibt auch Gegenströmungen in unserer Politik, wie es dir die ehrwürdige Mutter sagte. Es sind nicht alle einverstanden mit Reformen."

„Dann muss man sie überzeugen."

„Wenn du in der Lage bist, 1000 Jahre alt zu werden, sind Reformen, die in sechs Jahren gestaltet worden sind, verdammt schnell. Außerdem heißt hochintelligent nicht unbedingt anpassungsfähiger."

„Da gebe ich Dir Recht, mein Freund. Aber wenn man 1000 Jahre alt werden kann und in 500 Jahren als Volk gestorben ist, ist das im Verhältnis noch schneller. Wenn wir also überleben wollen, müssen wir uns beeilen. Es geht nicht um Dich oder mich. Sondern nur um unsere Kinder, und da ist kein Opfer zu groß."

Beide Männer lehnten sich wieder zurück und richteten ihr ganzes Augenmerk auf die Brücke, über die jetzt die jungen Leute schritten. Angeführt vom Ältesten des Rates. Bahl der Älteste strahlte eine Ruhe aus, die auch das Publikum sofort erfasste. Sechsundsechzig junge Menschen kamen in Zweierreihen über die Brücke und stellten sich an den Rand des schwarzen Steines. In weiße lange Gewänder gekleidet, bildeten sie einen starken

Kontrast zu der schwarzen Masse des Steines. Die Zuschauer standen auf, und absolute Stille erfasste das Oval.

Bahl hob den Stab, den er in der einen Hand hielt, über den Kopf und schaute für einen kurzen Moment das Publikum auffordernd an.

„Das ist der denkwürdige Tag, an dem diese jungen Leute in unsere Gemeinschaft aufgenommen werden sollen. Aber auch in jeder anderen Beziehung ist dieser Tag denkwürdig."

Weiter kam der alte Mann nicht mehr. Mit geweiteten Augen sackte er in sich zusammen, die linke Hand schaffte es gerade noch bis zum Hals. Im gleichen Moment wurde es auf der Ehrentribüne laut, als die ehrwürdige Mutter und Allskerjargdi, wie vom Blitz getroffen, in sich zusammensackten. Auch die beiden hielten ihre linke Hand am Hals.

Der alte Aborigine, der auf dem höchsten Punkt stand, reagierte sofort. Er gab Lee, der sich wie auf ein Signal umschaute, ein Zeichen und warf seinen Stab in Richtung Publikum. Die stumpfe Spitze bohrte sich in die Schulter eines jungen Mannes. Der sich, nachdem Allskerjargdi und die ehrwürdige Mutter in sich zusammengesackt waren, sofort zu einem Ausgang zuwandte. Das gleiche wollte sein Nachbar. Als er seinen Freund zu Boden sinken sah, drehte er sich kurz um. Dieses Zögern langte Lee. Er flankte über die Brüstung und sprang mit einem riesigen Satz auf den fremden jungen Mann zu. Dieser sah den Schatten kommen, hob die Hand, in der er noch ein Blasrohr hielt. Aber es war schon zu spät. Lees Handkante knallte dem Attentäter voll ins Genick. Das leise schmatzende Knacken des brechenden Genicks ließ die

Umstehenden schaudern. Sofort sprang Lee wieder zurück auf die Ehrentribüne und kümmerte sich um die ehrwürdige Mutter. Molke, die neben der Tribüne saß, kniete schon neben Allskerjargdi, der die Besinnung verloren hatte. Dabei hielt sie ein merkwürdiges Gerät über ihn.
Trine und Erk starrten nur auf das Oval, wo sich unglaubliche Szenen abspielten.
Neben dem Ältesten des Rates Bahl lag ihr Sohn bewusstlos in seltsam verrenkter Haltung, auf dem Boden. Über ihm kniete ein Unbekannter, der ihm unter die Arme griff und dann mit brutaler Gewalt in die Mitte des schwarzen Steines zerrte.
Trine und Erk erstarrten vor Schrecken, als sie die riesigen Schatten der Flugsauriere auf das Oval fallen sahen. Die Situation war für sie so klar, es brauchte ihnen keiner zu erklären, was sich nun abspielen würde.
Alle Dinosaurier der Clans waren mit ihren Reitern gestartet. Einige kämpften miteinander, während drei weitere sich auf den schwarzen Stein stürzten. Zwei andere umkreisten das schwarze Monument, um alle Angreifer auszuschalten und die drei anderen zu schützen. Der Mittlere der drei Angreifer stürzte sich auf den ohnmächtig daliegenden Erk Johannsen. Doch bevor er ihn erreichen konnte, blitzte etwas in der Sonne auf und durchtrennte den Kopf des Flugsauriers. Wie eine Fontäne schoss das Blut aus der Halsarterie, und das willenlose Stück Fleisch stürzte mit seinem Reiter über den Rand des Steins in die Tiefe. Sofort übernahm der rechte der Reiter die Position des Getöteten und machte sich auf den Weg zu Erk Junior. Aber auch da blitzte es in

der Sonne auf, und der zweite Dinosaurier fiel aus großer Höhe in den Staub der Arena.

Mittlerweile gewannen die Reiter, die den Clans verbunden waren, die Oberhand. Der dritte Reiter mit seinem Flugsaurier stürzte sich auf Erk, nahm ihn zwischen seine Fußkrallen und schleppte ihn mit schwerem Flügelschlag auf die offene See hinaus. Trotz des großen Ballastes gewann er schnell an Höhe, geschützt von den beiden anderen Flugsauriern, die den Stein umflogen hatten.

Trine schaute entsetzt ihrem Sohn nach, der wie ein willenloses Bündel zwischen den Krallen des riesigen Tieres hing und sich mit jedem Flügelschlag weiter entfernte. Aber die Schlacht war noch nicht zu Ende. Die fünf Krieger des Regenbogens hatten sich jetzt auf dem schwarzen Stein zusammengefunden und fassten sich an den Händen.

Trine, die immer noch wie erstarrt ihrem Sohn hinterherschaute, sah, wie die beiden Flügelreiter verzweifelt versuchten, die Tiere zum Weiterflug zu zwingen. Doch die beiden Flugsaurier kehrten wie auf Kommando um und kamen zurück zu dem Stein. Auch Schläge konnten die Tiere nicht abbringen zurückzufliegen. Dann landeten sie bei den fünf Freunden. Lee und Horatius, die mit Erk mittlerweile auf dem Stein angekommen waren, kümmerten sich sofort um die Reiter, die verängstigt die drei Männer anschauten.

„Wo wird der Junge hingebracht?"

„Wir wissen es nicht."

„Ich frage euch noch einmal, wo wird der Junge hingebracht?"

„Wir wissen es nicht, Herr."

Der alte Aborigines, der den Stein ebenfalls erreichen konnte, hatte seine beiden mit Diamantenstaub belegten Bumerangs wieder eingesammelt.

„Lee, lass mich."

Der alte Mann fasste den einen der beiden Reiter an und konzentrierte sich auf ihn. Aber schon nach kurzer Zeit schüttelte er den Kopf. Dann nahm er sich den zweiten Reiter vor, auch da schüttelte er nach einem kurzen Moment nur mit dem Kopf.

„Nichts, gar nichts. Alles im Gehirn scheint gelöscht. Nur ein Befehl existiert, die drei Flugsaurier mit den Reitern zu schützen."

Er wandte sich an Ugari und Ugyen: „Ihr wisst, was zu tun ist."

Beide nickten nur. Der alte Mann gab Ugari den einen Bumerang und Ugyen den Stab.

„Ihr wisst, damit umzugehen. Folgt ihnen, die drei Mädchen werden die Verbindung herstellen."

Die beiden nickten wieder, schwangen sich auf die Saurier, nahmen die Zügel auf und flogen ab, um ihren Freund zu retten. Ein stechender Schmerz durchfuhr den jungen Erk Johannsen. Er öffnete mühsam die Augen und sah das azurblaue Wasser tief unter sich. Die Krallen des Tieres hatten seinen Körper umschlungen, so dass er sich nicht bewegen konnte. Das Land, von dem sie gestartet waren, verschwand allmählich am Horizont. Nach vorne wurde ein dunkler Streifen sichtbar, der unter den verhangenen Kumuluswolken lag. Es musste die Insel sein, die Insel, die verbotenes Land war. Eine Rauchsäule stieg aus der Mitte des Eilandes in den Himmel.

Allmählich konnte Erk wieder klar denken. Sie hatten alle schon von diesem Eiland gehört. Obwohl es verbotenes

Land war, spürte der junge Mann, dass es seine Bestimmung war, hier zu landen. Trotz der vielen Schauermärchen, die bei den Schülern erzählt wurden, befiel Erk keine Angst. Er war mit seinen zwölf Jahren in der Entwicklung viel weiter, wie es in seinem Alter auf der Erde normal gewesen wäre. Auch das dauernde mentale und körperliche Training in der neuen Welt machte den jungen Mann nur stärker. Angst war ein Wort, das in seinem Sprachschatz nicht vorkam. Aber Respekt kannte er durchaus.

Erk versuchte, den Vogel mit Telepathie und Telekinese zu beeinflussen. Weder das eine noch das andere half. Nicht einmal ansatzweise ließ sich das große Tier beeinflussen. Sein Messer war in der jetzigen Situation unerreichbar für ihn, dafür hielten die Füße ihn zu sehr fest. Die Lage war verzweifelt. So wie er es gelernt hatte, beruhigte er seinen Pulsschlag durch kontrolliertes Atmen, dann begann er erst nachzudenken. Nach und kam dann zu dem Schluss, wenn sie ihn hätten töten wollen, wäre das bestimmt gleich passiert, denn keiner hatte mit einem Angriff in der neuen Welt gerechnet. Dieser Gedankengang beruhigte ihn, also machte er sich Gedanken, was er machen würde, wenn sie landeten. Denn irgendwann musste der Vogel ihn ja loslassen, er hoffte nicht, dass dies auf hoher See geschehen würde. Also versuchte er sich zu entspannten, soweit es ihn dieser Lage überhaupt möglich war, um dann all seine Kräfte sammeln zu können.

Plötzliches Schütteln und Rucken ließ Erk aus seiner Konzentration aufwachen. Der Saurier machte Flugbewegungen, die nicht in sein Schema passten. Der Junge öffnete die Augen und sah zu seiner Überraschung

Ugari neben sich fliegen und etwas weiter hinter ihm Ugyen. Beide hielten die Geschwindigkeit und attackierten seinen Vogel nicht. Da Erk mit dem Kopf nach unten hing, bekam er nicht mit, was über ihm passierte. Er rief zu den beiden rüber: „Hat mein Vieh einen Reiter?"
Ugari nickte nur und hob den Daumen der linken Hand.
„Greift ihn nicht an, irgendwo will er mich hinbringen."
Bevor Ugari antworten konnte, hörten die Flügelschläge schlagartig auf, und der Vogel ging in den Gleitflug über und flog auf die kleine Insel zu. Erk schaute nach links und bemerkte, dass seine beiden Begleiter es ihm gleich taten. Jetzt sah er auch, worauf der Vogel zusteuerte. Ein kleiner Sandstrand tat sich vor ihm auf. Der Dinosaurier wurde langsamer, und als er zwei Meter über dem Boden war, öffnete er unverhofft seine Krallen. Für Erk kam die Situation überraschend, aber dank seines Trainings konnte er den Fall mit einer Rolle abfangen. Trotzdem war der Aufschlag heftig, und er blieb zuerst benommen im Sand liegen. Dann hob er den Kopf und sah, wie sein Vogel mit schnellem Flügelschlag davonflog, mit seinem Reiter auf seinem Rücken.
Erk wollte sich hochstemmen, als zwei Schatten über ihn fielen. Seine Freunde Ugari und Ugyen. Zwei stille junge Männer, groß gewachsen und kräftig. Bei Ugari war der Aborigines nicht wegzudenken. Dagegen hatte Ugyen nicht den starken asiatischen Einschlag.
„Alles in Ordnung, Erk? Bist du verletzt?"
„Nur mein Stolz."
Erk richtete sich auf, streckte sich, und man sah, dass er noch einen halben Kopf größer als seine beiden Freunde war. Die drei schauten sich um. Erk wandte sich an Ugari.

„Ugari, kannst du was sehen?"
Der Aborigines setzte sich und schloss die Augen.
„Du wirst erwartet, Erk."
„Na, von wem denn?"
„Es ist die verbotene Insel mit der Hexe und ihrem Monster."
„Wie seht ihr das, Jungs, was sollen wir machen?"
„Es gibt mehrere Optionen die wir haben", erwiderte Ugyen. „Wir versuchen mit unseren Schwestern Kontakt aufzunehmen, oder wir nehmen Kontakt mit der Hexe auf, oder warten am Strand, bis sie uns abholen."
Erk lächelte in die Runde: „Wir kennen die Antwort doch?"
Alle drei nickten, legten dann die Hände in der Mitte zusammen und versuchten mit den Mädchen Kontakt aufzunehmen.
„Das wird nichts, die haben den energetischen Schutzschild noch nicht abgeschaltet. Also Option zwei, Option eins versuchen wir später noch einmal."
„Meinst du, dass wir noch mal aus Option zwei rauskommen?"
„Es wird sich nicht vermeiden lassen reinzugehen. Da werden wir keine Wahl haben, und die Zeit ist gegen uns für Option drei."
Ugari, der die ganze Zeit ruhig dagestanden hatte, hob kurz die Hand.
„Wir bekommen Besuch."
Ugari konzentrierte sich.
„Es ist der Handlanger der Hexe. Er soll uns zu ihr bringen. Erk, er ist wirklich nicht zu unterschätzen. Lass uns bitte vorsichtig sein."
„Okay, mein Freund. Brauchen wir Waffen?"

„Wir brauchen immer Waffen, du kennst die Tierwelt hier, ja, es gibt hier einige sehr aggressive Signale in der näheren Umgebung."

„Okay, Ugyen, was hast du? Den Stab vom alten Mann und Ugari hat den legendären Bumerang, mit Diamantenstaub besetzt. Das ist ja schon einmal etwas. Ich habe mein Messer, aber ich brauche noch etwas, sonst fühle ich mich nackt."

„Wie wäre es mit noch einem Stab, dann aber einen mit einem Diamantenstaub besetzter Spitze?"

„Keine schlechte Idee. Aber was sagt der alte Mann dazu, wenn wir seinen Bumerang ruinieren?"

„Er wird es verstehen, und wenn wir den Stab mit der Spitze nicht verlieren, wird Allskerjargdi das wieder hinkriegen."

„Was wieder hinkriegen?"

„Der Bumerang ist speziell konstruiert. Durch die Diamanten ist er besonders scharf und hat ein anderes Flugverhalten als der normale Bumerang. Außerdem gibt es noch einen Zwilling."

Erk schaute sich um und sah in einiger Entfernung ein Stück Treibholz liegen. Er ging hin und nahm es auf, dabei wog er es in der Hand.

„Nahezu perfekt."

Dann schlug er mit der Spitze des Stockes auf einen Felsen. Ein trockenes Klack bestätigte ihm, dass es Hartholz war und keinen Riss hatte.

„Das ist gut, ungefähr zwei Meter lang, Hartholz, trotzdem leicht und gut ausgewogen. Ugari, wir lassen den Bumerang so wie er ist, ich nehme mein Messer. Mal sehen, ob ich die Molekularstruktur etwas verändern kann, dann wird er so scharf wie eine Damaszenerklinge."

Erk schaute die Klinge intensiv an und konzentrierte sich. Wie von Zauberhand verformte sich das Messer, und es entstand eine Spitze mit zwei scharfen Seiten. Der Griff des Messers war hohl und passte genau auf den Stab. Ugari und Ugyen standen da und staunten.

„Seit wann hast du das denn schon drauf, das wussten wir gar nicht?"

„Schon länger. Früher beim Spielen, da habe ich mich immer gewundert, dass, wenn ich mich konzentriert habe, sich die Form verändert hat. Ihr wisst ja, dass mein Pa viel in der Bibliothek gelesen hat. Also habe ich ihm Bescheid gesagt, und er hat einen Bereich in der Bibliothek gefunden, der nur die Fähigkeiten der Annanuki dokumentierte und wissenschaftlich erklärte. Es gab schon immer Annanuki, die diese Fähigkeit hatten. Einer der Letzten ist Allskerjargdi."

„Ist ja geil. Und das weiß bis jetzt nur…?"

„Mein Vater und ihr. Wir haben dann immer heimlich trainiert, und so konnte ich das Talent verbessern. Nicht perfekt, aber nicht schlecht."

„Und wie willst du die Spitze jetzt festmachen."

„Steck sie mal drauf."

Ugari tat, wie es Erk es ihm gesagt hatte.

„Das Zauberwort ist molekulare Verschmelzung. Genau das, was uns beigebracht wurde."

Wieder konzentrierte sich Erk, und die Spitze saß wie angegossen auf dem Stab. Ohne zu fragen, nahm Ugyen den Stab in die Hand, wog ihn aus und machte einige Kampfübungen.

„Genial."

Mehr sagte er dazu nicht. Erk spürte seinen Wunsch, diesen Stab zu besitzen.

„Wenn wir hier fertig sind, bekommst du den Stab. Er wird aber noch modifiziert. Einziehbare Spitze und zusammenziehbar wie eine Ziehharmonika, dann kannst du ihn überall mitnehmen."
Ugari unterbrach die beiden hastig: „Ich will ja nicht stören, aber jetzt wird es langsam wirklich eng."
Ohne sich zu bewegen, standen die drei Jungen am Strand, schauten gespannt zum Dschungel und lauschten, dabei hörten sie das Brechen von Ästen. Und, was sie sahen, ließ sie ihren Atem anhalten.
„Scheiße, was ist das denn?"

Erk Johannsen Senior, Lee und der alte Mann standen auf dem schwarzen Stein und schauten entsetzt auf das Blutbad. Tote Vögel mit deren Reiter, die im Staub der Arena lagen. Blut, überall Blut, abgetrennte Gliedmaßen, aufgerissene Leiber. Die Situation legte sich wie ein Schock über die Arena. Diese lähmende Stille im Oval tat den Anwesenden schon fast körperlich weh. Keiner konnte glauben, dass in dieser friedlichen neuen Welt Menschen so etwas anrichten konnten. Der Krieg war eingekehrt und hing über allen, wie das Schreckgespenst des Todes. Dann noch in seiner schlimmsten Form. Es starben Menschen, Menschen, die vielleicht die Zukunft eines Volkes bedeuteten, und es war nur eine Bewegung, die die Sense des Todes machte. Fast konnte man das höhnische Gelächter des Mannes hören, der dem Tod einen Auftrag erteilt hatte.
Molke, die inzwischen herbeigeeilt war, kümmerte sich um Bahl, den Ältesten des Rates.
„Er ist tot. Das Gift hat bei dem alten Körper keine Gegenwehr gefunden."

Allskerjargdi und die ehrwürdige Mutter kamen über die Brücke, Helfer stützten sie. Allskerjargdi blieb vor Erk stehen und schaute ihn nur traurig an. Die ehrwürdige Mutter kam dazu.

„Erk Johannsen, ihr habt den Krieg in diese Welt gebracht. Es sterben Menschen, ist dir das eigentlich klar?"

Erk reagierte sofort und wollte eine scharfe Antwort geben, als er die Hand seines Freundes auf seinem Unterarm spürte. Der schüttelte nur den Kopf und sagte leise:

„Lass sie, Erk. Es ist der Schmerz. Bahl war ihr Vater. Sie kommt schon wieder zur Besinnung."

Die beiden Männer schauten sich an und verstanden sich. Trine, die mittlerweile auch auf der Brücke stand, starrte entsetzt auf die toten jungen Leute.

„Ist es das wert, Allskerjargdi?"

„Das Schicksal fragt uns nicht, Trine. Wir müssen nur einer Bestimmung folgen."

„Erk Johannsen, sag was. Was machen wir jetzt?"

Erk, der wie ein Baum dastand, die Arme herabhängend, wie tote Äste im Herbst, gestand sich zum ersten Mal ein, hilflos zu sein. Aber es war nicht seine Art, sich von einer Situation oder seinen Gefühlen heraus, das Handeln abnehmen zu lassen. Ein Ruck ging durch seinen Körper, er atmete tief durch. Dann nahm er seine Frau in die Arme, neigte den Kopf und flüsterte ihr ins Ohr: „Ich schwöre Dir, ich bringe ihn Dir zurück. Es ist nicht seine Bestimmung, so früh zu sterben, und wenn es mein Leben kostet."

Trine streichelte ihm liebevoll über den Arm und gab ihm einen Kuss.

„Ich weiß, Liebster. Ich kümmere mich jetzt mit Molke um die Verletzten. Du sorgst dafür, dass Struktur in das Chaos kommt. Diese Leute können mit so etwas nicht umgehen, weil sie es nicht kennen."
Erk schaute seine Frau liebevoll an und nickte nur. Er wusste, dass Trine hart war und jetzt nur Ablenkung brauchte, um ihre Gedanken zu ordnen.
Der Archäologe wandte sich an seinen Freund.
„Allskerjargdi, wir müssen etwas unternehmen."
„Ich weiß, mein Freund. Lass mich erst einmal zu Kräften kommen, das Gift hat es in sich."
„Was für ein Gift?
„Wir sind doch alle drei zusammengebrochen und das wie auf ein Kommando."
„Das habe ich gar nicht mitbekommen. Ich sah nur meinen Sohn und Bahl zusammenfallen."
„Molke saß ja neben der Tribüne und war sofort da. Mit ihrem Handscanner hat sie dann eine Vergiftung festgestellt. Ein kleiner Tropfen Blut in den Scanner, und schon wusste sie, dass es die Chironex flederi war."
„Chironex flederi?"
„Bei euch bekannt unter dem Namen Seewespe. Es tritt eine Lähmung der Skelett-, Herz- und Atemmuskulatur ein."
„Wie wurde sie injiziert?"
„Blasrohr."
„Gibt es die Seewespe hier in der Neuen Welt?"
„Soweit wir wissen, nein."
„Das heißt, das Gift ist von der Erde eingeschleppt worden. Das ist ja schon einmal etwas, mit dem wir arbeiten können."
Erk drehte sich zu Molke.

„Molke, lass eine Analyse über die Giftstruktur herstellen und vergleiche sie mit dem Gift der See Wespe auf der Erde. Analytisch gesehen, müsste sie dieselbe Struktur aufweisen. Aber solange wir das nicht zu einhundert Prozent wissen, nehmen wir an, dass das Gift von der Erde kommt."
Molke nickte nur, und Allskerjargdi schaute Erk an.
„Erk, Du musst entschuldigen, ich muss mich jetzt erst um die Clanchefs kümmern. Da sind einige Söhne gestorben. Ich gebe Dir Stella an die Seite. Du hast alle Vollmachten."
„Nur noch eins: Wie konntet ihr so schnell ein Gegengift produzieren?"
„Molke hat auch auf der Erde studiert und alle auf der Erde bekannten Giftsorten, mit Gegenmaßnahmen, in ihrem kleinen Handscanner. Dann hat sie immer ihren Handkoffer mit, und da sind bestimmte Integrenzien drin. Die gibt sie in das kleine Gerät hinein, das mixt dann ein Gegenmittel. Du kannst dir bestimmt vorstellen, dass das mit unserem Quantencomputer eigentlich eine Kleinigkeit ist."
Stella hatte inzwischen die Aufräumarbeiten in die Hand genommen. Sie kam auf einen Wink von Allskerjargdi zu den beiden Männern.
„Stella, du hilfst Erk bei den Ermittlungen. Er hat alle Vollmachten."
„Ja, Hoher Priester."
Erk informierte Stella über das, was er bis jetzt herausgefunden hatte.
„Wie soll es jetzt weitergehen?"
„Alle noch lebenden feindlichen Kämpfer und die Tote kommen in die Halle. Aber bitte in der Halle trennen. Ich

brauche Molke."

Lee und der alte Mann standen immer noch auf dem Felsen und sprachen miteinander, als sich der Aborigines von Lee löste und zu Erk kam.

„Erk, kann ich dich einmal kurz sprechen?"

„Ja, sicher. Was ist, alter Mann?"

„Wir haben doch die beiden Gefangenen gemacht, als hier alles drunter und drüber ging. Dabei habe ich versucht, in ihre Gedanken zu gelangen. Da war nichts. Nur der klare Befehl, die drei Angreifer zu schützen. Von denen ich zwei erledigt habe."

„Ist ja interessant."

„Dann sah ich noch etwas. Im Falle einer Gefangennahme sollten sie sich selbst umbringen."

Erk reagierte sofort.

„Stella, alle sofort isolieren. Arme und Beine binden und den Mund mit den Zähnen überprüfen, jeweils zwei Wächter davor."

Stella rannte sofort los. Erk wandte sich an Lee und den alten Mann.

„Ihr beiden mischt euch unter das Volk und horcht euch mal um."

Lee und der Aborigines nickten nur.

Erk stand nachdenklich auf dem schwarzen Stein, als ihm die drei Mädchen auffielen. Alle drei standen da, hielten sich an den Händen, und die Augen hatten jeglichen Glanz verloren. Erk war es sofort klar, dass sie in Trance waren. Er trat vorsichtig dazu und legte eine Hand auf die Schulter von Freya Gustafsson. Der Glanz ihrer blauen Augen kehrte sofort zurück.

„Wir erreichen sie nicht, Erk."

„Wieso nicht? Sonst habt ihr sie doch immer

empfangen."

„Irgendetwas ist blockiert."

Erk hob den Zeigefinger der rechten Hand.

„Ich weiß auch was! Der energetische Schutzschirm. Er muss abgeschaltet werden. Ich sorge dafür. Könnt ihr in der Zwischenzeit mal in unser Forschungslabor reinhorchen? Ich meine telepathisch. Vielleicht findet ihr etwas. Ich habe da einen Verdacht."

„Ja, machen wir von hier aus, das wird schneller gehen." Er schaute sich um und sah die ehrwürdige Mutter. Ihre Blicke kreuzten sich, und die alte Dame stand auf und kam auf Erk zu.

„Erk, meine Worte tun mir leid. Aber der Schmerz. Ihr seid doch nur ausführendes Organ der Prophezeiung. Mein Vater war ein Bewunderer deiner Dynamik. Dabei war er froh, dass jemand frischen Wind in die neue Welt brachte und die Altvorderen teilweise überzeugen konnte."

Erk nahm die alte Dame in den Arm.

„Ehrwürdige Mutter, ich habe es mir fast gedacht. Jetzt brauche ich aber eure Hilfe. Die drei Mädchen bekommen keinen Kontakt mehr zu ihren Freunden. Da sie ja sehr wahrscheinlich auf der verbotenen Insel sind, ist der Energie Schirm im Weg. Er muss ausgeschaltet werden, wenigstens so lange, bis die drei gerettet sind."

„Das kann nur der Rat entscheiden, aber ich kümmere mich sofort darum."

Sie gab Erk noch einmal die Hand und drückte diese zaghaft.

„Wir bekommen Deinen Sohn wieder zurück."

Erk dankte ihr mit einem Kopfnicken. Stella kam wieder über die Brücke zurück.

„Wir haben alles so gemacht, wie du es befohlen hattest, Erk. Aber bei dem Verletzten von der Ehrentribüne kamen wir zu spät."

„Okay. Kannst du veranlassen, dass die Leichen obduziert werden? Molke soll es selbst machen. Sie muss besonders auf die bioenergetischen Chips achten. Weißt du, wer mit den Chips arbeitet, wo ihr das macht?"

„Ja, im Labor."

„Warte."

Erk ging zu den Mädchen.

„Habt ihr was für mich?"

„Ja, im Labor für energetische Forschung ist etwas. Aber wir können es nicht entschlüsseln. Es ist zu tief im Erdboden."

„Stella, du hast ja mitgehört, was die Mädchen gesagt haben. Wir müssen das Labor sofort evakuieren, bevor noch mehr passiert. Die Leute, die du herausholst, müssen gesammelt werden, und dann werden sie überprüft. Wir haben einen Verräter unter uns."

Stella, hatte sich schnell an die Art von Erk gewöhnt. Sie gab einige Befehle in ihr Miniatursprechfunkgerät und deutete dann auf den Horizont. Alle Blicke richteten sich nach Süden. Im Schein der untergehenden Sonne konnte man drei einzelne Punkte ausmachen, die schnell größer wurden.

„Was ist das denn? Die Überraschungen hören heute wohl nicht mehr auf."

Stella hatte anscheinend die besten Augen.

„Es sind unsere drei Ausreißer, aber nur mit einem Reiter."

Jetzt konnte auch Erk mit bloßem Augen erkennen, dass die Flugsaurier einen Reiter dabeihatten. Es war aber nicht zu erkennen, welcher von den vier Vermissten zurückkommen sollte.

„Wo landen sie denn jetzt?"

„Auf dem oberen Rand des Ovals oder auf dem Stein werden sie landen."

„Los, Stella, schick Leute hoch, das ist der eine von den Angreifern."

„Schon erledigt."

Die drei Flugsaurier mit ihrem Reiter schwebten elegant in die Arena und ließen sich auf dem oberen Rand nieder. Der Reiter sprang ab und stand unentschlossen da. Die Menge hatte sich noch nicht verteilt und starrte schweigend auf den Reiter. Ein unregelmäßiges Zischen, wie das Auf und Ab eines zwitschernden Vogels unterbrach die Stille, die entstanden war. Es blitzte in der Strahlen der untergehenden Sonne, und ein Bumerang prallte gegen den Schädel des jungen Mannes, der lautlos zu Boden sank.

Immer noch in voller Bemalung, kam der alte Mann aus einer Nische, ging auf den jungen Mann zu, hob seinen Bumerang auf und steckte ihn wieder in seinen Gürtel und gab den heranstürmenden Wachen Anweisungen.

„Na, auf den alten Mann ist ja wohl Verlass."

Erk drehte sich um, ging zur ehrwürdigen Mutter und zupfte sie kurz am Ärmel, sie hatte ihn nicht kommen sehen. Kurz drehte sie sich dann um und schaute Erk aus rot verweinten Augen an.

„Ehrwürdige Mutter, jetzt müssen wir bald ein paar Entscheidung treffen, wenn wir die drei jungen Männer retten wollen. Dann sind da noch die Zuschauer? Sie müssen auch noch ein paar Worte zu ihnen sagen, und dann sollten sie sie alle nach Hause schicken. Auf sie

wartet jetzt viel Arbeit. Die Leute werden von den Clanchefs dann weiter informiert."
Sie nickte ergeben, aber ihre kleine rundliche Gestalt straffte sich. Dabei ging sie in die Mitte des Steins und hob beide Hände.

„Liebe Brüder und Schwestern, ihr habt gesehen, was hier geschehen ist. Wir wollen die Festlichkeit nicht weiter fortführen. Es muss erst einmal für Aufklärung gesorgt werden. Ihr bekommt durch eure Clanchefs Bescheid. Ich bitte euch, geht ruhig nach Hause und meldet alles, was euch auffällt. Ich danke euch."
Die Zuschauer standen auf und verließen ruhig ihre Plätze. Ein Tag, der so schön begann, endete wie ein Tag in der Dunkelheit. Keiner konnte sagen, wie es weitergehen sollte. Alle waren wie paralysiert. Nur Erk Johannsen und seine Gehilfen versuchten, Licht ins Dunkle zu bringen. Sie durften sich nicht von Gefühlen leiten lassen. Erk versuchte, ein Räderwerk in Gang zu bekommen, das auf der Erde automatisch angelaufen wäre. Gott sei Dank hatte er Männer und Frauen an seiner Seite, die seine Autorität nicht in Frage stellten, und so wurde alles leichter.
Stella richtete dann ihre ganze Aufmerksamkeit auf das Sprechfunkgerät.

„Okay, ich habe verstanden, wir sind gleich da."
Stella stieß Erk von der Seite an.

„Los, komm mit, wir haben Schwierigkeiten. Einer der Laborarbeiter hat sich im Labor verschanzt und dann noch eine Geisel genommen. Wir haben keine Erfahrung mit so etwas."
Erk dacht kurz nach, dann reagierte er sofort und wies Stella an.

„Wir brauchen jemanden, der Gedankenlesen kann und das auch gleich umsetzt. Das vermag nur der alte Mann, Allskerjargdi ist noch zu schwach. Stella, sieh bitte nach ihm."

„Das dauert zu lange, Erk, da schlage ich die drei Mädchen

vor, die sind zusammen stärker."

„Können sie das denn?"

„Das wird sich zeigen. Dürfte aber kein Problem sein, sie haben Sichtkontakt im Labor."

„Wir machen das, Erk."

Erk drehte sich ruckartig zu den Mädchen um, die gerade lächelnd näherkamen.

„Bei uns auf der Erde spielen Mädchen in eurem Alter noch mit Puppen."

„Wir sind hier nicht auf der Erde", folgte die kecke Antwort von Freya.

Erk schmunzelte nur und schaute die drei aufmunternd an, dann sagte er: „Ich kann mich einfach nicht daran gewöhnen, dass ihr mit fast dreizehn Jahren schon wesentlich weiter seid als Gleichaltrige bei uns auf der Erde."

Erk schaute die drei jungen Mädchen an, die so locker und entspannt vor ihm standen. Dabei dachte er: Verdammt, wir sind auf sie angewiesen und das wissen sie ganz genau. Kuntur, die sein Zögern bemerkte, sagte zu ihm: „Hab ganz einfach Vertrauen, Erk, wir wollen deinen Sohn und unsere Freunde retten."

„Ihr sollt nicht in meinem Kopf rumstöbern."

„War reiner Zufall."

Wieder lächelten die drei so entwaffnend, dass der Archäologe nur mit dem Kopf schüttelte. Erk, Stella und die drei Mädels im Schlepp, kamen sie zusammen bei Molke vorbei.

„Wie weit bist du?"

„So gut wie fertig. Braucht ihr mich noch?"

Keiner gab eine Antwort. Nur Stella nickte mit dem Kopf und deutete in die Richtung, in der sie gingen.

„Wo?"

„Im Speziallabor, vorletztes Stockwerk."

„Da war ich noch nie", wunderte sich Erk.

„Ist ein reiner Forschungsbereich."

„Es gibt also doch noch ein paar Geheimnisse, die ich nicht kenne."

Stella lächelte ihn nur offen an und bemerkte dabei lapidar, dabei schlugen ihre Augen Lachfalten.

„Da gibt es mit Sicherheit noch einige Geheimnisse mehr."

„Die Sechsergruppe nahm den nächsten Eingang und kam zu einem Aufzug.

„Der Rechte Gang geht bis zum Labor. Er ist nur für Einzelpersonen gedacht. Wenn ihr auf der Scheibe steht, tippt die Eins dreimal mit dem Finger an, und dann konzentriert euch auf das Wort Labor. Außer Molke und mir hat keiner von euch die Befugnis, das Labor zu betreten. Ihr bleibt dann neben dem Aufzug stehen, bis alle da sind. Klar?"

Alle nickten, und Stella stieg als erste in den Aufzug. So ging es weiter im Fünfsekundentakt. Unten angekommen, befolgten sie die Anweisungen so, wie es ihnen aufgetragen worden war. Der Letzte war Erk. Kaum stand er draußen, vernahm er eine Lautsprecherstimme.

„Alarm, es befindet sich nicht befugtes Personal im Vorraum des Forschungslabors."

Stella ging zu dem vor ihr in der Wand hängenden Terminal und drückte einen Sensor.

„Nicht autorisierte Personen mit vorhandenen Daten vergleichen und autorisieren."

Sofort kam die Antwort: „Autorisierung durchgeführt, sie ist gewährt."

Sofort eilte Stella durch den langen angrenzenden Gang bis zur vorletzten Tür.

„Tür auf."

Die Tür schwang auf, und die sechs sahen ein Szenario, was absolut unwirklich schien. Bragi stand breitbeinig in der hintersten Ecke des Labors und hielt einen Plasmaschneider an den Hals eines Wissenschaftlers. Dabei schaute er auf die Leute, die mit vorgehaltener Waffe am anderen Ende des Raumes standen. Der Wachhabende kam sofort auf Stella zu und flüsterte mit ihr. Stella ging zu Erk.

„Erk, der Wachhabende hat Bragi so vorgefunden, seitdem hat er sich gar nicht mehr bewegt und nur gestammelt: „Lasst mich in Frieden."

Freya, in dem Moment nur das kleine Kind, drängte sich vor Erk.

„Papa, was machst du da?"

Bragi hörte die drängende Stimme von seiner Tochter.

„Freya, bleib, wo du bist, ich will keinem wehtun."

„Papa, das bringt doch nichts. Du verletzt noch jemanden. Lass ihn bitte los."

„Kind, ich kann nicht anders."

Erk unterbrach den Wortwechsel. An Stella gewandt, fragte er: „Wer ist der Wissenschaftler?"

„Leon, er ist seit vier Jahren im Team und hat als Neurochirurg promoviert. Er ist ein außergewöhnlicher

Mann."

„Stella, überprüfe ihn."

Dabei schaute Erk zur Seite und sah die entsetzten Augen von Freya. Mit harter Stimme sprach er sie an: „Freya, was ist?"

„Du fragst, was ist? Mein Vater."

„Ist dir was an ihm in der letzten Zeit aufgefallen?"

Erk nahm Freya am Oberarm und riss sie hart zu sich herum, dann fauchte er sie drängend an.

„Jetzt reiß dich zusammen, Mädel. Ich brauche dich jetzt mehr denn je."

Kuntur drehte sich zu Erk, fasste ihn am Arm und sagte: „Da stimmt was nicht."

„Wieso?"

„Die Körpersignale von Bragi sind anormal. Er ist mit sich am Kämpfen."

„Könnt ihr ihn beeinflussen?"

Kuntur nahm Freya am Arm.

„Komm, Schwester, wir brauchen dich."

Die drei stellten sich im Kreis auf, dann fassten sie sich an den Händen. Kurze Zeit später schaute Freya Erk an.

„Mein Vater wird manipuliert."

„Und was ist mit dem Wissenschaftler?"

„Kleinen Moment."

Wieder konzentrierten sich die drei Mädchen, und wieder löste sich Freya als Erste.

„Er ist ein ganz starker Telepath."

„Kann er von der anderen Seite sein?"

„Er ist von der anderen Seite. Durch den Stress hat er seine Barriere nicht im Griff."

„Wie bekommen wir ihn, ohne Bragi zu verletzen?"

„Lass uns das machen, dann fällt kein Schuss."

Erk überlegte kurz. Stella, die mitgehört hatte, nickte ihm aufmunternd zu.

„Okay, ihr drei. Wenn euch aber Gefahr droht, schießen wir."

Die Mädchen besprachen sich kurz und stellten sich in einer Reihe auf. Kesuk, die kleinste der drei Mädchen, nahm Kuntur an die Hand, beide waren plötzlich verschwunden und tauchten neben Bragi auf. Aber nicht Kesuk erschien, sondern ein Riese von Mensch, der mit einer kurzen Bewegung Bragis Hand, mit dem Plasmaschneider, vom Hals des Wissenschaftlers riss. Sosehr sich Bragi anstrengte, der Kraft Kesuks war er nicht gewachsen. Der Plasmaschneider fiel klirrend zu Boden.

Erk schaute ungläubig auf das Geschehen, während Stella schnell reagierte und kurze Kommandos gab. Das Wachpersonal nahm die beiden Männer in Gewahrsam. Kesuk verwandelte sich zurück und fiel müde auf die Knie.

„Freya, was war das denn?"

„Erk, wusstest du das nicht, Kesuk ist ein Wandler und Kuntur eine der Springer, die andere mitnehmen kann. Aber ich kümmere mich jetzt um Kesuk, sie ist total platt. Das hat sie noch nicht so oft gemacht."

„Ok, danke, wenn ich euch brauche, rufe ich."

Bragi stand teilnahmslos zwischen den Wachmännern und stierte in den Raum. Leon hingegen raunzte die Männer an, ihn gefälligst loszulassen.

„Stella, Leon kommt nicht eher frei, bis wir ihn überprüft haben. Molke, kümmere dich um Bragi und untersuche Leon. Ich brauche jetzt einen lückenlosen Lebenslauf des Wissenschaftlers."

„Wird gemacht, Erk."
Molke ging zu Bragi und untersuchte ihn. Erk beobachtete sie aufmerksam und bemerkte, dass sie sehr lange seinen Kopf untersuchte. Dabei kam ihm ein Gedanke. Er ging zu Stella.

„Stella, ich brauche Eina Gustafsson hier und frage bitte nach, ob sie den Schirm ausgeschaltet haben."
Stella, der es anscheinend Spaß machte, so gefordert zu werden, betätigte sofort wieder ihr Funkgerät. In diesem Moment kam Molke zu den beiden.

„Ich muss Bragi scannen und danach sehr wahrscheinlich operieren. Kann ich ihn mitnehmen?"

„Wieso musst du operieren, Molke?"

„Ich nehme an, dass er einen bioenergetischen Chip im Kopf hat, der ihm befiehlt, was er tun soll und der auch noch als Verstärker arbeitet."

„Kannst du danach den Chip noch abfragen?"

„Kein Problem. Wenn es so einer ist, wie wir ihn kennen, nehme ich an, dass wir alle seine Befehle nachgelesen können. Wir werden ihn vorsichtig entfernen und dann anschließen."

„Okay, nimm ihn mit und fang an. Wir brauchen so viele Informationen wie möglich. Danach nimmst du dir die anderen Gefangenen vor."
Molke nickte nur und ging wortlos zu Bragi, fasste ihn am Arm. Der Mann, der schon so viele Jahrhunderte auf der Welt war, folgte willenlos dem leichten Zug des Armes, die die Ärztin darauf ausübte. In dem Moment, in dem Molke den Raum verlassen wollte, sprang die Tür auf und Eina betrat den Raum. Erk winkte sie direkt zu sich.

„Hallo, Eina, ich komme gleich zur Sache. Du und Bragi, ihr seid doch zusammen. Ist Dir in der letzten Zeit etwas aufgefallen? Irgendetwas, was darauf schließen lässt, dass sich sein Verhalten verändert hat?"

„Was ist passiert?" war ihre ängstliche Frage, dabei blickte sie hilflos dem Vater ihres Kindes hinterher.

„Dein Lebensgefährte hat den Wissenschaftler Leon als Geisel genommen."

„Wie bitte? So etwas würde Bragi nie tun."

„Das habe ich mir fast gedacht. Ich will nur wissen, ob sich Bragi in der letzten Zeit verändert hat."

„Das kann ich ganz klar mit einem ja beantworten. Er war stiller geworden, eben anders."

„Ist Dir sonst noch etwas aufgefallen?"

„Es war vor einem halben Jahr, da kam er zu mir und hat gesagt, dass er einen Bekannten von der Erde hier getroffen hat."

„Lass mich raten, Leon?"

„Genau den."

„Hat er sonst noch etwas gesagt?"

„Nicht, dass ich wüsste."

„Gut, Eina. Du hast mir sehr geholfen. Bragi wird jetzt operiert. So wie Molke sich ausdrückte, hat er sehr wahrscheinlich einen bioenergetischen Chip im Kopf, der der Verstärker für einen Telepathen ist. Geh hin und versuche, Molke zu unterstützen. Gib mir dann bitte Meldung, wenn Bragi wieder aufgewacht ist. Ich muss mit ihm reden. Es ist wichtig."

Eina gab Erk die Hand.

„Danke."

Dann folgte sie Molke, Bragi und den beiden Wächtern auf die Krankenstation.

„Stella, ich brauche Allskerjargdi oder den alten Mann hier auf der Krankenstation."

„Allskerjargdi ist schon auf dem Weg hierhin."
„Gut. Hast du etwas über Leon herausgefunden?"
„Es wurde alles gelöscht."
„Sieh mal einer an."
„Aber ich kann auf meinen Sicherheitscomputer zurückgreifen. Da sind alle relevanten Daten drin."
„Wie werden die Leute gecheckt, die von der Erde kommen?"
„Handscanner. Jede Erdkugel hat besondere Merkmale. Die andere Hand, da hat ja jeder sein Einzelzeichen."
„Kann man den Scanner betrügen?"
„Bestimmt nicht, Quantentechnik."
„Dann will ich dir einmal zeigen, wie man so etwa macht. Ich habe einen Verdacht, komm mal mit."
Die beiden gingen zu Leon und ergriffen dessen linken Arm.
„Öffne die Hand."
„Dir brauche ich gar nicht zu gehorchen."
„Du stellst dich an, wie ein unwilliges Kind. Weißt du, wie man so etwas auf der Erde macht, Leon?"
„Fuck you."
„Stella, gib mir mal bitte das Eisenteil, was da in der Ecke steht."
„Das wagst du nicht."
„Weißt du, mein Junge, wegen eures Anschlages ist mein Sohn auf dem Weg zur Hexe. Ich wage alles. Ich habe es meiner Frau versprochen, und solche Versprechen pflege ich grundsätzlich zu halten."
Zu den Männern gewandt, ordnete er unwirsch an: „Legt seinen Unterarm auf den Tisch, aber so, dass die Handfläche nach oben zeigt."
Die Männer zwangen Leon zum Sitzen und legten seinen

blanken Unterarm auf den Tisch. Erk schwang in der rechten Hand das Stück Eisen. Ohne Leon anzuschauen, fixierte er das Eisen auf den höchsten Punkt und spannte Muskeln an. Wie von Zauberhand öffnete sich die Hand.

„Aha, Sesam öffne dich."

Erk strich mit seinen Fingern über die Handfläche. Zuerst fühlte er nichts. Dann kam er mit seinem Zeigefinger an den äußeren Rand der Erdkugel.

„Stella, haben wir in diesem Hightech Laden ein ganz normales Vergrößerungsglas?"

„Das wird sich schon finden lassen."

Sie schaute sich kurz um und reichte ihm dann ein Vergrößerungsglas.

„Sieh an, sieh an, eine kleine Naht. Miniatureinstiche."

„Da habe ich mich mal verletzt."

„Kauf ich Dir ab, mein Junge. Aber dann zeig doch mal die andere Hand."

Die Männer nahmen die rechte Hand und legten sie auf den Labortisch. Mit samtweicher Stimme forderte Erk Leon auf, die Hand zu öffnen.

„Sesam öffne dich."

Wieder ging die Hand wie von alleine auf. Ein siegessicheres Grinsen spiegelte sich auf den Lippen von Leon. Erk nahm wieder das Vergrößerungsglas und kontrollierte die Hand. Das Symbol auf der linken Hand, ein Buch, war nicht zu beanstanden.

„Wofür steht das Buch, Stella?"

„Alle Wissenschaftler haben das Buch ständig als Erkennungszeichen."

„Kannst du mal bitte einen rufen."

Stella hob die Augenbrauen und schüttelte den Kopf.

„Kleinen Moment."

Es dauerte nur kurze Zeit, und eine junge Frau kam herein. Erk stellte sich ihr vor.

„Darf ich bitte deinen Namen erfahren."

„Ich heiße Ines."

„Ines, ich darf doch Ines sagen?"

„Ja, sicher doch."

„Wo bist du geboren, Ines?"

„Hier, in der neuen Welt."

„Darf ich einmal die Handfläche deiner rechten Hand sehen?"

Ines öffnete die Handfläche, und zum Vorschein kam ein Buch auf der Innenfläche.

„Stella, schau mal, fällt dir was auf?"

Stella nahm beide Hände in ihre Hände und sah sich die Innenfläche genau an und schüttelte dann nur verneinend mit dem Kopf.

„Nein, Erk."

„Schau genau hin."

Stella beugte sich noch einmal über die beiden Hände.

„Ich sehe nichts, Erk."

„Das Buch von Leon ist verkehrt herum. Es geht zur anderen Seite auf. Also ein ganz großer Fehler. So etwas passiert, wenn man so etwas nachmachen will und man sieht die Hände von den Fingerspitzen aus. Also, nicht zu Ende gedacht."

Diesmal genügte ein kurzer Blick von Stella, und bei beiden kam es wie aus einem Mund: „Und die Computer sind nicht darauf programmiert."

„So, Stella. Da ich annehme, dass der richtige Leon tot ist, müssen die Computer hier manipuliert worden sein. Wie sieht es mit Gesichtsscan aus? Ihr habt doch alle Annanukis, die ihr kennt, hier im System gespeichert?"

„Das überprüfe ich sofort."
In dem Moment sprang die Tür auf, und Allskerjargdi kam mit schnellen Schritten herein. Erk winkte ihn gleich zu sich und klärte ihn auf.

„Ich muss wissen, ob Leon auch manipuliert worden ist, oder er ist der große Unbekannte."

„Haben wir gleich."

Allskerjargdi fasste Leon an, der sofort versuchte, ihm den Arm zu entziehen. Aber die beiden Wächter fixierten ihn so, dass er sich nicht mehr bewegen konnte. Dann stellte Allskerjargdi eine Verbindung zu dem Mann her.

„Deine Vermutung ist richtig. Er ist der Organisator. Nur durch Brandolf manipuliert."

„Wie hat er es geschafft, von hier aus in die neue Welt Verbindung aufzunehmen?"

„Auch das habe ich gesehen. Er hat auf unserer Einstein-Rosen-Brücke eine Spionagefrequenz mitlaufen lassen. Damit konnte er herausfinden, wo wir sind. Dann hat er die Annanuki auf der Erde infiltriert, einen Probanden ausgesucht, getötet, operiert und schon war er hier. Natürlich alles mit Hilfe von Brandolf."

Erk nickte anerkennend.

„Dann muss Brandolf gute Leute haben und ziemlich weit sein, dass sie so etwas machen können. Wenn er bezahlbar ist, sollten wir ihn kaufen."

„Ich glaube nicht, dass er bezahlbar ist."

„Dann haben wir jetzt unseren Spion. Es stellt sich nur die Frage. War er allein?"

Allskerjargdi, der immer noch etwas geschwächt wirkte, versicherte dem Agenten: „Ja, er war alleine."

„Wenn er alleine war, muss er die Information, die er bekommen hat, weitergegeben haben. Aber wie?"

Stella, die die ganze Zeit dabeistand, schlug kurzerhand vor: „Wir durchsuchen sein Quartier."

„Genau, Stella. Das übernimmst du. Hast du so etwas schon einmal gemacht?"

„Nein, das ist hier auch das erste Mal."

„Hast du Ahnung von Fingerabdrücken?"

„Erk, wir leben hier im Quantenzeitalter. Wenn wir auch deinen logischen Schlussfolgerungen manchmal nicht folgen können, leben wir hier nicht in der Steinzeit. Unsere Wissenschaftler haben ein Gerät entwickelt, das auch nach langer Zeit noch feststellen kann, ob jemand im Raum war.
Dieses Gerät zeigt genau an, wer wo etwas angefasst hat."

„Das war dann ja wohl ein Treffer von mir."

Allskerjargdi lächelte.

„Schön, dass sich Stella dir gegenüber durchsetzen kann."

Erk stieß seinen Freund mit dem Ellenbogen an.

„Irgendwie muss ich ja in Erfahrung bringen, was ihr könnt. Ansonsten muss man euch die Sachen ja aus der Nase ziehen."

„Können wir anfangen, Stella?"

Ein einfaches Nicken war die Antwort. Allskerjargdi stieß den Agenten an.

„Ich glaube, ich muss mich erst einmal hinlegen. Das Gift haut ganz schön rein."

„Dann kannst du gleich mit uns kommen. In der Sanitäter- Station kannst du auch liegen, und Molke wird noch einmal nach dir sehen können."

Allskerjargdi, der bereits eine passende Erwiderung auf der Zunge hatte, wurde von Erk unterbrochen. Dabei sah der den Annanuki unerbittlich in die Augen.

„Kein aber, wir brauchen dich noch."
Stella hörte in ihr Funkgerät.
„Erk, es ist soweit, in genau einer Stunde wird der Schirm abgeschaltet."
„Na, das ist mal eine erfreuliche Nachricht. Könnt ihr dann die Boote fertigmachen lassen?"
„Boote, Erk, so etwas haben wir nicht, oder hast du außer kleineren Fischerkähnen Boote gesehen, mit denen wir zur Insel fahren könnten?"
„Wie wollt ihr dann rüberkommen, außer mit den Flugsauriern, etwa mit den Gleitern?"
„Wir hätten da noch eine andere Möglichkeit, aber wir nehmen die Gleiter."
„Okay, dann sollen auf jeden Fall die Mädels versuchen, in einer Stunde Kontakt aufzunehmen."
Stella drehte sich um und ging zu dem Quartier von Leon. Auf dem Weg dahin gab sie ihre Anweisungen ins Mikro. Sie wusste, dass sie sich darauf verlassen konnte, dass alles erledigt worden war, wenn sie ankam.
Allskerjargdi und Erk nahmen einen anderen Weg zu den Aufzügen.
„Die Leute folgen dir gerne, Erk."
„Es macht ja auch Spaß, mit solchen Männern und Frauen zusammenzuarbeiten."
Die zwei Männer nahmen den Aufzug und schwebten in einen Bereich, in dem nicht nur das Krankenhaus war. Sondern auch Schulen und Sportstätten. Erk wunderte sich immer wieder, wie groß die Anlage war, in der so viele Menschen lebten, lernten und sich vertrugen. Als sie die Etage erreicht hatten, wurden sie schon von einer jungen Frau begrüßt.
„Ich bin Bea. Molke ist im Operationssaal und hat mit

ihrem Team angefangen die bioenergetischen Chips aus den Köpfen der Gefangenen zu holen. Sie hat mich beauftragt, euch zu Bragi zu führen."
Sie gingen an einigen Türen vorbei, dann schwenkte Bea nach links ab und blieb vor einer Tür stehen.

„Hier ist es, Bragi ist schon fertig und hat gerade Besuch von Eina bekommen."

Bea klopfte leise an die Tür. Nachdem sie ein „Herein" gehört hatte, öffnete sie vorsichtig die Tür. Erk, der immer noch besorgt um seinen Freund war, fragte die junge Frau gleich: „Kannst du dem Hohen Priester etwas zur Stärkung holen? Er fühlt sich nach dem starken Gift immer noch schlecht."

„Molke hat damit gerechnet und schon etwas bereitgestellt. Ich bringe es gleich rüber."

Im Hinausgehen gab Bea den Blick frei auf den im Krankenbett liegenden Mann. Daneben saß Eina, die Hand von Bragi haltend.

„Hallo, Bragi."

„Hallo, Erk, Hoher Priester."

„Was macht unser Anschlagsopfer?"

„Er kann schon wieder Witze reißen."

„Na, dann wird es ja nicht mehr lange dauern, bis er uns wieder auf die Nerven geht."

Bragi lächelte gequält. Erk, der die Hand von Bragi hielt, merkte sofort, dass das wieder der alte Freund war, den er in den letzten sechs Jahren kennengelernt hatte.

„Wie konnte das passieren, Bragi?"

„Ich weiß es nicht, Erk. Ich weiß nur, dass ich Leon auf der Erde einmal getroffen habe. Das war kurz bevor ich nach Guatemala gegangen bin."

„Wo hast du ihn getroffen?"

„Es war in einem Pub in Schottland. Da tranken wir uns Ale und Whisky selig."

„Ein langer Rausch?"

„Kann man wohl sagen, ich bin erst einen Tag später aufgewacht. Der Wirt sagte, mein Freund hätte mich abgeliefert. Er hatte auch für zwei Nächte bezahlt. Es war fürchterlich."

„Kann ich mir vorstellen. Betäubungsmittel mit Alkohol, das verträgt sich nicht gut. Sehr wahrscheinlich hattest du auch ein paar Schürfwunden, die gut versorgt waren. Dann solltest du ein paar Tage später zu einem bestimmten Arzt, der dich auch genäht hatte, um die Fäden zu ziehen."

„Ja, genau so. Woher weißt du das?"

„Ihr vergesst alle, dass ich beim Geheimdienst bin. So verfahren wir auch mit jemandem, den wir aushorchen wollen. Das uralte Lied von Vertrauen."

Die Tür ging auf, und Molke kam ins Zimmer. Allskerjargdi wandte sich gleich an die junge Ärztin.

„Wie sieht es aus, Molke?"

Molke reichte das Glas, was sie in der rechten Hand hielt, weiter an Allskerjargdi.

„Für dich, danach wird es dir besser gehen."

Die giftgrüne Flüssigkeit schwappte leicht in ihrem Behälter, als der Hohe Priester sie entgegennahm. Wie jeder Patient, steckte er erst einmal die Nase ins Glas und roch. Sofort verzogen sich alle Gesichtszüge.

„Willst du mich umbringen?"

Alle lachten, und Erk konnte nicht anders, als zu bemerken: „Meine Großmutter sagte schon früher, Medizin, die nicht schmeckt und nicht gut riecht, ist die Beste. Also runter damit jetzt, wir wollen alle noch einmal lachen."

Allskerjargdi nahm allen Mut zusammen und schluckte die Flüssigkeit in einem Zug herunter. Alle schauten gebannt zu, aber der Hohe Priester verzog keine Miene mehr.

„Zu deiner Frage. Alle diejenigen, die wir bis jetzt operiert haben, hatten einen Chip im Kopf. Nachdem er draußen war, kam bei allen ihre Erinnerung wieder."

„Wer hat die Dinger eingebaut?"

„Leon, er ist ein ausgebildeter Neurochirurg."

Erk, der interessiert zugehört hatte, meinte: „Ich habe noch drei Sachen, wenn sie so sind, wie ich sie vermute, schließt sich der Kreis."

„Die da wären."

„Erst einmal müsste jeder der Patienten noch einmal unter einen Scanner, insbesondere Bragi. Ich vermute, er hat einen Sender unter der Haut."

„Das können wir gleich erledigen", meldete sich Molke. Dabei griff sie in die Tasche, holte ein kleines Gerät heraus, kontrollierte es und stellte es ein. Danach glitt sie mit dem Gerät über den Körper von Bragi. Beim Wadenmuskel fing das Gerät an zu blinken.

„Dreh dich mal, Bragi."

Bragi drehte sich um, und Molke ging mit den Fingern über den Ansatzpunkt des Muskels unter dem Knie.

„Da ist eine kleine Narbe."

Erk lachte.

„Genau zwischen den beiden Muskelbäuchen, in der Faszie."

„Genau, Erk."

„So haben wir das auch immer gemacht. Da kommt man nicht hin und verletzt sich selten. Dann zu der Frage zwei."

„Woher kommen die Dinger?"

Wieder war Molke diejenige, die antworten konnte: „Das kann ich dir jetzt schon beantworten. Das sind einwandfrei Chips von der Erde. Unsere haben eine andere Struktur. Der Grundaufbau ist fast derselbe, trotzdem sind sie in der Weiterführung anders."

„Wie kommen die auf der Erde an solche Chips?"

Jetzt meldete sich Allskerjargdi zu Wort.

„Das kann ich dir wohl beantworten. Wir hatten doch einen Roboter zu Brandolf geschickt. Der hatte so einen Chip im Körper. Normal sollte er zerstört werden. Vielleicht haben sie es geschafft, einen zu rekonstruieren."

Erk unterbrach Allskerjargdi.

„Ihr habt einen Roboter mit eurer Technik geschickt, um ihn zu warnen?"

Dabei hob er seine Stimme leicht.

„Ja."

„Ihr wisst, wie findig eure Gegner sind. Sie haben über die Jahrhunderte überlebt. Während ihr euch auf der Neuen Welt versteckt habt und über das Überleben philosophiert habt. Auf der Erde ist das ein Dschungel. Da laufen jede Menge zweibeinige, gefährliche Dinos herum."

Erk hatte sich in Rage geredet und kannte kein Pardon.

„Wenn eine heile Welt wie die hier vor die Hunde geht, so seid ihr das selbst schuld."

Eina zu Erk gewandt, empörte sich, und ihre eiskalte Stimme durchschnitt den Raum: „Es ist genug, Erk Johannsen. Versetze dich in ihre Situation und bring etwas Verständnis auf."

Erk schaute verblüfft Eina an und lenkte sofort ein.

„Ihr müsst entschuldigen, da sind die Pferde mit mir durchgegangen."
Eine kleine peinliche Pause entstand, die Erk aber sehr schnell, mit Ein paar Worten überbrücken konnte.
„Wenn man bedenkt, dass Bragi schon vor Guatemala diesen Chip implantiert bekommen hat, können wir davon ausgehen, dass Brandolfs Wissenschaftsabteilung die richtigen Ansätze geschaffen hat, und es kein Chip aus dem Roboter war, den Molke aus den Leuten herausoperiert hat."
Wieder entstand eine kleine Pause, in der Erk Johannsen angestrengt nachdachte.
„Da wäre dann noch Nummer drei. Bioenergetische Chips, wofür sind die entwickelt?"
Molke schaute Erk direkt in die Augen, als könnte sie seine Reaktion vorhersehen.
„Reine Gehirn- und Bewusstseinserweiterung. Wir sind in der Lage, dass Gehirn eines Menschen oder Annanuki, für relativ lange Zeit über den bioenergetischen Chip mit den Talenten, oder allem, was ein Mensch braucht, zu erweitern. Das heißt, die Persönlichkeit eines Menschen wird in das Gehirn reinprojeziert. So hat dieser Chip also auch eine Variable, er kann für Telepathen als Verstärker benutzt werden. Es ist so ähnlich wie bei einem Savanten. Durch den Chip wird diese Art der Inselintelligenz nur gefördert."
Eina, die mitgehört hatte, fragte neugierig: „Ein Savant kommt doch aus dem Autistischen?"
Molke, die sich angesprochen fühlte, erwiderte gelassen: „Richtig Eina. Wenn wir einmal annehmen das wir alle eine Art des Autismus in uns haben, was sich in gewisser Beziehung durch die Spezialisierung des Menschen

abzeichnet, haben wir der Natur nur etwas auf die Sprünge geholfen."
Erk schaute seine Gegenüber etwas dämlich an, dass die anderen zum Lachen anregte.
„Verdammt, wisst ihr eigentlich, was ihr da entwickelt habt?"
„Ja."
„Und die Möglichkeiten habt ihr leichtsinnig unseren Gegnern aufgetan" Stellt euch nur vor, der Roboter hätte sich durch eine Fehlfunktion nicht selbst zerstört. Aber genug davon, wir haben Glück gehabt, und es ist anscheinend nichts passiert."
Allskerjargdi schaute den Dänen an.
„Das heißt, wir müssen alle unsere Aktionen besser überdenken."
„Genau, mein Freund. Zeige dem Gegner so wenig wie möglich, wie es um deinen Entwicklungsstatus steht."
Übergangslos schoss Erk die dritte Frage ab: „Wofür kann man diesen Chip noch nutzen?"
„Speicherkapazität, Gedächtnis intelligenter Maschinen, etc."
Stella kam in den Raum und schaute Erk auffordernd an.
„Kannst du mal bitte mitkommen?"
„Ich bin gleich da, Stella. Allskerjargdi, bist Du wieder soweit bei Kräften, dass wir zusammenarbeiten können?"
„Ja."
„Gut, dann komme bitte mit, und lass uns jetzt mit Stella gehen. Ich glaube, sie hat etwas entdeckt und will uns etwas Interessantes zeigen."
Sie schwebten mit dem Fahrstuhl weiter nach unten, um dann durch einen langen Gang zu gehen und um in die nächste Gruppe der Fahrstühle einzusteigen. Die führten

in den Wohnbereich der Wissenschaftler. Stella ging mit schnellen Schritten vor und blieb vor einer Tür stehen wo sie solange wartete, bis die anderen nachgekommen waren.

„Öffnen."

Vor ihnen breitete sich ein aufgeräumtes Appartement aus, in dem einige Männer und Frauen mit Geräten die Räumlichkeiten untersuchten. Stella betrat sofort das Appartement, während der Agent noch einen Moment auf der Schwelle stand und den Raum auf sich wirken ließ. Stella blickte die beiden Männer auffordernd an, und sie folgten ihr kommentarlos in die Küche. Erk, der es nicht gewohnt war, auf die Folter gespannt zu werden, wurde langsam ungeduldig.

„Was hast du gefunden, Stella?"

Stella blieb vor einer Kaffeemaschine stehen.

„Na, die ist wohl irdischen Ursprungs."

„Nicht zu verkennen", konnte es sich Allskerjargdi nicht verkneifen zu bemerken, bei dem die Lebensgeister wohl wieder zurückgekehrt waren.

„Alles Tarnung."

Stella hob das Gehäuse ab, und zum Vorschein kam eine merkwürdige Tastatur.

„Erk, kannst du uns sagen, was das ist?"

„Ja, sicher doch, das ist ein Morseapparat. Oder besser gesagt, die Tastatur dafür."

„Morsen, waren das nicht auf der Erde die Anfänge der Funkübertragung?"

„Genau."

„Ich kann mir nicht vorstellen, was er damit will."

Eine Frau kam auf die kleine Gruppe zu: „Stella, wir haben was gefunden."

„Was denn, Tina?"

Tina hielt Stella ein kleines viereckiges Gerät, das mit einem Bildschirm ausgestattet war, hin. Erk nahm es in die Hand.

„Was ist das denn?"

Stella nahm es ihm wieder ab. Sie drückte auf einen verborgenen Knopf. Zwei Linien entstanden, zwischen denen sich lange Fäden bewegten. Jeder Faden bedeutete ein Wurmloch.

„Das ist ein Überwachungsgerät für Wurmlöcher."

„Wurmlöcher?"

„Ja, Erk, die Einstein-Rosen-Brücke. Ein schwarzes und ein weißes Wurmloch tauschen Energien aus, das passiert zwischen zwei Dimensionen. Hiermit kannst du sie sichtbar machen."

„Wenn wir also durch die Einstein-Rosen-Brücke reisen, kultiviert ihr die Energien. Es entsteht ein Schlauch, durch den alles durchgeschickt werden kann."

„Korrekt. Wenn du ein Wurmloch aussuchen willst, hast du dieses Gerät und machst sie sichtbar. Das Gerät sucht sich das Stärkste aus. Dann bedienst du mit dieser Tastatur einen Curser, legst ihn über die Linie des Wurmloches und gleichst die Frequenz des Gerätes an die Frequenz des Wurmloches an. Wenn du jetzt größere Geräte oder Personen durchschicken willst, brauchst du aber viel Energie, um das Wurmloch zur Einstein-Rosen-Brücke zu vergrößern, und das ist nicht so einfach. Das hätten wir gemerkt, weil wir das Energiepotenzial, das um unserer Erde besteht, messen, und das von der Erde auf der anderen Seite ebenfalls. Fließt also Energie durch den Transport ab, muss für unser System weitere Energie zugeführt werden, und das passiert automatisch über die anderen Wurmlöcher. So etwas nennen wir Symmetrie. Ohne Symmetrie gibt es kein Leben in den vielen Universen."

„Dann haben wir also eine Informationsbrücke zur Erde und keine Transportbrücke? Wenn ich jetzt über das Morsealphabet Informationen zur Erde schicken will, wie sieht das energietechnisch aus?"

Stella dachte kurz nach, dann lachte sie.

„Eine verdammt gute Frage, Erk. Der Morseapparat ist nur ein Impulsgeber. Der Impuls kann nicht aus der Einstein-Rosen-Brücke raus, also folgt er ihr bis zu dem Empfänger auf der Erde. Was natürlich die Möglichkeit zulässt, den Impuls zu verfolgen, um dadurch zu sehen, wo der Empfänger steht."

Erk schaute die Frau auffordernd an.

„Ich habe es verstanden, Erk."

Stella drückte an einer kleinen Tastatur verschiedene Knöpfe und schüttelte dann mit dem Kopf.

„Es sind verschiedene Empfänger auf der Erde. Also immer wechselnd."

„So hätte ich es auch gemacht. Stetig wechselnde Empfangsorte. Und hier nur antworten, wenn von unserer alten Mutter Erde nachgefragt wird. Das Gerät ist also nicht von euch?"

„Nein, definitiv nicht. Es ist für unseren Technikstand ziemlich primitiv."

„Aber ausreichend", stellte Erk fest.

„Absolut."

„Kannst du die letzten Nachrichten sichtbar machen?"

Stella schüttelte mit dem Kopf: „Nein, dafür ist das Gerät zu einfach."

„Einfachheit birgt manchmal sehr große Vorteile."

Stellas Kommunikations-Gerät piepte, sie hörte kurz hinein.

„Die Mädels haben Kontakt."

„Sind alle wohlauf?"

„Erk geht es nicht so gut, er hat sehr hohes Fieber."

Allskerjargdi hörte sich alles ruhig an.

„Nehmt Molke mit. Erk, du bleibst hier. Stella stellt ein Team zusammen, nehmt den alten Mann und Lee mit. Hol sie heim und achtet darauf, dass es schnell geht. Wir können es uns nicht leisten, die drei zu verlieren."

Stella legte die Hand auf die Schulter von Erk und sah ihn an.

„Mach dir keine Gedanken, wir schaffen das."

Erk schaute sie dankbar an.

Die drei Jungen stellten sich im Halbkreis vor das Monstrum, das aus dem Dschungel stapfte. Es konnte kein Mensch sein, trotzdem stand es auf zwei Beinen und war an die 2.30 Meter groß. Der Kopf war schief und verwachsen. Ein triefendes Auge, das wie nach einem Schlaganfall herabhing. Eine durch einen Kampf entstandene Narbe, die auf der linken Seite des Kinns zum Hals lief, zog den Mundwinkel so stark herab, dass eine leichte Öffnung entstand, durch die der Speichel abfloss. Die strähnigen Haare fielen bei der Hässlichkeit gar nicht mehr auf. Um die Hüften trug er einen zerrissenen Lendenschurz, der von einem breiten Gürtel gehalten wurde, an dem noch die Höcker einer Panzerechse zu sehen waren. In der riesigen linken Hand hielt er einen Stein oder etwas, was aussah wie ein Stein, in der rechten Hand einen langen Stock, der mehr an einen Baumstamm erinnerte. Das, was die drei jungen Männer am meisten anwiderte, waren die Haare auf der Haut und der Gestank, der von dieser Kreatur ausging.

Schiere Kraft spiegelte sich in diesem Körper wider, der nur dastand und die drei anstarrte. Er öffnete seinen Mund und ließ eine Reihe schneeweißer Zähne aufblitzen. Sie passten zu ihm wie zu einer hässlichen Frau Diamanten. Die Szene war grotesk, trotzdem war sie ein Teil der jetzigen Situation. So stand er da, die Beine wie Säulen, leicht vorgebeugt. Aus seinem Mund hörten sie Worte kommen, die an das Schlagen großer Buschtrommeln erinnerte.

„Mitkommen."

Dieser Befehl ließ keinen Widerspruch zu. Die drei Jungen schauten sich entschlossen und lächelnd an und nickten dem Monster ihr Einverständnis zu, der die drei schon nicht mehr beachtete.

„Da bleibt uns wohl keine Wahl."

„Keine Wahl," brummelte der Riese vor sich hin. Drehte sich um, schaute noch einmal über die Schulter, ob die drei jungen Leute ihm folgten.

„Aufpassen, Weg gefährlich."

Die drei jungen Männer, obwohl sie erst im dreizehnten Lebensjahr waren, überschritten in ihrer Länge schon 1,80 Meter und gingen durch ihre Größe als junge Männer durch. Auch die Statur war nicht die eines zwölfjährigen Jungen. Man hätte sie auch als Zwanzigjährige einstufen können. Breitschultrig, mit wiegendem Gang, sicherten sie sich nach allen Seiten ab und folgten vorsichtig dem Riesen.

Ugari, der als erster ging, drehte sich zu seinen Freunden um und äffte den Riesen nach: „Aufpassen, Weg gefährlich. Der Bursche scheint Angst um uns zu haben."

„Dann können wir auf dem Hinweg ja etwas lockerer sein. Auf dem Rückweg sind wir dann nur noch zu zweit. Der dritte wurde von dem Monster gefressen. Gute Verdauung."

Ugari blieb kurz stehen, schaute seine beiden Freunde kurz an, dabei sah man den Schalk in seinen dunklen Augen aufblitzen und sagte: „Wir würfeln aber aus, wer hier als Braten zurückbleibt."

Er drehte sich wieder um und folgte mit einem Lachen dem Riesen. Das Monster führte sie vom Strand aus direkt durch die dichten Mangrovenwälder, um dann übergangslos in einen Sumpf zu gelangen. Das schmatzende Geräusch ihrer Fußtritte auf dem nassen Boden, gepaart mit der Unsicherheit auf dem schwankenden Boden zu gehen, erzeugte bei den jungen Leuten ein innerliches Unwohlsein, das auch nicht besser wurde, als sie einmal festeren Boden unter den Füssen spürten. Selbst die furchterregenden Geräusche, die aus dem Wald kamen, nahmen nicht ihr ganzes Empfinden in Anspruch, als sie wieder einmal soweit waren, ihr Gleichgewicht zu verlieren. Das Gekreische von Affen vermischte sich mit dem dumpfen Knurren größerer nicht zu identifizierender Tiere, die in der Nähe oder auch weiter entfernt ihr Lager aufschlugen oder fraßen. Sie hatten keine Augen für die Schönheiten dieses Sumpfes, zu sehr nahm der Weg ihre Aufmerksamkeit in Anspruch. Die Vielfalt von neugierigen Insekten, Vögeln und Schmetterlingen taten das ihrige dazu, die jungen Männer zu ärgern. Die drei aber, durch die Jagd mit Lee und dem alten Mann geschult, wussten genau, wann sie einen Angriff zu erwarten hatten, deswegen gingen sie auch mit relativ ruhigen Schritten hinter dem Monster her. Auch durch die Insekten ließen sie sich dabei nicht aus der Ruhe bringen, die sie unerbittlich belästigten.

Ugyen stieß Erk an: „Was sind das für Schabgeräusche?" Ohne die Gegend nur einmal aus den Augen zu verlieren, antwortete Erk: „Kleine Raptoren, sie jagen im Familienverbund und verfolgen uns sehr wahrscheinlich. Sie gehören zur Gattung der Vögel. Durch das Aufstellen bestimmter Federn, die sich auf ihrem Kopf befinden, können sie eigenartige Schabgeräusche erzeugen, die zur Verständigung mit den anderen dient."

„Wie ist denn ihr Jagdverhalten?"

„Wie bei allen Rudeljägern. Sie versuchen, das Wild von der Herde zu trennen und dann jagen sie es, bis es vor Schwäche umfällt. Nur sehr selten kommt es zu einem Frontalangriff, sie sind keine Flieger, gehören zu den Laufvögeln, sind aber deshalb nicht minder gefährlich."

„Du hast so eine beruhigende Art an dir."

„Sie scheinen aber Angst zu haben, sonst hätten wir sie schon gesehen."

„Sehr wahrscheinlich haben sie schon mit dem langen Lulatsch Bekanntschaft gemacht."

Ugyen ließ sich wieder zurückfallen und bildete das Schlusslicht der kleinen Gruppe.

Der Tag wich langsam der Nacht, und im Dämmerlicht konnten die drei Besucher Nebelschwaden erkennen, die langsam aus dem Sumpf stiegen. Fledermäuse übten einen Wettstreit aus, wer die letzten großen Insekten zum Rest des Tageslichtes zu fassen bekommen konnte. Je dunkler es wurde, desto vorsichtiger wurden sie, auch das Monster schaute sich öfters um. Das Blubbern und Schmatzen ihrer stampfenden Füße, gepaart mit dem Schaben der Raptoren, ließe, könnte man Dantes Inferno hören, anstatt sehen, einem den Schauer der Angst über den Rücken jagen. Obwohl durch das Hereinbrechen der Nacht viele Geräusche einschliefen, waren die Laute doch viel intensiver, und die Ohren der vier nur auf ihre Verfolger gerichtet.

Ugari, der jetzt als zweiter hinter dem Riesen herlief, blieb plötzlich stehen.

„Feuer, da brennt irgendetwas."

„Weiter, weiter, Nacht gefährlich, wir gleich da."

Ein paar der riesigen Bäume wurden noch umrundet, dann kamen sie an eine kleine Lichtung und blieben abrupt stehen. Das, was sie sahen, ließ sie sich beruhigen. Die Helligkeit, die das Licht des Doppelmondes auf die riesige Wasserfläche warf, spiegelte sein Licht auf der Oberfläche des Sees so hell wider, dass sie den sich vor ihnen ausbreitenden Urwald doppelt sehen konnten. Trotzdem war das Licht so hell, dass es die Dunkelheit des Urwaldes nicht schlucken konnte. In der Mitte dieser still daliegenden Wasserfläche leuchtete schwach der Glanz eines Feuers, welches die Umrisse einer Hütte erkennen ließ.

Der Riese stocherte vorsichtig mit seinem Riesenstab am Ufer herum. Sofort kam die Gegenreaktion. Ein riesiges Krokodil, das wohl in dem vor ihnen liegenden Gewässer seine Heimat hatte, versuchte das Monster anzuspringen. Aber ganz entspannt hielt er die Echse mit dem Stab auf Abstand. Die drei jungen Männer, die sich die Situation aus einiger Entfernung anschauten, zuckten bei dieser unverhofften Reaktion zusammen, als die Echse so unverhofft aus dem Wasser auftauchte.

„Näher kommen, Raptoren sind gefährliche kleine Biester. Echse ist Freund, bekommt regelmäßig Raptoren.

Heißt Carlos, wie Terrorist auf der Erde."
Ansatzlos warf er den Stein, den er in der linken Hand hielt. An einem Ende an einer dünnen Kette gebunden, am anderen Ende mit einem spitzen Dorn versehen, in einen nahestehenden Busch. Jetzt sahen die jungen Leute, dass es wohl eher eine Eisenkugel war, die er als Waffe präpariert hatte und in der Hand hielt. Langsam holte der Lange die Kette ein, am anderen Ende hing ein zappelnder Raptor, der durch den starken Widerhaken am Dorn nicht wegkam. Entsetzliche Schreie erfüllte die kommende Nacht, und die vier hörten das leise Trampeln von Tierfüßen, die fluchtartig die Nähe der vier Menschen verließen.

„Kundschafter, war zu neugierig."
Mit einem sicheren Griff nahm er den Raptor, riss ihm mit einem kurzen Ruck den Dorn aus dem Leib und warf ihn mit Schwung in den See. Sofort wurde das Tier von dem Krokodil angenommen, und ein wildes Brodeln kennzeichnete die Stelle des Mahls. Durch die aufkommende Dunkelheit konnten sie nicht mehr das blutrote Wasser sehen, das an der Stelle entstand, an der das Krokodil den kleinen Raptor in die Tiefe gezogen hatte.

Der Riese griff in einen Baum, und eine lange Leine kam zum Vorschein, an dessen Ende ein großer Nachen hing.

„Einsteigen."
Die drei stiegen ein und sahen auf dem Boden zwei einfache Paddel liegen.

„Rudern, Insel. Ich nachkomme."
Erk und Ugyen nahmen die zwei Paddel, Ugari löste das Boot vom Ufer, ließ die beiden Freunde einsteigen und sprang hinein. Immer einen Blick auf das fressende

Krokodil werfend, nahm der Nachen, durch leichte Ruderschläge getrieben, schnell Fahrt auf. Ugari sicherte die Fahrt nach vorne ab. Die Entfernung zur Insel war bei dem diffusen Licht schwer einzuschätzen, auf halber Strecke drehte Ugari sich um. Er gab seinen beiden Freunden ein Zeichen, auch die drehten den Kopf und sahen den Riesen in einem anderem, wesentlich kleineren Nachen sicher stehen und hinter ihnen her staken. Im Rücken, die beiden aufgehenden Monde, wirkte der mächtige Riese wie ein Scherenschnitt.

Die drei richteten ihre ganze Aufmerksamkeit wieder nach vorne und sahen im Mondlicht einen kleinen Steg, auf den sie zusteuerten und festmachten. Als sie ausstiegen, war der Riese schon neben ihnen. Trotz seiner Größe war er gewandt wie eine Katze, und Erk machte sich Gedanken, wie er so einen Kerl besiegen könnte, ohne selbst Schaden zu nehmen. Selbst mental konnte er ihm in seinem jetzigen Alter nicht beikommen. Der Riese strahlte so eine starke ungebündelte mentale Kraft aus, dass Erk Johannsen nicht sagen konnte, ob sie sich für ihn positiv oder negativ auswirken könnte. Seltsamerweise hatte er auch keine Angst vor dem Mann, sondern brachte ihm Interesse entgegen. Er verwarf den Gedanken eines Kampfes, denn es schien, dass ihn jemand kennenlernen wollte, daher fühlte er sich im Moment sicher. Seine volle Kraft würde er erst mit dreißig Jahren haben, und diese Energie konnte er durch Training noch steigern. Also war Finesse das Zauberwort. Zu seinen Freunden gewandt, sagte er: „Merkt euch die Stelle. Wenn die Monde sinken und wir abhauen müssen, kann es stockdunkel sein."

Wieder bekam er nur ein kurzes Nicken als Antwort. Die drei verstanden sich blind. Ugyen blieb kurz stehen und konzentrierte sich.

„Der Schirm wird schwächer. Sie schalten ihn jetzt langsam ab."

„Okay, dann lass uns hier schnell fertig werden. Mal sehen, was sie von uns will."

Die gutturalen herausgestoßenen Worte des Riesen unterbrach sie.

„Mitkommen."

Der Riese setzte sich wieder an die Spitze und ging voran. Ugari stieß Erk mit dem Ellbogen an.

„Mitteilsames Bürschchen, fast genauso wie Ugyen."

Dabei lächelte er, und zwischen seinen wulstigen Lippen erschienen zwei Reihen blitzender Zähne. Die Antwort von Ugyen kam prompt. Der Mittelfinger seiner rechten Hand schnellte nach oben, dabei lächelte er verschmitzt die anderen an. Kurz vor der Hütte blieben sie stehen. Der Riese deutete auf den kahlen Boden und sprach in seinem abgehacktem Kauderwelsch: „Warten."

Von innen hörten die drei eine Stimme, die sich wie ein kratzendes Stück Kreide anhörte.

„Komm rein, komm rein, Erk Johannsen. Ich habe lange auf dich gewartet."

Erk meinte eine gewisse Freundlichkeit herausgehört zu haben, aber dann kamen die anderen Worte wie eine Peitsche: „Die anderen bleiben draußen."

Mit kurzen Blicken verständigten sich die drei Freunde. Dann nahm er seinen Speer und ging in die luftige Schilfhütte.

„Die Waffe bleibt draußen", schrie die Alte, die er immer noch nicht zu Gesicht bekommen hatte. Im Vertrauen auf seine schnelle Auffassungsgabe stellte er den Speer draußen an den Hütteneingang ab. Dann drehte er sich wieder um und wagte noch einen Versuch. Diesmal war die Alte wohl zufrieden.

„Gut so, gut so", kam die keifende Stimme leise hinter einem großen Topf hervor, der in der Mitte der Hütte an einem Dreibein hing. Der Riese hockte sich in eine Ecke, war durch die Dunkelheit in der Hütte kaum noch zu sehen und brabbelte vor sich hin.

„Ich hoffe, Thorg hat euch nicht zu hart rangenommen, Jüngelchen."

Ein hässliches Lachen erfüllte den Raum, der genau zu diesem elenden Geruch passte, der aus dem Topf emporstieg. Erk stellte sich vor den Topf und beugte sich etwas über ihn hinweg. Da sah er sie. Er hatte in seinem kurzen Leben noch nie so einen hässlichen Menschen gesehen. Die kurzen Beine waren das Ende des in Lumpen gehüllten Körpers. Den Rücken krumm, schlüpfte sie aus einer Ecke zum Topf. Der Kopf, der auf dem kurzen Hals steckte, war überdimensional groß, und aus der Mitte entsprang eine Nase aus ihrem Gesicht, die nicht zu beschreiben war. So grotesk wie der Moment war, so grotesk war auch der Gedanke, der aus dem Hirn des Jungen entsprang. Erk suchte verzweifelt die obligatorische Warze auf der Nase der Hexe, genauso wie die Katze auf ihrer Schulter. Schnell holte ihn aber die Wirklichkeit wieder zurück. Bedrückend waren aber die hinterhältigen, klaren Augen, die auf Erk Johannsen ruhten.

„Setz dich, Johannsen, oder soll ich lieber zu Dir sagen Pentragon?"

Dabei flüsterte sie den Namen Pentragon fast ehrfürchtig.

„Woher wissen Sie, dass ich mit zweitem Namen Pentragon heiße?"

„Die Knochen haben es mir gesagt, Jungchen. Ich weiß auch, dass du ihn von diesem rührseligen Allskerjargdi hast."

„Sagen Sie Erk und nicht Jungchen", retournierte der Jüngling furchtlos.

„Erk, Erk, Erk, Erk."

Wieder hörte der Junge dieses keifende Lachen. Indem sie den Namen jeweils anders betonte, reizte sie den Jungen bis aufs Mark. Erk Johannsen ließ sich aber nichts anmerken. Er setzte sich so hinter den Topf, dass er die Alte beobachten konnte.

„Was wollt ihr von mir?"

„Gar nichts, alte Frau. Ich wurde hier auf dieses Eiland geschleppt, und meine Freunde wollten mir helfen, hier wieder wegzukommen."

„So, so. Weißt du, wer dich verschleppt hat?"

„Ich nehme an, das kam von Brandolf. Er soll mit Ihnen ja verwandt sein. Nette Verwandtschaft haben sie da. Ich würde mich nach anderer umsehen."

„Wird mal nicht frech, Kleiner. Du bist ganz schön keck für dein Alter. Mein Name ist Majorana, die Unsterbliche. Ich wollte dich schon lange einmal kennenlernen. Die Geschichte schreibt viel über die Krieger des Regenbogens."

Erk, der von den Dämpfen langsam benebelt wurde, rückte vom dampfenden Topf weg, so dass ihn der Rauch und der Geruch, der ihn fürchterlich nervte, nicht mehr in Augen und Nase steigen konnten. Seine Mundschleimhäute wurden langsam trocken. Merkwürdigerweise verfolgten die Schwaden, die aus dem Topf stiegen, ihn wie der Jäger das Wild. Die rechte Hand vor seiner Nase wedelnd, schaute er die Alte an, die langsam aufstand und um den Topf herumkam, aber immer den jungen Mann im Auge behielt.

„Ich werde dir deine Zukunft zeigen, Erk Johannsen. Dazu brauche ich ein Haar von dir."

Erk griff sich automatisch an seinen Kopf, um sich ein Haar auszureißen.

„Nein, nein, nein, Kleiner. Ich reiße dir das Haar aus, sonst keiner."

Sie machte einen schnellen Schritt auf Erk zu, nahm seinen Kopf in ihre Hand und riss ihm, mit ihren ungelenken Fingern, ein Haar aus, das sie dann in den Topf warf. Dabei lachte sie wieder wie irre.

„Jetzt brauche ich noch ein kleines Tröpfchen Blut."

Erk, der von dem Dunst, der in der Hütte herrschte, körperlich wie paralysiert war, saß jetzt fast teilnahmslos da, während sein Gehirn fieberhaft, aber messerscharf nach einem Ausweg suchte. Aber es gab keinen Ausweg, sein Körper gehorchte ihm kaum noch.

Die Hexe riss mit Gewalt seine Hand nach vorne, so dass sie tief über dem Topf hing. Dann nahm sie ihren langen und scharfen Daumenfingernagel und ritzte ihm mit einer schnellen Bewegung die Zeigefingerkuppe auf. Sofort quoll in einem Strahl das Blut in die Flüssigkeit des Topfes. Auch der starke Schmerz, der entstand, konnte ihn nicht aus seiner physischen Paralyse befreien. Nur ein kurzer qualvoller Schrei war zu hören. Sobald das Blut die Flüssigkeit berührte, fing sie im Topf wie wild an zu kochen und noch mehr beißender Dampf entstand. Wieder kam ein Kichern aus dem zahnlosen Maul der Hexe.

„Wie leicht ihr jungen Leute doch zu beeinflussen seid. Jetzt hast du mit Sicherheit fürchterlichen Durst, großer

junger Johannsen."
Erk konzentrierte sich und nahm seine ganze Kraft zusammen, um hochzukommen, damit sein Kopf aus den Dämpfen kam. Er schaffte es mit viel Mühe aufzustehen und stolperte zwei Schritte nach hinten, dabei hielt er sich an einem Stützpfosten fest. Sofort wurde ihm leichter. Er sah die Hexe verschwommen am anderen Stützpfeiler stehen und ihn beobachtend.

„Du bist ein starkes Bürschlein, mit einem sehr starken Willen. Jetzt wollen wir mal sehen, was deine Zukunft bringt. Thorg, stell den Kessel weg."
Der Riese stand auf und nahm den großen Topf in eine Hand, um ihn wegzustellen. In der Zeit hatte die Hexe die Knochen geworfen und einen Löffel des Inhalts über die am Boden liegenden Skelettteile verteilt. Sofort erfüllten sich die kleinen Knochen mit Leben, und jedes dieser dreizehn Einzelteile eines Skeletts suchte sich in einem entstehenden Kreis seinen Platz. Zwölf der Knochen bildeten einen Kreis, während der dreizehnte sich in die Mitte orientierte. Als die Alte die Anordnung der Knochen sah, wurde sie blass und sprach Thorg gehetzt an: „Thorg, nimm den Jungen und setz ihn wieder hin."
Wieder brabbelte der Hüne etwas, das keiner verstand. Er nahm den Jungen am Arm und drückte ihn auf den Boden.
Erk ließ es sich gefallen und starrte dabei wie hypnotisiert auf die auf dem Boden liegenden Knochen. Seltsame Bilder bildeten sich in seinem Gehirn, die er nicht zuordnen konnte. Die Alte nahm ein nasses Tuch und legte es ins Feuer. Bevor es anfing in Flammen aufzugehen, nahm sie es heraus und deckte damit die Knochen ab. Sofort entwickelte sich Qualm. Während der

ganzen Zeit, sprach sie in immer wiederkehrender Weise irgendwelche sich wiederholende mystische Worte, und Gesichter erschienen im Qualm des dampfenden Tuches. Zuerst waren es Unbekannte. Dann erkannte Erk seinen Vater, seine Mutter und seine fünf Freunde. Auch Lee, der alte Mann und Horatius, sein Panther und die Wölfe spielten eine große Rolle in der Zukunft. Aber immer wieder kam ein Gesicht zum Vorschein, das er nicht kannte. Die Hexe nahm das qualmende Tuch, hielt es hoch, um es sich anzuschauen. Den kurzen Blick, den Erk Johannsen darauf werfen konnte, langte ihm, um das Bild in seinem Gehirn zu speichern. Was er sah, hatte für ihn momentan keine weitere Bedeutung. Dreizehn Skelettköpfe erschienen auf dem Tuch, die so voll Leben waren, dass Erk das Gefühl hatte, trotz seiner physischen Paralyse, ihnen helfen zu müssen.

Majorana, die sah, dass Erk anfing, mit den Köpfen zu kommunizieren, knüllte das Tuch wütend zusammen und warf es mit einem Wutschrei in das aufflackernde Feuer.

„Auch die dreizehn Kristallköpfe werden dir nicht helfen, Erk Johannsen. Du gehörst mir, mir ganz alleine, und deine Macht wird auch mir gehören. Mir, mir, mir."

Erk registrierte die sich überschlagende Stimme der Hexe mit einer Gleichgültigkeit, die aber nur aus seiner Paralyse kommen konnte. Die zu ihren Worten in der Luft herumwedelnden Spinnenfinger erzeugten in dem jungen Krieger keine Gefühle.

Es hatte auch den Anschein, dass der alte Mann wusste, dass Erk in Not war. Immer wieder zeigte er, in der durch das Tuch aufglühenden Flamme, seine offenen Hände, die Symbole, die er in der Hand trug, spiegelten sich wie Feuer wider und bekamen Leben. Erk konnte später nicht mehr sagen, ob die Hände des alten Mannes in seinem Gehirn projiziert wurden oder sich in der Glut des vergehenden Tuches widerspiegelten. Der alte Aborigine erhöhte den Druck auf den Regenbogenkrieger, und Erk fing an, sich immer mehr auf den alten Mann zu konzentrieren, bis er seine Stimme im Kopf hörte.

„Erk, mach deine Hände auf und zeig den Kristallköpfen deine Symbole."

Erk öffnete seine Hände, und er hatte das Gefühl, als würde kaltes Feuer seine Hände verbrennen. Aber trotz des sich in ihm ausbreitenden Schmerzes, hielt er die Handflächen offen gegen das Feuer. Der Qualm änderte sich sofort. Es war nicht mehr der Qualm des verdampfenden Wassers, das sich über dem Feuer bildete, es war etwas, das durchsichtig war, dann wurde es silbern und in der Konsistenz fester. Plasmaartig waberte es über dem Feuer. Wie in Trance hielt Erk die Hände noch näher an die Flammen. Das Plasma wurde klarer, und wieder erschien das ihm unbekannte Gesicht. Ruckartig hob Erk den Kopf und schaute in die verzerrte Fratze der Hexe. Die Worte, die fielen, waren in einer fremden Sprache, aber er verstand sie.

„Hexe Majorana, wenn dem Jungen von deiner Hand etwas geschieht, stirbst du. Er muss seine Bestimmung erfüllen."

Dabei kam eine silberne Hand aus dem Plasma, legte sich um den dürren Hals der Hexe und drückte zu. Wie von Sinnen kam Thorg aus seiner Ecke angerast. Laut heulend, riss er die Knochen auseinander. Sofort verschwand der Spuk. Majorana lag mit weit aufgerissenen Augen wie eine Schildkröte auf dem Rücken und stammelte: „Du bist der Sohn Marduks, verschwinde aus meinem Haus, von dieser

Insel, aus dieser Welt. Du bist mein Schicksal."
Erks Paralyse verschwand, und er konnte auf einmal wieder aufstehen. Er drehte sich zur Tür und ging wankend hinaus. Die frische Nachtluft machte ihn etwas klarer. Sofort kamen beide Freunde auf ihn zu. Mechanisch griff er nach seinem Speer.

„Was ist passiert, Erk? Du warst fast die ganze Nacht da drin. Bist du in Ordnung?"

„Ja, geht schon. Kommt, lass uns abhauen, hier ist es mir zu ungemütlich."

Ugari merkte, dass Erk angeschlagen war.

„Ich gehe zuerst, Erk nehmen wir in die Mitte, Ugyen, du bist dann der Letzte. Bleibt immer dicht beieinander."
So liefen sie zum Nachen, stiegen ein, und Erks Freunde paddelten das Boot zum anderen Ufer. Der junge Johannsen, der in der Mitte saß, merkte, dass die kühle Nachtluft ihm half, klarer zu werden. Aber er merkte auch, dass etwas mit ihm passierte. Der Finger tat höllisch weh.

Am anderen Ufer angekommen, stiegen die jungen Leute aus dem Boot aus, nach allen Seiten sichernd, machten sie sich auf den Weg zum Strand. Es war nichts zu hören, es hatte den Anschein, als ob der Dschungel den Atem anhielt, um sich auf den nächsten Schlag vorzubereiten.

„Was ist mit dir, Erk?"
„Ich bekomme Fieber."
„Schon schlimm?"
„Noch nicht so schlimm."
„Dann lass uns Gas geben, damit wir hier wegkommen. Es ist ungefähr eine Stunde bis zum Wasser. Wir müssen aus der Fieberhölle raus."
„Erk konzentrierte sich auf seinen Körper, schaltete alle

Schmerzen aus, so wie er es gelernt hatte."

„Ja, Ugyen."

„Wenn du nicht mehr kannst, melde dich kurz. Seid leise, ich habe keine Lust, mich mit den kleinen Teufeln anzulegen. Also, los, wir müssen uns schnell und leise bewegen. Es kann sein, dass sie uns stellen wollen, aber das sehen wir dann."

Ohne sich umzuschauen, lief Ugari los. Erk befand sich hinter ihm, mit Ugyen im Nacken. Es dauerte nicht lange, und sie hörten wieder dieses hässliche Schaben. Ugari kannte keine Gnade. Die Jagd hatte begonnen, auf eine Spezies, die nicht in diese Welt gehörte.

Ugari lief trittsicher durch den Sumpf. Die beiden ihm Folgenden brauchten nur den Schritt zu halten. Ein Gefühl der Geborgenheit kam in Erk Johannsen hoch, da er wusste, dass seine Freunde ihm in der Not beistanden. Das Schaben wurde intensiver und war jetzt an beiden Seiten zu hören. Die Raptoren hatten begonnen, sie einzukreisen. Die drei jungen Männer liefen in gleichem Tempo Richtung Strand. Erk hörte ab und zu Ugyen von hinten murmeln.

„Keine Schmerzen, du hast keine Schmerzen."

Aber Erk merkte, dass das Fieber stärker wurde und ihm zusehends zusetzte, mit jedem Moment wurde er körperlich schwächer. Den Kopf leicht vornübergebeugt, den Blick konzentriert auf den Boden geheftet, spürte er die Gefahr fast körperlich, die von den Raptoren ausging. Ihm war, als würde er eine Bewusstseinserweiterung durchmachen. Jede Aktion, die von außen kam, nahm er bewusster wahr, er hatte sogar eine Ahnung, wie sie reagieren würden. Ihn beschlich das Gefühl, über den Raptoren zu schweben und jede ihrer Bewegungen zu sehen. Trotzdem sah er auch ihre Schatten, die ihnen folgten. Kleine schnelle Schatten von Jägern, die es geschafft hatten, in dieser Wildnis zu überleben. Sie waren nur ein kleiner Teil der Nahrungskette, genau wie der Mensch. Es stellte sich nur die Frage: Wo stand der Mensch jetzt? Über oder unter den Raptoren? Es waren reine Tötungsmaschinen, die den Instinkt hatten, sich nur dem Stärksten unterordneten, geordnet im Kollektiv der Herde.

Der Boden wurde härter und die Wasserpfützen weniger. Ein Zeichen dafür, dass der Sumpf in einen Mangrovenwald übergehen würde.

Da wurde Ugari langsamer, schließlich stand er, man merkte ihm kaum die Anstrengung an. Erk, der vornübergebeugt dastand und nach Luft schnappte, dabei das letzte, was er im Magen hatte, erbrach, fragte zwischen zwei Atemzügen: „Was ist los, warum hälst du?"

„Schau mal nach vorne."

Während Ugyen nach hinten sicherte, schaute Erk über die Schulter seines Freundes.

„Scheiße, Mistviecher."

„Das sagt man nicht, Erk. Trotzdem große Scheiße."

Drei dieser kleinen jagenden Raptoren standen im Halbkreis vor ihnen, zähnefletschend, die Kammfedern hoch aufgestellt und laut raschelnd.

„Wie siehst du das, Ugari?"

„Ich denke, sie sind noch nicht organisiert genug. Sie wollen noch Zeit schinden, um dann einen Gesamtangriff zu wagen. Sie halten uns nur auf, bis die anderen da sind."

„Was für Möglichkeiten haben wir?"

„Augen zu und durch. Entweder wagen es die drei, uns aufzuhalten, oder sie lassen uns durch."

„Kriegen wir sie mental auf die Reihe?"
„Habe ich noch nie probiert, aber Versuch macht klug."
„Woran denken wir?"
So schwach, wie Erk war, umspielte doch ein leichtes Lächeln sein Gesicht.
„Was haltet ihr von dem Größten der Theropoden?"
Die drei fassten sich an, um sich mental zu verstärken und richteten ihre Gedanken auf die drei Raubsauriere. Was dann geschah, war für die kleinen Biester absolutes Neuland. Gefahr aus ihrem eigenen Gehirn, ließ sie sich gegenseitig ansehen. Die merkwürdigen krächzenden Laute, die sie jetzt von sich gaben, hallten durch den Urwald, dabei gingen sie immer weiter rückwärts, mit dem Kopf nach allen Seiten sichernd. Bis die Schwanzspitze einen Urwaldriesen berührte. Mit kleinen Schritten folgten die drei Jungen ihnen, bis sie nur noch wenige Schritte vor den Raptoren standen. Auf ihren langen Schwänzen abgestützt, trampelten sie mit ihren mächtigen Füßen auf dem Boden herum, bis sie es nicht mehr aushielten und auseinanderstoben. In diesem Moment sackte Erk total geschwächt in sich zusammen. Ugyen, der es als erster bemerkte, wie sein Freund aus dem Arm rutschte.

„Wir müssen ihn hier ganz schnell wegschaffen, mehr wie zehn Minuten werden wir von den Viechern nicht bekommen, dann haben sie sich wieder gesammelt und greifen an."
Ohne gehetzt zu wirken, nickte Ugari seinem Freund zu. Die beiden jungen Männer nahmen Erk in die Mitte der sich mittlerweile wieder mühsam aufgerichtet hatte und gingen so schnell wie es nur ging in Richtung des Strandes. Wieder war die Ruhe in den Wald eingekehrt, wieder holte

die Natur Luft, um vielleicht zum finalen Schlag auszuholen.
Ugyen hielt den Kopf hoch: „Riechst du es, das Meer? Es kann nicht mehr weit sein."
„Der Schutzschirm ist auch weg."
„Ich habe es gemerkt. Sag den Schwestern, dass wir sie dringend brauchen."
„Sie haben uns schon geortet. Es fliegt sofort eine Mannschaft los, um uns zu holen. Ich hoffe nur, dass sie rechtzeitig kommen."
„Dann müssen wir weiter bis zum Strand, unsere Freunde sind schon wieder hinter uns her."
Jetzt nahm Ugyen das Rascheln der Kopffedern auch wahr. Sofort beschleunigten sie ihre Schritte. Keine fünfzig Meter weiter erreichten sie den Strand, und eine reinigende leichte Brise wehte ihnen entgegen. Sofort starteten sie mit ihrer Last bis zum Wasser durch, achteten dabei aber nicht darauf, was sich hinter ihnen abspielte. Die Hemden klebten an ihren verschwitzten Körpern. Von Dornen zerrissene Hosen flatterten an ihren Beinen, und schwer atmend blieben sie am Rande des Ufers stehen.
Zwanzig bis fünfundzwanzig kleine Raptoren stürmten in voller Breite aus dem Mangrovenwald, orientierten sich, witterten ihre Beute und kamen langsam und entschlossen auf ihre Opfer zu. In Erwartung eines sicheren Mahls, mahlten ihre kleinen und trotzdem furchterregenden Kiefer, dabei wurden ihre spitzen, in mehreren Reihen aufgestellten Zähne sichtbar.
Erk Johannsen lag da, die Ohnmacht hatte ein Einsehen, und so bekam er von alle dem nichts mit. Das Fieber hatte ihn voll im Griff, seine Lippen waren angeschwollen und

aufgeplatzt. Kalter Schweiß netzte seine rotglühende Stirn.

„Es muss schnell was passieren, sonst bekommen wir Erk nicht über den Tag."

Ugyen riss einen Teil seiner Kleidung in Stücke, machte sie mit kaltem Meereswasser nass und legte sie Erk um die Waden. Er fieberte fürchterlich, aber sobald er die Kälte des Stoffes an seinen Waden spürte, beruhigte er sich etwas. Aber plötzlich erwachte er aus seinem Fieberwahn und sprach seine Freunde mit klaren Worten an: „Wisst ihr Idioten eigentlich, dass es in der Zeit, in der wir jetzt sind, gar keine Tyrannosaurus Rex gab?"

Dabei lachte er glucksend und fiel sofort wieder ins Koma.

„Na, seinen Humor hat er nicht verloren."

„Wenn er wieder gesund ist, müssen wir mal ein ernstes Wort mit ihm reden."

Die beiden Freunde schauten sich um, um zu sehen, ob sie ihre Position verbessern konnten, bevor sie ihre Aufmerksamkeit wieder auf das Rudel richteten.

Genau an der Stelle, an der sie standen, ragte eine große Felsenbarriere aus dem Wasser heraus, um dann im Mangrovenwald zu verschwinden. Wie eine Wand stand sie hinter ihnen und war in dem jetzigen Zustand nicht zu überwinden. Es wäre für die beiden Regenbogenkrieger müßig gewesen, über eine Überwindung der Wand nachzudenken. So verloren sie darüber kein Wort und standen dicht beieinander vor ihrem Freund am Strand. Man hatte sie gejagt und gestellt, und ihre Jäger kannten sich vor Ort aus. Die Erbarmungslosigkeit, die die Natur nun zeigte, war das wahre Gesicht des Dschungels. Es ging dabei nur um eins, um das eigene Überleben. Dabei

war es vollkommen egal, wie viele Gegner dabei auf der Strecke blieben.
Den drei Freunden war vollkommen klar wie das System funktionierte, denn sie hatte in Lee und dem Alten Mann exzellente Lehrmeister, deshalb machten sie sich auch nichts vor und reagierten mit einem Automatismus der dem Menschen eigentlich nicht mehr zu eigen war. Aber die Jäger Lee und der Alte Mann hatten die Instinkte in ihnen geweckt, die in der Urzeit nur dafür da waren, den Mensch zum Überleben zu zwingen. So begannen sie auf Zeit zu spielen, in der Hoffnung, dass ihre Freunde rechtzeitig kommen würden.
Ugari, der seinen Bumerang in der rechten Hand hielt, betrachtete seine Gegner genau. Wie es bei allen Rudeln war, besetzte der Erfahrenste der Jäger die Spitze, um seine hart erkämpfte Rangordnung zu untermauern.

„Kümmere dich um Erk. Ich werde mal etwas versuchen."

Dann wechselte er den Bumerang in die linke Hand, rieb sich den Schweiß aus seiner rechten Hand, wechselte die Waffe wieder auf die andere Seite und holte aus. Mit einem gezielten Schwung warf der junge Aborigine das mit Diamanten besetzte Jagdgerät auf einen der hinteren Raptoren. Der Wurf war so genau, dass er den Hals des einen Theropoden aufschlitze, ohne seine Flugbahn stark zu verändern, kam er zum Werfer zurück. Sofort schoss Blut aus der Wunde, und das Tier fiel wie gefällt in den weißen Sand des Strandes. Seine Kumpane machten sich sofort über ihn her und fingen an ihn aufzufressen. Ugari, der kein Auge dafür hatte, fing die Waffe wieder ein, hob den Bumerang mit einer fließenden Bewegung, und wieder schnellte das Jagdgerät, wie von der Sehne geschnellt, auf die Tiere zu. Die ersten, die unentschlossen dastanden, äugten abwechselnd zu ihren Kameraden, als auch zu ihren Opfern. Bevor sie einen Entschluss fassen konnten, fiel der Zweite der Theropoden mit aufgeschlitztem Hals zu Boden. Unbeirrt flog die Waffe zurück zu ihrem Besitzer, der sie geschickt auffing und zufrieden auf sein Werk schaute. Der Angriff stockte gänzlich, und der erste Hunger der Angreifer war erst einmal gestillt.

„Na, mal sehen, wie sie sich jetzt verhalten."

„Die Pause wird nicht lange dauern. Es wird besser sein, auf die Klippen zu klettern. Schade, dass Kuntur nicht da ist, dann könnte sie mit Erk springen."

Ohne sich umzuschauen und ihre Gegner weiter beobachtend, bemerkte Ugari nur einfach: „Das schaffen wir nicht, das ist zu steil. Und wenn die Biester merken, dass wir jetzt abhauen wollen, werden sie umso aggressiver angreifen."

Ugyen, der sich um Erk kümmerte, nahm die Antwort kommentarlos an und schrak zusammen. Lautes Krachen ließ ihren Atem stocken. Wie auf Kommando rissen die beiden ihren Kopf herum und bekamen noch mit, wie auch die Raptoren in die Richtung des Krachens schauten. Ohne, dass die Tiere etwas sahen, verließen sie in heller Panik das Schlachtfeld.

Langsam konnten die Krieger des Regenbogens ihre Umgebung besser wahrnehmen. Die Dämmerung des Morgens hatte den Strand verlassen und machte der Helligkeit des Tages Platz. Der ruhige Wellenschlag des Meeres gab ein kleines Scherflein dazu, die Aggression des Momentes zu vergessen. Trotzdem waren die Sinne der beiden bis aufs äußerste geschärft und ließen sich von der momentanen vorgegaukelten Trägheit der erwachenden Natur nicht einlullen. Präzise suchten sie das Ufer nach der Ursache des Kraches ab.

„Siehst du etwas, Ugari?"

„Still, ich konzentriere mich."

Ugyen kümmerte sich um Erk und erneuerte den Wadenwickel. Erk, der sich unruhig hin und her warf, stöhnte und brabbelte irgendwelche Worte.

„Psst. Leise, Erk."

Ein lauter Schrei kam von seinen Lippen. Ugyen schaute sich gehetzt um. Als sie wieder in einiger Entfernung das Krachen hörten. Im Morgenlicht war es nicht so einfach, etwas zu erkennen. Ugari, der immer noch wie eine sprungbereite Gazelle dastand, veränderte die Stellung und zeigte mit der rechten Hand auf den Urwald.

„Da. Ach du große Scheiße."

Ugyen schaute in dieselbe Richtung.

„Der große Bruder. Nicht bewegen."

Der riesige Dinosaurier, der aufrecht aus dem Unterholz brach, gehörte einwandfrei nicht zu der Gattung der Pflanzenfresser. Unwillig wischte er die letzten Äste mit seinen viel zu kleinen Vorderläufen weg, dann hatte er freie Sicht auf den Strand. Direkt in die richtige Richtung sehend, legte er witternd den Kopf zur Seite, als könnte er die Situation dadurch besser wahrnehmen. Dann trabte er auf seinen mächtigen Hinterläufen locker zu den Resten der beiden Kadaver, ohne weiter daran zu riechen, nahm er sie auf und schluckte sie hinunter. Wieder hob er den Kopf und ließ die Luft mehrfach durch seine Nasenlöcher rauschen. Es war ein Wildtier, von der Natur gedrillt zu töten. Die drei konnten ihm nichts vormachen, auch wenn sie sich nicht bewegten. Ihre verschwitzten Leiber tränkten die Kleidung mit ihrem Schweiß. Und wenn sie nur dastanden, lag der eigene Geruch wie eine Wolke um die drei Krieger. Trotzdem war der Große vorsichtig, eine Vorsicht, die ihn Mutter Natur gelehrt hatte. So starrten sich die Gegner eine Zeit lang an, immer darauf wartend, dass der andere den ersten Schritt machte.

„Was ist mit deinem Bumerang, Ugari?"

„Schau dir mal den mächtigen Hals an, da komme ich nicht einmal durch die erste Muskelschicht. Und wenn der Bumerang stecken bleibt, bekomme ich Ärger mit dem Alten Mann. Und ich möchte keinen Ärger mit dem Alten Mann haben."

„Was ist, wenn wir den Ärger mit dem Alten Mann nicht mehr mitbekommen?"

„Dann sind wir tot."

„Mir gehen die Ideen aus."

„Was ist mit dem Wasser?"

„Bevor wir mit Erk rausgeschwommen sind, hat er uns ausgelutscht."

„Ich bin Jäger, ich hatte mir das so gedacht, dass wir uns stellen. Ist doch eine schöne Herausforderung."

Die Sonne stand jetzt voll über dem Horizont und tauchte das Land und das Meer in ein Licht, das schöner nicht sein konnte. Der Geruch frischer Blumen, vermischt mit dem Seewind und dem düsteren Geruch des Mangrovenwaldes, brachte eine Mischung hervor, an die man sich sein Leben lang erinnern konnte. Darauf verschwendeten die zwei jungen Männer aber keine weiteren Gedanken, denn noch immer standen sie einem Gegner gegenüber, der übler nicht sein konnte. Der große Dinosaurier hatte sich immer noch nicht bewegt, er schien abzuwarten.

Die beiden jungen Männer, die nie einen Gedanken aufwendeten, in einer solchen gefahrvollen Situation ihren Freund im Stich zu lassen, kontrollierten ihre Gedanken bis in die letzte Verbindung ihrer Synapsen. Ugari, der ruhig seine Chancen abzuwägen schien, wog den mit Diamantstaub besetzten Bumerang in der rechten Hand, dann schauten seine Augen spitzbübisch auf den großen Jäger. Er hob den Arm mit dem Bumerang. Ugyen, der alles mit Argwohn beobachtete, hielt sich nicht mehr zurück: „Könntest du mich an deinem unerschöpflichen Wissen teilhaben lassen? Und nicht so hintergründig dämlich lächeln."

Ugari ließ den Arm wieder sinken.

„Der alte Mann hat mir einen Wurf beigebracht, bei dem der Bumerang den Gegner oder das Wild von hinten angeht. Wenn ich es schaffe, die Achillessehne des Kolosses so zu kappen, fällt er um, wie ein gefällter Baum."

„Worauf wartest du noch?"

„Ich denke, ihr Buddhisten habt was gegen das Töten? Das ist das einzige, was mich noch abhält. Jetzt siehst Du erst, wie empathisch ich gegenüber Deinem Glauben bin."

„Bei Kühen und Affen ist das so, du hättest bei uns große Überlebungschancen. Außerdem bin ich Pragmatiker, wenn du es noch nicht gemerkt haben solltest. So, nun leg mal los, er sabbert schon vor Hunger."

„Na, dann wollen wir mal."

Der Dinosaurier stand da, hatte den Kopf schief gelegt und lauschte anscheinend dem Dialog der beiden Freunde. Ugari, der das Tier nicht aus den Augen ließ, hob wieder den Arm, zögerte aber. Der Riese hatte sich immer

noch nicht bewegt, nur sein Kopf bewegte sich leicht. Es hatte den Anschein, als würden seine Echsenaugen den Himmel absuchen.
Ugari schrak leicht zusammen, als er die Stimme in seinem Kopf hörte.
„Lass ihn, wir kümmern uns um ihn."
Da hörten beide das leise Rauschen. Sie drehten sich um und sahen drei Fluggeräte kommen. Ein großes Zigarrenförmiges und zwei kleine Gleiter. Das Zigarrenförmige hielt auf die drei jungen Männer zu, während die beiden anderen sich um den Dino kümmerten.
Sie bauten zwischen dem Dinosaurier und den drei Freunden eine energetische Sperre auf und führten sie langsam auf das große Tier zu. Keineswegs ängstlich, blieb das große Dinosaurier stehen. Dann dauerte es nicht mehr lange, und der Körper kam mit dem energetischen Schirm in Verbindung. Den Schlag, den das Tier einstecken musste, erschreckte ihn so stark, dass er sich auf der Stelle umdrehte und weglief. Dabei geriet sein Schwanz noch einmal in die energetische Sperre. Es schrie vor Schreck und Schmerz auf und verschwand mit großen Schritten im Wald.
In der Zwischenzeit hatte das große Fluggerät zur Landung angesetzt. Ugari wandte sich an Ugyen.
„Ich hätte mich gerne mit ihm angelegt."
Ugyen tippte mit dem Zeigefinger an seine Stirn.
„Ich glaube, die Nacht hat dich ein paar Gehirnzellen gekostet."
Aus der Zigarre stieg als erste Molke heraus und kam sofort herübergelaufen. Dahinter sprang Stella aus dem Flugobjekt, die den Einsatz koordinierte. Danach kamen

der alte Mann und Lee. Molke kniete neben Erk und fragte die beiden Freunde.

„Was ist passiert?"

„Er kam aus der Hütte und war schon fiebrig, und dann haben wir ihn bis hierher gejagt. Das Fieber wurde immer schlimmer. Im Wald ist er dann zusammengebrochen."

Molke ließ das Diagnosegerät über den Körper des jungen Mannes laufen.

„Pilzvergiftung."

Mittlerweile waren auch ihre Helfer angekommen. Molke holte ein Gerät heraus, das wie eine Spritze aussah, stellte es auf Erks Haut ab und drückte einen Sensor.

„Wofür war das denn?"

„Zur Kreislaufstabilisierung."

An ihre Leute gewandt, sagte sie: „Legt eine Infusion an und dann bringt ihn vorsichtig in unser Shuttle."

Ugari und Ugyen gingen auf den alten Mann und Lee zu. Der alte Aborigine legte seine Hand auf die Schulter von Ugari und versank sofort in Trance. Es dauerte nicht lange, und er wachte wieder auf. Dann nickte er den beiden jungen Freunden zu, klopfte beiden auf die Schulter: „Ihr habt alles richtig gemacht."

Dann ging er zu Molke. Unter der Leitung von Molke waren sie dabei, Erk in den Shuttle einzuladen.

„Wenn wir zu Hause angekommen sind, und ihm geht es immer noch nicht besser, übernehme ich die weitere Behandlung."

Molke hob nur die Augenbrauen und schüttelte konsterniert den Kopf. Das, was sich wie eine Drohung anhörte, war eine reine Information, die der alte Mann der jungen Ärztin zukommen ließ.

„Was willst du denn besser machen, Alter Mann?"

Der Aborigine antwortete nicht darauf, ging in das Shuttle und setzte sich in die Mitte des Ganges, an das Kopfende des Jungen, nahm den Kopf in seine beiden wulstigen Hände und fing an, in einem eigenartigen Sing-Sang zu murmeln. Stella kam als Letzte, hob den Daumen zum Piloten und das Fluggerät hob ab, um zum Festland zu fliegen.

Stella fragte, an Molke gewandt: „Wie geht es ihm?"

„Ganz schlecht. Ich bekomme das verdammte Fieber nicht runter. Es ist so, als würde der Körper immer wieder Nachschub bekommen."

„Was macht der Alte Mann?"

„Das weiß ich nicht. Irgendeine Zeremonie. Er hat gesagt, dass, wenn ich ihn nicht in den Griff bekommen habe, wenn wir zu Hause sind, er ihn dann übernimmt. Es klang ziemlich endgültig."

„Dann hast du nicht mehr viel Zeit."

„Wenn er den Tag noch überlebt."

Stella schaute Molke verdutzt an: „So schlimm?"

„Normal dürfte er schon nicht mehr leben. Obwohl er noch lebt und Fieber hat, fällt seine Körpertemperatur unter 36° C. Also absolut irrational und dabei friert er nicht. Ich habe so etwas noch nicht erlebt."

„Weißt du sonst noch etwas dazu?"

„Nein, aussitzen ist die einzige Möglichkeit, die wir haben, denn Medikamente nimmt sein Körper einfach nicht an."

„Okay, dann vertrau dem Alten. Vielleicht ist es ein Zauber. Schau ihn dir an, er hat noch etwas in petto."

„Gut und schön, aber an einen Zauber glaube ich nicht, und mit Zauberei kommt er hier nicht weiter. Ich bin da ganz einfach Realist."

Stella, die sich ihre eigenen Gedanken machte, tippte dem Piloten vorsichtig auf die Schulter: „Pilot, maximale Geschwindigkeit."

Der Pilot schaute die beiden Frauen teilnahmslos an, hob den Daumen, wiederholte den Befehl: „Maximale Geschwindigkeit", dabei drückte er den Gashebel bis zum Anschlag durch. Das Fluggerät machte einen sanften Satz und beschleunigte auf maximale Geschwindigkeit. Es dauerte nicht lange, und das Festland war wieder zu sehen. Der alte Mann ging zum Piloten.

„Zum Flugdeck, und wenn alle aus der Maschine sind, verschwindet ihr wieder. Sag den anderen Gleitern auch Bescheid."

Der Pilot nickte nur. Die Maschine wurde langsamer und setzte schließlich auf dem Flugdeck auf. Die Passagiere stiegen aus und trugen Erk aus der Zigarre. Sofort hob das Fluggerät wieder ab.

Der alte Aborigine ging schnell zu dem fiebernden Jungen, dabei riss er ihm mit einem verächtlichen Ruck die Kanüle aus dem Arm und warf sie auf den Boden. Da kamen schon Trine und Erk Johannsen angelaufen, um zu ihrem Sohn zu kommen. Der Alte Mann stellte sich ihnen in den Weg. Er nahm die beiden zu sich herunter und sprach ein paar Worte mit dem Ehepaar. Danach drehte er sich zu den drei Mädchen herum, die mitgekommen waren: „Kesuk, du kommst mit. Hast du deinen Medizinbeutel dabei?"

„Ja."

Molke, die gesehen hatte, wie der Alte die Kanüle aus dem Arm des Kranken herausgerissen hatte, ging wütend auf den Australier zu, der sie aber nicht beachtete. Da stellte sich Trine ihr in den Weg und sprach mit Molke.

Allskerjargdi, der auch noch dazu kam, und die beiden beschwichtigten die Ärztin.
Der Alte Mann hatte Erk in die Mitte des Flugdecks bringen lassen und ihn auf den blanken Boden gelegt. Dann positionierte er Kesuk an das Kopfende und Ugari an das Fußende ihres Freundes. Während der ganzen Zeit murmelte er in einem auf, und abnehmenden Sing-Sang. Kesuk und Ugari schlossen die Augen und stimmten ein. Es wurde ein mystischer Augenblick, wie die Sonne die Szene beschien und das leise Rauschen des Windes die Wärme des Tages ankündigte.
Der Alte nahm Kesuk den Medizinbeutel vom Hals und legte ihn an das Ende des Brustbeins. Ugari platzierte seinen Bumerang kurz darunter. Die Spitze zeigte nach oben und deutete auf das Energiezentrum dieses jungen Menschen hin. Sofort beruhigte sich der Junge.
Dann nahm der Alte seine beiden Bumerangs und trieb, ohne große Kraftanstrengung, den ersten Bumerang auf die rechte Seite des Fiebernden und den anderen Bumerang auf die linke Seite des Jungen in den Boden. Jeweils beide Enden steckten bis zu fünf Zentimeter im harten Untergrund des Flugdecks. Der Beobachter hätte bei genauerem Hinsehen feststellen können, dass der Boden die beiden Jagdgeräte bereitwillig annahm. Dann riss er Erk ein Haar von seinem Schädel und verbrannte es über seinem Körper. Fast augenblicklich senkte sich ein Energiefeld über die vier, dass von den Bumerangs auszugehen schien, die ihre Energie von Mutter Erde bekamen.
Das Flugfeld war mittlerweile voll mit Leuten, alle starrten gebannt auf die Energiekuppel, die noch unruhig flimmerte. Keiner bemerkte, dass mit jedem Wort, das der

Alte sang, der Himmel schwärzer wurde und die Sonne hinter den schwarzen Wolken verschwand. Zuerst kam Wind kam auf, und in der Ferne der unseligen Insel tobten sich schwere Gewitter aus.

Allskerjargdi hob bei dem ersten Windstoß den Kopf und schaute in den Himmel, dann winkte er Stella zu sich: „Stella, lass das Flugdeck räumen. Wir wollen nicht, dass einer zu Schaden kommt. Ich kann mir vorstellen, was jetzt gleich passiert."

Trine und Erk standen neben dem hohen Priester und schauten besorgt auf die Ereignisse, die sich vor ihnen abspielten.

„Kommt, ihr beiden, wir gehen ein paar Schritte nach hinten."

Unbemerkt hatte Stella auf dem Flugfeld einen überdachten Unterstand herausfahren lassen. Die beiden Johannsens, Molke, Stella, Allskerjargdi, Lee und Horatius standen jetzt wenigstens im Trockenen und konnten beobachten, was vor ihnen passierte.

Ein lauter Knall ließ die Beobachter zusammenfahren, und ein gewaltiger Blitz schlug in den bestehenden Energieschirm ein. Anstatt, dass sich der Blitz nach dem Einschlag von dem getroffenen Objekt wieder löste, klebte er regelrecht an ihm. Gewaltige Mengen Energie flossen in den Schirm und luden ihn auf.

Der Alte Mann, Ugyen, Kesuk und Erk bekamen von allem nichts mit. Es war, als hätte jemand einen Mantel über sie geworfen, der sie gegen alle äußeren Einflüsse unempfindlich machte.

Allskerjargdi beugte sich zu Erk Johannsen hinüber, der gebannt die Szene beobachtete und dabei seine Trine fest im Arm hielt und ehrfürchtig flüsterte: „Ich habe schon davon gelesen, aber es noch nie gesehen. Es ist ein Vermächtnis der Ureinwohner Australiens. Nur Ausgewählten wird es weitergegeben. Sie arbeiten mit kosmischer Energie."

Es dauerte lange, bis der Feuerschweif sich wieder in die Wolken zurückgezogen hatte. Jetzt konnten die Beobachter auch sehen, dass der Schirm fast durchsichtig geworden war. Innen saßen immer noch Kesuk und Ugari, während der alte Mann stand. Die Anwesenden hörten das seltsame Singen der drei, dass sie mit einem hin- und herwiegen verstärkten. Keiner verstand ein Wort dieser fremden Sprache, aber alle waren erfasst von diesem mystischen Moment.

Erk Junior, der bis dahin ruhig gelegen hatte, fing an sich zu bewegen. Es waren schnelle ruckartige Bewegungen, Bewegungen, die dem Außenstehenden anzeigten, dass der Junge etwas loswerden wollte, eine Last ruhte auf ihm, die sein Leben zu bedrohen schien. Aber die beiden Totems bildeten die perfekten Gegengewichte, und sie klebten regelrecht fest an diesem jungen wachsenden Körper. Sie alleine sorgten dafür, dass ein Aufbäumen nicht zustande kam.

Dann ionisierten Bilder auf dem Schirm, die die Ereignisse auf der Insel zeigten. Die Hexe und Thorg, das Benetzen des Topfes mit Blut und die Flucht.

Keiner sagte da ein Wort. Trine hielt sich die Hände vor den Mund und unterdrückte einen Schrei. Erk hatte die Augen aufgerissen und stand wie paralysiert da. Dann stand das Bild auf dem Schirm und bewegte sich nicht mehr. Es stand so, wie die Situation jetzt auf Deck war, gezeichnet von Düsternis, Gewitter und Schrecken.

Der Schirm war milchig geworden, die Zuschauer konnten kaum noch etwas erkennen. Regen setzte ein, zuerst vereinzelte Tropfen, die immer dicker wurden, dann vermehrten sie sich und schlugen auf das Flugdeck auf. Ein Sturzregen hatte eingesetzt. Wie ein Stakkato schlugen die Tropfen auf den Energieschirm ein und wuschen ihn sauber. Die Ereignisse, die auf dem Schirm standen, verschwammen mit den Mengen des Wassers und liefen ab in die Tiefen des Abgrundes, um in der Unendlichkeit der grünen Hölle Leben zu spenden.

Erk hatte sich wieder beruhigt und lag regungslos auf dem harten Boden. Unbeeindruckt von dem, was außerhalb der Energieglocke geschah, sangen die drei in immer wiederkehrender Weise ihr eintöniges Lied. Wieder bildeten sich Bilder auf dem Schirm.

Freya, Ugyen und Kuntur waren inzwischen auch unter das Dach gekommen. Freya Gustafsson hatte sich neben Trine gestellt und hielt deren Hand. Trine schaute dankbar auf das junge Mädchen, die ihr ins Ohr flüsterte: „Das wird schon. Das ist das Reinigungsritual, sieh, dein Sohn ist ganz ruhig. Aber irgendetwas ist nicht in Ordnung. Der alte Mann geht noch einmal denselben Weg."

„Wie meinst du das?"

„Schau einfach."

Wieder bildeten sich Bilder auf dem Schirm. Zuerst zaghaft, dann in voller Farbe. Ein einfacher friedlicher Wald, und in dem Wald war Erk, alleine. Er schien auch älter geworden zu sein. Es hatte den Anschein, als würde der junge Mann etwas suchen. Dann kam er zu einer unüberwindlichen Felswand, in der ein riesiger dunkler Höhleneingang war. Kalte Luft kam aus der Schwärze des gewaltigen Loches und kondensierte den Nebel zu Tropfen in der Wärme des immer noch jungfräulichen Tages.

Neugierig ging er bis zum Eingang der Höhle und schaute hinein, dann wieder zu dem Wald. Man merkte ihm an, dass er unentschlossen war. Der unentschlossene Ausdruck in seinem Gesicht machte einem neugierigen Ausdruck Platz. Es hatte den Anschein, als würde eine unsichtbare Kraft ihn unwiderstehlich in diesen Schlund ziehen. Mit festen Schritten überwand er die Grenze zwischen Helligkeit und Dunkelheit und durchschritt den Nebel, um danach in der Höhle in klarer Luft wieder aufzutauchen. Nachdem sich seine Augen an die Dunkelheit gewöhnt hatten, orientierte er sich, ging den langen Höhlengang entlang, um das Licht, das am anderen Ende schien, zu erreichen. Er nahm in dem riesigen Raum, den er erreicht hatte, nicht die Dunkelheit wahr, die er erwartet hatte, sondern ein imaginäres Licht erfüllte die Höhle, und am Ende dieser Halle stand ein eherner Tisch. An diesem Tisch saß eine schwarzhaarige Schönheit mit übergeschlagenen Beinen und schaute den Neuankömmling neugierig an. Langsam erhob sie sich. Groß, mit herabfallendem schwarzem Haar, stand sie da, ohne sich zu bewegen. Gekleidet in einem einfachen dunklen Leinenkleid, das bis zum Boden reichte. Ihre fast schwarzen Augen musterten den jungen Mann abschätzend und unterstrichen dabei ihre überirdische Schönheit.

Erk, der langsam und aufmerksam auf sie zuging, nahm noch zwei eherne Becher wahr, die auf dem Tisch standen.

„Wo bin ich, und wer bist du?"

„Du bist hier in der Höhle der Zeit, und ich bin der Wächter der Zeit."
„Ich bin durstig."
„Komm trink, Erk Johannsen."
Sie gab ihm einen der Becher.
„Du kennst meinen Namen?"
Erk nahm einen tiefen Schluck aus dem Becher. Sofort wurde ihm schwummerig. Da zeigte die junge Frau mit der Hand ins Höhleninnere.
„Geh, die Zeit erwartet dich."
Benommen, wie Erk war, wankte er weiter ins Höhleninnere. Je weiter er kam, umso heller wurde es. Dann erreichte er, als er um eine Ecke bog, eine Welt für sich, aber, was er sah, ließ ihn erschaudern. Trümmer, nichts als Trümmer. Viele Trümmer von vergangenen untergegangenen Zivilisationen und geschichtlichen Perioden. Da ragte ein Germanenspeer aus dem Gerippe eines Pferdes, dort eine Römerstandarte hinter einer sumerischen Tafel hervor. Dazwischen lagen überall die Gerippe von Menschen, die mit ihren Totenschädeln den Neuankömmling lächelnd begrüßten. Vorne lagen goldene Mayakalender, daneben Kanonen aus dem zweiten Weltkrieg. Diese ganzen Artefakte waren teilweise zerfallen und mit dem Staub der Zeit bedeckt.
In der Mitte dieses Stilllebens saß ein uralter Mann, nur in Fetzen gekleidet, auf einem riesigen eckigen Marmorthron. In der rechten Hand einen Holzstab und in der linken Hand eine Sanduhr. Den Kopf gesenkt, hager und bleich, glich er mehr einem Skelett als einem menschlichen Wesen.
„Wer bist du, alter Mann?"
„Ich bin die Zeit, Jüngling."

„Warum bin ich hier?"

„Wenn du in diese Höhle kommst, musst du mit mir kämpfen. Wenn du aus der Höhle raus willst, musst du mich besiegen."

„Ich kämpfe nicht mit alten Männern."

„Alte Männer haben nichts mehr zu verlieren, du schon. Sieh diese Sanduhr, das ist deine Lebensuhr, deine Lebens-Zeit ist bald abgelaufen. Mach etwas daraus."

Panik bemächtigte sich des jungen Mannes. Der Alte stand ächzend auf und ging in gebückter Haltung auf Erk Johannsen zu. Auf dem Deck, in der neuen Welt standen die Zuschauer und schauten erschreckt auf die Dinge, die unweigerlich ihren Lauf nahmen. Freya stand da, kreidebleich und überlegte fieberhaft.

„Das ist Gevatter Tod."

Trine, die das Flüstern von Freya mitbekommen hatte, erwiderte: „Was sagst du da? Gevatter Tod?"

Freya beachtete Trine nicht und drehte sich zu ihren Freunden Ugyen und Kuntur.

„Ugyen, Kuntur, wir müssen noch mal in der Zeit zurück. Der alte Mann braucht Hilfe. Er hat etwas übersehen."

Ugyen schaute Freya an: „Alleine schaffen wir das nicht, wir brauchen noch Ugari und Kesuk."

Die drei setzten sich auf den Boden des nassen Decks und nahmen Kontakt zu ihren beiden Freunden unter der Energieglocke, auf. Als der Kontakt zustande kam, hörten die beiden jungen Leute sofort mit ihrem Sing-Sang auf und fielen in einen tranceartigen Zustand.

„Alter Mann, ich will nicht mit dir kämpfen."

„Die Entscheidung ist gefallen, als du zur Hexe gingst, Erk Johannsen."

Dann schlug der alte Mann dem Jüngling plötzlich den Stock über die Schulter, der Schlag war so hart, dass Erk vor Schmerzen auf die Knie sank. Etwas wie Wut sprang aus den Augen des jungen Mannes, und mit einem Satz war er beim alten Mann. Der nahm ihn sofort an.

„Gut, Jungchen, gut."

Das Grinsen des alten Mannes ließ sein Gesicht wie eine Fratze erscheinen. Es war nichts mehr davon zu merken, dass die Zeit alternd und gebrechlich war. Seine Bewegungen waren schnell und gleitend und kraftvoll.

Erk, der versuchte, das lebende Bündel Knochen von sich zu werfen, merkte aber schnell, dass es gar nicht so leicht war, sich den Alten vom Leib zu halten. Die Zeit hing an ihm fest wie eine Klette. Höhnisches Kichern untermalte die Szene vor den Trümmern der Perioden, und der junge Erk merkte, dass er mit jedem Griff, den er ansetzte, kräftiger wurde. Dann wiederholte er: „Lass mich los, Alter, ich will dich nicht verletzen."

„Tu mir weh, Jüngelchen, ich warte nur darauf."

Immer wieder versuchte der junge Mann, den Alten los zu werden. Wenn er ihn weggeworfen hatte, sprang das Gerippe Erk wieder mit einem mächtigen Satz an. Dabei flatterten die alten, zerrissenen Kleidungsstücke an seinem Körper, wie eine Fahne im Wind. So wogte der Kampf hin und her, und mit jedem Griff, den der junge Mann ansetzte, wurde der Alte stärker und schneller. Erk merkte, dass mit jeder Bewegung und jedem Kontakt mit der Zeit er sich selbst veränderte. Langsam ging ihm die Luft aus, und er hatte das Gefühl, dass er älter wurde.

Die Zuschauer dieses Szenarios waren gebannt von den Vorgängen, die sich im Energiespiegel abspielten. Zuerst dachten sie, Erk blühte auf, aber mit jedem Griff und mit jedem Wurf wurde er älter. Aber er wurde nicht nur älter in der Zeithöhle. Auf dem Boden liegend, bildeten sich Falten. Er bekam graue Haare, Muskeln schwanden und er nahm ab. Nach Atem schöpfend, lag er da und fand kein Mittel, sich gegen den Alten zu wehren. Immer noch ausgestattet mit etwas Lebensmut, schaute er das Gerippe an, das jetzt höhnisch lachend über ihm stand, um zum zielgerichteten und letzten Schlag auszuholen. Erk schloss die Augen und bäumte sich ein letztes Mal auf. Aber mit der Kraft, die er verlor, wurde der Alte immer stärker.

Immer noch sang der alte Aborigine sein Lied, bis Kesuk sich zu ihm hinüberlehnte und vorsichtig seinen Fuß berührte. Sofort hörte der Sing-Sang des alten Mannes auf, und er lauschte gebannt darauf, was Kesuk ihm zu sagen hatte. Als Kesuk geendet hatte, kniete er sich neben Erk hin, nahm dessen Hand mit dem entzündeten Finger, der immer noch blutete und schaute sich die Wunde an. Dann riss er sein Messer aus dem Armhalfter und öffnete den Finger mit einem Schnitt vom Mittelgelenk bis zur Fingerkuppe. Sofort schoss das Blut in einem Strahl aus der Wunde, dann fühlte er mit seinem Messer die Einstichstelle Majoranas ab. Erk bäumte sich vor Schmerzen auf und schrie seinen Schmerz heraus, aber die beiden Totems hielten ihn am Boden. Sofort wurde der alte Mann fündig. Mit den Fingern griff er in die Wunde und zog einen Dorn heraus. Während der ganzen Zeit versuchte der Junge seine Hand dem Aborigine zu entziehen, der hielt ihn aber mit eisernem Griff fest. Kesuk und Ugari hielten sich die Ohren zu und verzerrten ihre Gesichter vor Schmerz. Aber sobald der Dorn aus dem Finger war, hörte Erk auf zu schreien.

Merkwürdigerweise war der alte Mann von dem Schrei nicht betroffen.
Der alte Aborigine nahm den Dorn und warf ihn achtlos in das Energiegespinst. Mit einer Stichflamme verglühte er und der Schirm wurde wieder trübe. Wieder begann der Alte mit seinem Sing-Sang, und Ugari und Kesuk stimmten ein. Mit jedem Wort, das von den Lippen der drei kam, wurde der Energieschirm klarer und durchsichtiger. Auch die Worte dieses seltsamen Sing-Sangs drangen leichter durch die Wand von Energie und Reinheit.

Erk Johannsen, immer noch in der Höhle des Grauens, kniete vor Erschöpfung auf dem Boden. Der Grund fühlte sich kalt und angenehm an, auch in ihm war keine Wärme mehr. Einen letzten Angriff wollte er noch wagen, als der Alte ihn höhnisch ansprach.
„Na, alter Mann, schwinden dir die Lebensgeister?"
Erk, der hochschaute, sah die Zeit unverändert stehen. Die rechte Hand hielt den ehernen Stab, die linke Hand in die Hüften gestützt. Er war nicht älter geworden, vielleicht sogar ein bisschen jünger. Hinter dem Alten stand die Sanduhr auf der Lehne des Marmorthrones. Der Sand hatte aufgehört, durch die Enge des alten Glases zu rieseln, aber noch war ein kleiner Rest da. Das alles erfasste er in dem Bruchteil einer Sekunde. Sie waren während des Kampfes immer näher an das Trümmerfeld gekommen, und Erk bemerkte in einem zerbrochenen Spiegel ein Gesicht. Alt, ausgemergelt, vom Leben verlassen. Er erschrak so stark, dass er nach hinten taumelte und mit weit aufgerissenen Augen die Zeit anschaute. Der hatte sich mittlerweile wieder auf seinen

Marmorthron gesetzt und zeigte mit seinen dünnen Fingern auf Erk Johannsen. Mit der anderen Hand nahm er die Sanduhr und drehte sie so, dass sich im oberen Teil der ganze Sand ansammelte. Sofort fing sie wieder an zu laufen.

„Geh, krieche zurück in deine Welt, wenn Du es schaffst. Deine Zeit ist noch nicht abgelaufen. Du hast sehr mächtige Freunde, Erk Johannsen, aber die Zeit können auch sie nicht besiegen. Irgendwann sehen wir uns wieder."

Erk drehte sich um und kroch zum Ausgang der Halle zurück. Am Tisch angekommen, traf er die Schönheit wieder.

„Na, Erk Johannsen, hast du die Zeit getroffen und mit ihr gekämpft?"

„Es gibt nur einen, der die Zeit besiegen kann."

„Richtig. Hast du Durst?"

Mit dieser Frage hielt sie dem alten Mann einen Becher hin. Erk trank mit schnellen Schlucken. Sofort veränderte er sich, und er war wieder der junge Erk Johannsen, der in die Höhle kam. Kraftstrotzend und voller Tatendrang schaute er die schöne Frau an.

„Was ist passiert?"

„Nichts, du warst nur erschöpft und hattest einen bösen Traum."

Erk wandte sich, kräftig und erholt, zum Eingang der Höhle und ging, ohne sich einmal umzusehen, in den Morgen.

An Deck des Felsens schauten die Zuschauer mit Entsetzen auf die Ereignisse im und auf dem Energiefeld. Aber mit dem Verglühen des Dornes veränderte sich die

Situation gänzlich. Erk wurde wieder der Erk, den sie alle kannten. Er schlug die Augen auf.
Der alte Mann hörte auf zu singen, schlug mit seinem Stock einmal durch das Energiefeld, das sofort in sich zusammenbrach.
Trine, die es an ihrem Platz nicht mehr aushielt, stürmte sofort tränenüberströmt auf ihren Sohn zu. Immer noch liegend, stützte er sich langsam auf seine Arme auf und schaute sich verwundert um.

„Was ist denn hier los?"
„Junge, du weißt nichts mehr?"
„Ich bin doch gerade erst in die Hütte der alten Hexe gegangen."
„Mein Junge, da fehlt dir eine Nacht und ein Tag."
Molke drängte sich durch die Traube von Menschen, die sich um die drei gebildet hatten.
„Lass mal den Finger sehen."
Erk hielt ihr seine beiden Hände hin, und Molke begutachtete sie.
„Er hat keine Wunden, keine Narben, als wäre überhaupt nichts geschehen."
Sie schaute den alten Aborigine an und auch Kesuk und Ugari.
„Ihr drei, wie geht es euch?"
„Alles in Ordnung, Molke", antwortete der alte Mann mit einem Augenzwinkern.
„Hey, er spricht mit mir."
Die sechs Freunde hatten sich zusammengefunden und erzählten Erk, was inzwischen passiert war, als Molke noch einmal kurz zu den sechs hinüberging und Erk aus der Traube holte.
„Ich muss dich noch einmal durchscannen, Erk."

„Ja, tu Dir keinen Zwang an."

Molke ließ ihren Taschenscanner über seinen Körper gleiten. Am Kopf angekommen, schaute sie verwundert auf die Daten.

„Erk, heute Nachmittag kommst du noch einmal kurz ins Spital."

„Ist etwas Besonderes?"

„Jein. Ich muss mit dem großen Scanner noch einmal dein Gehirn durchleuchten."

„Sag schon."

„Deine Gehirnkapazität hat sich seit dem letzten Scan vor zwei Wochen um zehn Prozent erhöht."

Allskerjargdi, der sich zu den beiden gesellte und die letzten Worte noch mitgehört hatte, mischte sich ein: „Molke, auf der Ebene, auf der er war, ist das wohl ein Geschenk."

„Und Geschenke hinterfragt man nicht. Ich weiß, Allskerjargdi. Ich will nur wissen, ob er damit klarkommt."

„Ich denke schon. Wir haben ein paar Annanuki in unserer Geschichte, die auch ein sehr hohes Potenzial aufwiesen."

„Aber zehn Prozent?"

Allskerjargdi legte seine Hand freundschaftlich auf ihre Schulter: "Untersuche ihn"

Dann drehte er sich um und ging auf Trine und Erk zu, die mit Lee und dem Alten Mann auf dem Flug Deck standen.

„Na, Erk, du sollst ja jetzt bald auf die Erde zurück. Wir sind in unseren Feierlichkeiten unterbrochen worden. In Gedenken an Bahl werden wir das nun erst einmal für die sechs jungen Krieger im kleinen Kreis machen."

„Wann meinst du, soll es stattfinden?"
„In zwei Tagen, in der großen Bibliothek."
„Okay, ich freue mich schon."
„So, alter Mann, wenn wir einmal Zeit haben, dann erzählst du mir, woher du wusstest, dass er einen Splitter im Finger hatte."
„Das wusste ich nicht, ich habe etwas geahnt. Den Fehler, den Majorana gemacht hatte, war, dass sie zuerst das Haar genommen hat und dann noch das Blut. Für einen Zauber langt ein Haar. Das mit dem Splitter hat Freya gefunden und mir über Kesuk von außen zugetragen."
Für den Alten war das eine äußerst lange Rede. Er gab zu erkennen, dass er nichts mehr zu sagen hatte.
Erk Senior, der sich die lange Rede des Aborigine angehört hatte, nahm ihn zur Seite.
„Alter Mann, erst einmal wollte ich mich im Namen meiner Frau und mir bedanken, dass du unseren Sohn gerettet hast. Aber eines muss ich noch wissen: Was war das für ein Auftritt mit der Zeit?"
Allskerjargdi, der auch da die letzten Worte mitbekommen hatte, erwiderte.
„Er bekam eine Bewusstseinserweiterung. Er stand an der Schwelle des Todes und hat mit dem Tod gekämpft, und der Tod verkörpert die Zeit. Jeder hat in seinem Leben eine Aufgabe, die er zu erfüllen hat. Langt dafür die Zeit nicht, wird er wiedergeboren. Das geschieht so oft, bis er seine Aufgabe erfüllt hat."
Der Aborigine legte die Hand auf die Schulter von Erk Johannsen: „Wenn man in der Zauberei mit halogenen Drogen, wie Pilzen arbeitet, muss man vorsichtig dosieren. Majorana wollte ihn umbringen. Aber bei seiner

Gehirnkapazität hat sein Körper die Initiative ergriffen und die Flucht nach vorne als Lösung gesehen und hat dabei eine Bewusstseinserweiterung projiziert, die nachträglich blieb. Das war anscheinend gewollt. Nicht gewollt war, dass wir den Splitter fanden, der war vergiftet. Der Schuss ging nach hinten los. Und sie hat es trotz Marduks Warnung versucht."

„Was war das für eine Hand, und wer ist Marduk?"

„Lass dir das von Allskerjargdi erklären."

Erk drehte den Kopf zu seinem Freund, der, ohne gefragt zu werden, antwortete: „Dein Sohn scheint sehr mächtige Verbündete zu haben. Das lässt uns für die Zukunft hoffen. Marduk war unser erster Prophet. Wir sagen, der Vater aller Annanukis. Keiner weiß, woher er kam. Man nennt ihn auch den Mann mit den fünfzig Namen."

„Sehr mysteriös. Aber die Erde war doch in Urzeiten ein Gefangenenplanet? Ist Marduk jetzt der Prophet aller Annanukis oder nur von denen auf der Erde?"

Allskerjargdi hob die Schulter und machte ein verzweifeltes Gesicht: „Ich weiß es nicht."

„Du weißt, dass meine archäologische Neugierde geweckt wird, wenn jemand sagt, ich weiß es nicht. In meinen Genen ist die Neugierde verankert. Wir sprechen noch darüber, alter Freund."

„Ich kann nur sagen, es tut mir leid, dir im Moment nicht weiterhelfen zu können. Aber ich möchte dir einen Anhaltspunkt geben. Das Dezimalsystem eurer Spezies hat die Grundlage 100. Das der Sumerer 60."

„Du weißt also mehr?"

„Ich darf dir nicht mehr sagen."

„Ich muss also forschen?"

„So ist es."

„Du weißt doch, dass ich die Keilschrift der Sumerer lesen kann?"

Allskerjargdi schaute Erk verwundert an: „Das wusste ich nicht."

„Ich sagte dir doch, wir sprechen noch darüber."

Erk nickte den beiden zu und ging dann zu seiner Frau. Trine, die sich mittlerweile wieder beruhigt hatte, war zu den jungen Leuten gewechselt und sprach mit der ehrwürdigen Mutter, die sich zu den jungen Freunden gesellt hatte.

Zwei Tage später

Nach dem gewaltigen Gewitter, das der alte Mann heraufbeschworen hatte, wurde man das Gefühl nicht los, dass sich etwas verändert hatte. Die Luft hatte sich gereinigt und roch frisch, denn die Natur hatte sich mit viel positiver Energie aufgeladen. Der Schatten des Bösen war vorläufig gebannt, aber er war da, das wussten alle, und es war gut, dass es keiner vergaß. Nachdem Bahl der Erde übergeben worden war, hatte auch die Ehrwürdige Mutter in manchen Situationen wieder ein Lächeln auf den Lippen.
Die Menschen, durch den positiven Einfluss gestärkt, waren alle gut drauf und trafen sich, um über die letzten Stunden und Tage ihre Meinungen auszutauschen. Die Sonne schien mit aller Kraft und wärmte die frische Luft, die dann die Räume der Felsenstadt mit neuer Energie durchflutete. Selbst der Tiefe des Abgrundes konnte man etwas Positives abgewinnen, wenn man aus der Höhe der Plattform das Meer der grünen Blätter sah, und die sich im Wind wiegenden Baumwipfeln, die von dem leichten Seewind angetrieben, wie Arme in die Höhe winkten.
Es war kein Rauch mehr in der Ferne am Horizont zu sehen. Viele fragten sich, ob die Hexe noch unter den Lebenden weilte. Aber die Realisten in der Neuen Welt wussten, dass die Alte nur ihre Wunden leckte und nicht umsonst die Unsterbliche hieß. Es stellte sich die Frage, ob sie es noch einmal wagen würde, den jungen Erk Johannsen anzugreifen.
Im wissenschaftlichen Bereich der Felsenstadt bereiteten sich die sechs Krieger des Regenbogens auf die Zeremonie zum Erwachsenwerden vor. Meditation und

Selbstreflexion füllten die letzten Stunden bis zur Prüfung aus. Sie waren in den letzten zwei Tagen merklich ruhiger geworden und gingen dabei untereinander mit großem Respekt um. So versuchten sie die Vorgänge der letzten zwei Tage zu verarbeiten und waren sich der Tragweite der Zeremonie bewusst. Die Zukunft ihres Universums hing von ihrer eigenen Zukunft und ihrer individuellen Stärke ab. Milliarden von Menschen und anderer Individuen waren von ihren Entscheidungen und Kämpfen abhängig. Aber sie zeigten nicht das Gefühl der Angst, sondern verströmten eine Zuversicht, wie es nur der Jugend gegeben war.

Der große Vorraum der umfangreichen Bibliothek war zum Versammlungsraum umfunktioniert worden. Eine kleine Bühne, mit einem Rednerpult unterbrachen die Eintönigkeit des Raumes, von dem so viele Gänge abgingen, die gefüllt mit Regalen und deren Bücher einen Geruch verbreiteten, dass es einem vorkam, als wäre dieser Geruch mit Buchstaben gefüllt, die flüsternd von Buch zu Buch eilten, um sich auszutauschen.

Der große Vorraum war schon halb mit Bewohnern dieses Planeten gefüllt, und auch in den Gängen waren Stühle aufgestellt worden, die langsam besetzt wurden. Dann kamen sie, die Krieger des Regenbogens, nach allen Seiten grüßend und lächelnd, suchten sie sich ihren Platz in der ersten Reihe. Bewundernd schauten die schon anwesenden Zuschauer die sechs jungen Leute an, denen es aber auch in diesem Moment noch nicht klar war, dass das Schicksal ihr Lebensbuch schrieb. Man merkte ihnen an, dass sie es genossen, an diesem denkwürdigen Tag der Mittelpunkt zu sein. Erk Johannsen, der auch noch einmal bei Molke war, hatte sich von ihr durchchecken lassen. Sie konnte das Ergebnis ihrer ersten Untersuchung bestätigen und war immer noch erstaunt über das schlagartige Anwachsen der Gehirnkapazität des jungen Mannes. Dem jungen Johannsen war das ziemlich egal, er war nur froh, dass er es mit der Hilfe seiner Freunde es aus den Fängen der Hexe geschafft hatte.

In einem seiner vielen Wachträume hatte er ein anderes Gedankenfeld betreten. Langsam konnte er sich jetzt auch wieder an die Höhle erinnern. Aber die Flucht aus der Hütte der Hexe sollte immer im Dunklen bleiben. Bei Majorana wusste er aber, dass er sie nicht zum letzten Mal gesehen hatte, trotzdem hegte der Junge nicht das Gefühl der Feindschaft gegen die Unsterbliche. Es war, als hätte jemand ein Band zwischen den beiden so unterschiedlichen Gegnern geknüpft. Nach der Untersuchung hatte Erk der Ärztin auch gesagt, dass er seit dem Vorfall in der Höhle ein wahnsinniges Energiepotenzial in sich spürte. Der Alte Mann meinte, dass der Blitz kosmische Energie in seinen Körper eingelagert hatte, von dem er nun lange zehren könnte. Kesuk und Ugari ging es nicht anders.

Auch seine Freunde waren durch das Erlebte ruhiger geworden. Es passierte oft, dass einer gedankenverloren in der Ecke stand, um über das Erlebte nachzudenken. Dabei waren sie erstaunt über die automatenhaften Reaktionen, zu denen ihr Körper und Geist in der Lage war, ohne darüber nachzudenken, zu reagieren. In ihrem Training hatten sie solche Situationen nicht durchgespielt. Es gab ihnen aber das nötige Vertrauen, das sie in unübersichtlichen gefährlichen Situationen brauchten, um sich aufeinander verlassen zu können.

Mittlerweile war der große Vorraum der Bibliothek voll,

und Erk stieß seine Freunde erwartungsvoll an.

„Es geht los."

Die Ehrwürdige Mutter ging als Erste ans Rednerpult. Es wurde ruhig in dem großen Raum. Sie trat gelassen an das Pult, schaute die Versammlung ruhig an, bevor sie mit ihrer Rede begann. Jeder kannte das Schicksal der alten Dame, dass sie vor zwei Tagen ereilte, und so hingen sie an den Lippen der Ehrwürdigen Mutter, um ihren Worten zu lauschen. An den Decken schwebten einige Übertragunsvorrichtungen, die diese wegweisende Zeremonie in alle bewohnten Ecken dieses Ersatzplaneten der Annanukis, die Erde, kommentarlos übertrug.

Man war in dieser Gesellschaft schon lange nicht mehr darauf aus, meinungsbildend zu wirken. Man war sich aber bewusst, dass man eine Führungsrolle für die Zukunft dieses Planeten, wie auch für das Universum sein könnte. Mit diesem Bewusstsein reflektierend aus der eigenen Vergangenheit, wollte man den Fehler nicht noch einmal begehen, Verantwortung abzulehnen, um dann Jahrtausende in Agonie zu leben. Die Agonie war vorbei, sie hatten es wieder ins Leben geschafft. Die Clanchefs hatten Tatsachen geschaffen, die lange beraten wurden und immer im Hinblick auf die Zukunft der Annanuki gerichtet waren. Im Bewusstsein einer Einheit vorzustehen, schaute die Ehrwürdige Mutter alle Anwesenden ruhig und ernst an und begann mit ihrer Rede.

„Liebe Freunde, Verwandte, Bekannte und Clanchefs, wir haben uns heute hier vollzählig versammelt. Hier in dieser altehrwürdigen Bibliothek, in der nicht nur die Vergangenheit unseres Volkes niedergeschrieben steht, sondern auch die Zukunft unseres Volkes niedergeschrieben wird. Wir werden ein Ereignis begehen, dass auch für uns Neuland bedeutet, aber für unsere ganze Spezies der Annanuki überlebenswichtig sein wird. Denn mittlerweile sind wir an einem Punkt angelangt, dass wir überleben müssen.

Diese sechs jungen Menschen sind von der Geschichte einer Weissagung ausgewählt worden, uns, die Annanuki, wie auch die Menschen in ein neues Zeitalter und in die Abenteuer eines neuen Lebens zu führen. Wir Annanukis, die wir zu der Gruppe gehören, die einmal in diese Neue Welt ausgewandert waren, sind, wie ihr alle ja wisst, abhängig von dem physischen Zustand der Erde und dem psychischen Zustand der Menschheit. Entsteht ein kleines Ungleichgewicht, ist das nicht so schlimm. Gehen beide Faktoren unter, besteht auch der Untergang für uns, denn die Symmetrie wäre gebrochen. Unsere Beobachtungen der Erde in den letzten Jahrhunderten und dieses Sonnensystems, hat uns gezeigt, dass 2012 der größte Anstieg der Sonnenwinde sein wird. Die Polabschmelzung ist im vollen Gang. Der Planet leidet an Überbevölkerung und Vergiftung, es besteht die Gefahr einer Polumkehrung. Ich könnte diese Liste noch weiter fortführen, aber an fast allem ist der Mensch in seiner unermesslichen Gier schuld. Es ist soweit, ein Menschenleben zählt nichts mehr. Wir wissen nicht wie unsere Vorfahren darüber gedacht haben und was sie sich ausgedacht haben, um uns aus dem Universum zu tilgen oder zu retten, wenn beide Faktoren ins Negative schlagen. Wir wissen nur eins, sie wussten es schon vorher. Sonst hätten sie uns nicht die Vorhersage der sechs Regenbogenkrieger gegeben.

Dabei haben wir nicht nur mit der Legende unseres Unterganges zu kämpfen, sondern auch mit durchaus irdischen Gegnern. Ich sage nur Brandolf. Die Vorgänge der letzten Tage haben uns gezeigt, dass wir hier in der Isolation nicht mehr sicher sind. Durch eigene Fehler und unsere Dummheit ist es dem Gegner gelungen, uns in der Neuen Welt anzugreifen. Durch das umsichtige und schnelle Handeln unseres Freundes Erk Johannsen ist es uns gelungen, die Feinde fürs erste abzuwehren. Aber sie werden wiederkommen, und es wird wieder Leben kosten, wir werden wieder aufstehen und gestärkt weiterkämpfen, bis wir wieder fallen. Es ist ein weiter Weg bis zu dem Ziel, das wir nie wieder aus den Augen verlieren. Mit wir, meine ich, die Menschheit und die Annanuki zusammen. Denn wir kämpfen für unsere Freiheit. Freiheit in den Gedanken und Freiheit im Leben. Wir werden uns dadurch aus der Isolation befreien müssen, um richtig und schnell auf jede Art von Angriffen reagieren zu können. Vergessen wir auch nicht die Toten, die es bis jetzt gekostet hat."

Als die ehrwürdige Mutter endete, standen alle auf und gedachten der Opfer. Dann setzten sie sich wieder, und die Ehrwürdige Mutter fuhr mit ihrer Rede fort, aber nicht ohne die Versammlung noch einmal intensiv zu fixieren.

„Ich bedanke mich und gebe jetzt ab an den Hohen Priester Allskerjargdi, der die Prüfung der jungen Leute vornehmen wird."

Während der Rede der Ehrwürdigen Mutter waren sechs Gegenstände in den Raum gebracht worden. Alle waren abgedeckt und lagen nun auf einem Tisch vor dem Rednerpult.

Allskerjargdi stand auf, umarmte die Ehrwürdige Mutter,

die ihm entgegenkam und ging zum Rednerpult. Auch er ließ die Menschen für kurze Zeit auf sich wirken.

„Die Ehrwürdige Mutter hat eigentlich schon alles gesagt. Aber trotzdem möchte ich noch einmal darauf hinweisen. Die jungen Leute, die heute hier mit unserer Hilfe ins Erwachsenendasein geführt werden, haben gelernt, was heute geschehen wird. Sie sind alle noch sehr jung, sind aber so umsichtig im Handeln wie Erwachsene. Dabei ist es uns als Annanukis gegeben, schneller erwachsen zu werden, wie ihre irdische Altersgruppe. Deswegen kann man es auch nicht als Prüfung bezeichnen, sondern sie werden auf einem Weg geführt und das bis zur Prüfung in sechs Monaten, wenn sie mit einem anderen Teilbereich der Ausbildung fertig sind.

Diese sechs jungen Leute werden uns bald verlassen, um auf der Erde in die Gesellschaft integriert zu werden. Das weitere Vorgehen wurde mit unserem Freund Erk Johannsen Senior besprochen. Sie werden auf der Erde in eine Schule gehen, die für besonders Begabte Schülergegründet wurde. Nach der langen Zeit hier in dieser einmaligen Welt, wird es Zeit, dass sie die neue Umgebung kennenlernen und sich in die Menschheit integrieren."

Eine kurze Pause entstand.

„Ihr seht hier sechs verdeckte Gegenstände, sechs Gegenstände, die mit eurem Talent zu tun haben. Diese Gegenstände sind uralt und mit Flüchen und Zaubern belegt. Sie sind auch technisch hoch entwickelt. Sie werden euch in schwierigen Situationen helfen. Ihr müsst sie immer verborgen halten. Dadurch, dass ihr Quantendenker seid, ist euch die Möglichkeit gegeben, diese Gegenstände zu beherrschen und Materialien so zu

verändern, so dass sie nicht an eurem nackten Körper gesehen werden können. Sie werden wie eine zweite Haut sein. So, dann kommt hoch zu mir."
Die sechs jungen Krieger standen auf und gingen auf die Bühne und stellten sich nebeneinander auf.

„Ich muss dazu sagen, die jungen Leute wissen nicht, was sie bekommen, und wir wissen nicht, ob diese uralten Dinge die jungen Leute annehmen werden. Ihr werdet mich fragen, woher ich das weiß. Ich weiß es nicht, es wurde uns so überliefert, von Hohem Priester zu Hohem Priester. Diese Dinge wurden über Jahrtausende von uns bewacht und gehütet. Jetzt wollen wir sehen, ob sie euch annehmen. Sie sind es, die darüber entscheiden werden, ob ihr die wahren Krieger des Regenbogens seid, wie es uns die Überlieferung prophezeit hat. Aber bevor diese uralten Relikte euch annehmen, müsst ihr noch eine Prüfung bestehen. Bei eurer Geburt habt ihr alle eine Kette mit einem Emblem bekommen. Ihr tragt sie alle. Nehmt sie ab, umschließt sie mit der linken Faust. Stellt euch im Kreis auf und legt die Fäuste übereinander."
Die sechs jungen Leute machten es so, wie Allskerjargdi es ihnen vorschrieben hatte. Als die Fäuste sich berührten, erfüllte ein gleißendes Licht den Raum, und über der letzten Faust: Es war die Faust des jungen Johannsens, über ihr erschien die Erde und eine leise, dunkle Stimme erfüllte den Raum. Die Zuschauer schreckten zurück, und standen ängstlich auf.

„Die Weissagung hat begonnen. Ich bin es, Marduk der Beobachter, Marduk der Prophet, Marduk der Mann mit den fünfzig Namen, Marduk der kosmische Spieler. Das, was vor euch auf dem Tisch liegt, sind eure Waffen, das ist eure Energie, das ist euer Leben. Sie vereinigen

Spiritualität mit Technik. Sie werden euch helfen, diesen Planeten zu retten und das Universum zu einen. Benutzt sie besonnen. Denn sie beherbergen die Energie des Universums, und sie kommen nie ohne ihre Kette aus. Kommen sie in falsche Hände, wird sich die Kraft gegen euch wenden. Nicht nur Menschen sind eure Feinde, auch andere Lebewesen dieses und anderer Universen. Wenn ihr eure Aufgaben geschafft habt, sehen wir uns in der Zukunft wieder."

Das gleißende Licht erlosch und machte einer Verlassenheit Platz, die diesen Raum erfüllte. Die jungen Leute standen wie erstarrt und schauten immer noch in die Mitte, wo sie ihre Fäuste übereinander hielten.

„Öffnet den Kreis und stellt euch wieder in eine Reihe auf und legt eure Ketten wieder an."

Die sechs öffneten ihre Fäuste. In ihren Händen hielten sie keine durchsichtigen Fragmente mehr, es war eine Erdkugel. Erstaunt legten sie die Ketten wieder an.

Allskerjargdi wandte sich an die zwei Helfer.

„Nehmt die Tücher ab."

Die beiden jungen Männer nahmen die Tücher ab, und neugierig standen viele auf, um sich die abgedeckten Gegenstände, die vor ihnen auf dem Tisch zu sehen waren, anzuschauen. Von allen Seiten hörte man erstauntes Gemurmel der Anwesenden, als sie die Artefakte auf dem Tisch liegen sahen.

Vom Staub der Zeit befreit, lagen die Gegenstände da. Es waren ein Paar Chacos, zwei einfache Anhänger, ein Bumerang, ein kleiner Beutel, von dessen Inhalt man nichts sah und ein prächtiges Messer.

„Ihr geht jetzt hinter den Tisch, an den Gegenständen vorbei, und haltet eure rechte Hand über jedes dieser alten

Artefakte. Ihr werdet merken, was zu euch gehört."
Mit einem Kopfnicken forderte der Hohe Priester die jungen Leute auf zu beginnen.
Zuerst ging Kuntur. Auf dem Tisch lag ein Beutel. Sie legte die Hand darüber, und sofort sprang der Beutel in ihre Hand. Jubel brandete auf. Die Zweite war Freya Gustafsson, auch sie ging mit der offenen rechten Hand an dem Tisch vorbei, aber nichts passierte, bis sie am letzten Artefakt angekommen war. Es war ein Anhänger mit einem Edelstein, der ihr förmlich in die Hand flog. Der Dritte war Ugari, ohne die anderen Gegenstände zu beachten, hielt er seine Hand über den mattschwarzen Bumerang. Der hob sich drehend vom Tisch, und Ugari griff zu, dann hielt er ihn triumphierend in die Höhe. Wieder brandete Beifall auf. Jetzt ging Kesuk, zögernd, als hätte sie Angst, schaute sie Lee an, der nickte ihr aufmunternd zu. Dann ging auch sie zielstrebig auf den Tisch zu, auf dem ein Anhänger lag, sie nahm ihn in die Hand und sofort verwandelte sie sich in Lee. Erschreckt ließ sie den Anhänger fallen, sofort verwandelte sie sich zurück.
Alle lachten und klatschten Beifall. Allskerjargdi ging lächelnd zu der kleinen Inuit die trotz ihrer gewaltigen Ausstrahlung hilflos wirkte und flüsterte ihr ins Ohr: „Es ist deiner. Er hat dir nur gezeigt, was er kann. Denk immer daran, du bist die Herrin über das Kaleidoskop."
Kesuk nickte dankbar, nahm die Kette auf und gesellte sich wieder zu den anderen. Auch Ugyen merkte man eine leichte Nervosität an, aber mit festen Schritten ging er mit geöffneter Hand an den Chacos vorbei. Als würden sie schon immer ihm gehören, schmiegte sich die Waffe in seine Faust. Alle waren aufgestanden und beobachteten

Erk, wie er zu dem letzten Artefakt ging. Zögernd, jeden Schritt abwägend, näherte er sich diesem prächtigen Dolch, der zweischneidig war, verziert mit bunten wunderbaren Halbedelsteinen. Der Dolch hatte keine Scheide und war aus schwarzem Material geformt. Langsam ließ er seine Hand über den Tisch gleiten, und obwohl der junge Mann noch einen halben Meter von der Waffe entfernt war, drehte sie sich mit dem Griff zu ihm und schob sich langsam seiner geöffneten Hand entgegen. Als er sie in den Händen hielt, spannte sich seine Faust über den Griff, und er spürte seine Kraft. Bewundernd betrachtete Erk den Dolch und sah an seinem Griffende dreizehn kleine Skelettköpfe. Als er gedankenverloren über die Köpfe strich, hatte er eine Erinnerung an das Tuch in der Hütte der Hexe, auf der auch dreizehn Totenköpfe aufgemalt waren. Diese Erinnerung war wie ein Hauch und so, wie dieser Hauch kam, so war er verschwunden. Allskerjargdis Stimme riss ihn aus seinen Gedanken.

„Es waren die Richtigen."
Erleichterung war in der Stimme Allskerjargdis zu hören.

„So, jetzt lasst die Gegenstände verschwinden, so wie wir es euch gezeigt haben."
Kuntur, Freya und Kesuk hängten ihre Artefakte an goldene Ketten, streiften diese über den Kopf, und sobald sie mit der Haut in Verbindung kamen, verschwanden sie und gingen in den Körper über.
Ugyen, Ugari und Erk ließen ihre Waffen hinter den Rücken gleiten, wo sie sich gleich in den Körper einbanden. Bei keinem war mehr zu sehen, dass ihnen wertvolle Gegenstände überlassen worden waren, die sie beschützen sollten oder als Waffe benutzen konnten.

Allskerjargdi ging zu jedem von den sechs Freunden, gratulierte ihnen und schüttelte ihre Hände.

„Meine Damen und Herren, der offizielle Teil dieser Veranstaltung ist beendet. Ich glaube, bei so viel Feierlichkeit steht uns ein kleines Büfett gut zu Gesicht." Wieder brandete Beifall auf, und die sechs jungen Leute gingen zu ihren Eltern und Freunden. Erk kam zu seinem Vater und Trine. Trine fiel ihm gleich um den Hals, mit Tränen in den Augen.

„Ich bin stolz auf dich, Erk, mein Schatz."
Erk antwortete ganz schlicht: „Danke, Mama. Pa, wann sollst du los zur Erde."

„Ich denke übermorgen."

„Dann lass uns die letzten zwei Tage noch zusammen verbringen."

„Freust du dich auf die Erde?"

„Du kannst dir gar nicht vorstellen, wie ich mich freue."

Marduk

Ich bin Marduk, der Sohn von Ea. Geboren auf dem Amboss der Kernsynthese, gezeugt in den ultraheißen Sonnen des Universums, wurde mir nach den Prüfungen des Lebens die Unsterblichkeit gegeben.
Ich hatte in den Jahrmillionen, die ich schon existiere, viele Namen, darunter:
Asaru, der das Wissen von allen Pflanzen hat.
Asarualim, der das geheime Wissen besitzt.
Asarualimnunna, der die Kraft in die Rüstung bringt.
Asaruludu, der das flammende Schwert trägt.
Namtillaku, der geheime und machtvolle Herr.
Tutu, der die Trauernden beruhigt.
Marduk, mit seinem Beinamen Bel.
Oder auch Marduk, der kosmische Spieler.

Diesen Namen sollte ich zu Recht tragen, denn das Spiel, meine letzte Reifeprüfung, begann mit der Entdeckung des blauen Planeten.
Auf meinen Reisen durch das bekannte und unbekannte Universum wurde ich der Suchende genannt. Auf der Suche nach der Wahrheit fand ich ihn, den blauen Planeten.
Es war zu Zeiten Pangaeas, des Urkontinentes dieses Planeten, als dieser schöne Planet, der Juwel dieses Universums, noch von einer Atmosphäre mit Schwefel, Strontium und Osmium umgeben war, da wurde mir klar, dass der Anfang des Spiels von diesem Planeten ausgehen musste, wie auch, er der Preis für den Sieger war. Die mir gestellten Aufgaben erfolgreich zu erfüllen, das war der eigentliche Antrieb, der mich zu dazu trieb, Spielregeln zu

entwickeln, die keiner kannte, denn es war mein Spiel, ein Spiel über Leben und Tod. Wille sollte die oberste Motivation sein, die die verschiedensten Spezies in einen Wettbewerb treiben ließ und der ihren Weiterbestand garantierte.

Schon als ich dieses Juwel entdeckte, wurde er von den Annanuki, die von Beginn ihrer Entwicklung als Zigeuner des Universums genannt wurden, immer wieder besucht und ausgebeutet. Der Hunger nach wertvollen Metallen ließ die Zigeuner des Alls, die sich auf einem künstlichen Planetensystem durch das Universum treiben ließen, immer wieder auf fremden Planeten landen, um dort die Grundstoffe zu gewinnen, die sie selber brauchten, oder mit denen sie Handel treiben konnten. Dabei bedienten sie sich nicht selten den dort lebenden Humanoiden. Aber ihre Endstation war vorherbestimmt, und ihr Untergang unterstrich nur die Tragik ihrer Entwicklung.

Gewaltige Kräfte formten in Jahrmillionen diesen Planeten und ordneten dieses kleine Sternensystem zu der heutigen Form. Die intelligenten Humanoiden, die sich auf diesem Planeten entwickelten, schafften es, sich in kürzester Zeit zu behaupten und strebten der einfachen Raumfahrt entgegen. Eine derartige Entwicklung, die ich bei keiner anderen Spezies beobachten konnte, machte sie zu idealen Opfern dieses Spiels. So hatte ich miterlebt, wie aus Gruppen Stämme wurden und aus Stämmen sich später Völker entwickelten. Ich erlebte menschenleere Kontinente, durch Kriege verwüstet, und sah sie einhundert Jahre wieder besiedelt. Ich beobachtete, wie die Erde immer stärker bevölkert wurde. Ich habe nie den unbändigen Lebenswillen der Spezies Mensch übersehen. Für sie gab es keine Hindernisse, die sie nicht bewältigen konnten. Ihre Lernbereitschaft und geistige Flexibilität wurde nur durch den Trieb nach Krieg und Zerstörung übertroffen.

Zu Beginn der ersten Schriftbildung dieser humanoiden Spezies, verließ ich mein geistiges Universum, und bediente mich eines menschlichen Körpers, der in die Geschichte der Sumerer, als Marduk, der mit den 50 Namen einging.

Schon da legte ich die ersten Grundregeln des kosmischen Spiels fest, indem ich die Weissagung der Krieger des Regenbogens schuf, die von Generation zu Generation von weisen Männern und Frauen weitergegeben wurden, um dann zur Legende zu mutieren.

> Wenn alle Flüsse vergiftet,
> die Wälder krank,
> werden die Regenbogenkrieger kommen.
> Mit ihnen beginnt eine neue Zeit,
> denn sie bringt die Erde zu ihrer natürlichen
> Ordnung zurück.

Denn ich sah voraus, wie diese Art von Spezies sich entwickeln würde.

Es sollte noch dauern, bis das Spiel begann. Aber Zeit war für mich kein Faktor, über den es sich lohnte nachzudenken. So schuf ich weitere Bausteine des Spiels, das mit der Geburt der Regenbogenkrieger am 21.12.1990 menschlicher Zeitrechnung beginnen sollte.

Durch meine weiten Reisen habe ich viele Spezies kennengelernt, die prädestiniert waren, bei diesem Spiel mitzuwirken. Schaut euch in der Natur um, der Starke wird sich immer behaupten und der Schwache geht dann

zugrunde.
So werden nur die wenigsten in der Lage sein, die Bedeutung des Preises zu erfassen. Meines Preises, so nennt mich, wenn ich dann diesen Preis bekomme, Gott.

CPSIA information can be obtained
at www.ICGtesting.com
Printed in the USA
LVHW042142221120
672396LV00023B/1198